PALAVRAS QUEBRARÃO CIMENTO
A PAIXÃO DE PUSSY RIOT

MASHA GESSEN

PALAVRAS QUEBRARÃO CIMENTO
A PAIXÃO DE PUSSY RIOT

TRADUÇÃO
ENI RODRIGUES

martins fontes
selo martins

© 2016 Martins Editora Livraria Ltda., São Paulo,
para a presente edição.
© 2014 Masha Gessen.
Esta obra foi originalmente publicada em inglês sob o título *Words Will Break Cement: The Passion of Pussy Riot* por Riverhead Books.

Publisher	*Evandro Mendonça Martins Fontes*
Coordenação editorial	*Vanessa Faleck*
Produção editorial	*Susana Leal*
Capa	*Douglas Yoshida*
Revisão técnica	*Maria do Carmo Zanini*
Preparação	*Lucas Torrisi*
Revisão	*Renata Sangeon*
	Julio de Mattos

Dados Internacionais de Catalogação na Publicação (CIP)
(Câmara Brasileira do Livro, SP, Brasil)

Gessen, Masha
    Palavras quebrarão cimento : a paixão de Pussy Riot / Masha Gessen ; tradução Eni Rodrigues.– São Paulo: Martins Fontes - selo Martins, 2016.

    Título original: Words Will Break Cement : The Passion of Pussy Riot
    ISBN 978-85-8063-285-9

    1. Música punk rock - Aspectos políticos - Rússia (Federação) 2. Pussy Riot (Grupo musical) I. Título.

16-05111   CDD-782.421660922

Índices para catálogo sistemático:
1. Pussy Riot : Grupo musical : Biografia
782.421660922

Todos os direitos desta edição reservados à
Martins Editora Livraria Ltda.
Av. Dr. Arnaldo, 2076
01255-000 São Paulo SP Brasil
Tel.: (11) 3116 0000
info@emartinsfontes.com.br
www.emartinsfontes.com.br

AINDA QUE A AUTORA TENHA se esforçado para fornecer os números de telefone e endereços de sites da internet corretos no momento da publicação, nem ela, nem o editor original podem ser responsabilizados por erros ou alterações que se deram depois da publicação. Além disso, o editor não tem nenhum controle sobre essas mudanças e não assume qualquer responsabilidade sobre o conteúdo de sites, sejam da autora ou de terceiros.

SUMÁRIO

PRÓLOGO: IK-14   9

PARTE 1
FORMANDO O PUSSY RIOT

UM. NÁDIA	23
DOIS. GUERRA	39
TRÊS. KAT	53
QUATRO. PIPI RIOT	65
CINCO. MARIA	91

PARTE 2
ORAÇÃO E RESPOSTA

SEIS. ORAÇÃO PUNK	107
SETE. DESMASCARADA	129
OITO. PRISÃO	145
NOVE. O JULGAMENTO	165

PARTE 3
CASTIGO

DEZ. KAT   233
ONZE. MARIA   251
DOZE. NÁDIA   271

EPÍLOGO   281
NOTA DA AUTORA   313

PRÓLOGO
IK-14

GUIERA QUERIA FAZER XIXI. De novo. Durante as onze horas que passáramos dentro do carro no dia anterior, ela perguntara se estávamos perto de nosso destino ou reclamara que queria ir ao banheiro a cada cinco minutos. Não pregou os olhos, apesar de termos chegado à uma da manhã. Agora, depois de quase oito horas, estávamos novamente em meu carro, a caminho da colônia penal, e ela queria fazer xixi.

– Guiera, não dá para você fazer xixi a cada cinco minutos! – disse Piêtia a sua filha de quatro anos. – Não dá para apreciar uma obra de arte do ponto de vista da eficiência. – Agora ele falava em um microfone de lapela, pertencente a uma equipe de tv alemã que nos seguia em outro carro. Antes de deixarmos o hotel onde passáramos a noite, em Zúbova Poliana, tive de estacionar longe da saída dos fundos para que os alemães filmassem o magricela Piêtia correndo em direção ao carro com as enormes bolsas axadrezadas e retangulares de fabricação chinesa que estávamos levando para Nádia, sua esposa e mãe de Guiera, lá na colônia.

– Esta é a sexta vez que sou filmado colocando as bolsas para Nádia no carro. – Ele riu ao se sentar no banco do carona. Parecia sempre gostar da publicidade associada à prisão da mulher e, apenas agora, passado mais de um ano desde que havíamos nos conhecido, eu começava a perceber como era difícil, tedioso e incessante o trabalho que ele fazia por ela.

[PRÓLOGO]

Enquanto um dos alemães colocava o microfone em Piêtia, outro tentava entrevistar Guiera, que repentinamente ficara bastante silenciosa e petulante. Quando o repórter se afastou, eu também tentei, em um súbito ataque de competitividade, fazer umas perguntas à garota. Afinal, tínhamos nos conhecido um pouco depois de passar um dia inteiro juntas no carro.

– Quando foi a última vez que viu sua mãe?
– Não me lembro mais – ela disse, encolhendo os ombros.
– Por que ela está na cadeia?
– Sei lá. – Ela repetiu o movimento.
– Quem a mandou para lá?
A menina encolheu os ombros mais uma vez.
– Pútin.

Aí, com o pai e o avô finalmente dentro do carro, partimos. E ela queria fazer xixi. De novo.

– Se continuar a fazer xixi no frio, você vai congelar o traseiro e não poderá ter filhos – disse Andrei, o avô.
– Não preciso de filhos – devolveu a menina.
– Eu também não – respondeu ele. – Mas, veja você, eles acontecem na vida da gente.

Andrei não é o tipo de pessoa que você deixaria conversar com sua filha. Aos 56 anos, ele estava bem gasto, mas dava para notar que já fora bonito como um ator de cinema. Era impaciente. Às vezes inadequado, como quando começou a repreender Piêtia na frente da neta. Era imaturo. Quando a garota cansada começou a fazer manha, exigindo ser levada até a mãe e a avó e de volta para o hotel – tudo ao mesmo tempo –, o avô também fez birra, exigindo que o genro lhe desse seu café, uma xícara que ele devolveu e voltou a pegar. No restante do tempo, ele conversava e brincava com a neta, para a alegria evidente da menina, mas quando o ouvi ensinar a ela a palavra *entropiya* (entropia), peguei-me contendo o impulso de lhe explicar que as crianças não são artistas de circo. Presumi que esse tipo de objeção certamente já havia sido feito muitas vezes antes por outras mulheres, sem nenhum resultado evidente.

– Mamãe não quer ver você – disse a menina ao avô, batendo o pé no chão. Ela dera para chamar a avó, a mãe de Piêtia, de "mamãe". Andrei se irritava com isso e não fazia nenhum esforço para disfarçar.

– Também não quero vê-la – declarou ele.

– Você tem medo dela? – perguntou Guiera.

– Bem, ela é mulher – respondeu ele, com o que me pareceu ser uma franqueza pouco comum.

Passáramos a noite no hotel do terceiro andar da Casa dos Afazeres Domésticos – um nome peculiar que se dava, na era soviética, aos edifícios que abrigavam prestadores de serviços variados, como cabeleireiros e sapateiros. Em 2013, a Casa dos Afazeres Domésticos de Zúbova Poliana, na Mordóvia – um povoado com um pouco mais de 10 mil habitantes –, possuía meia dúzia de quartos limpos, com móveis de pinho simples, um salão de bilhar, um café e um balcão de recepção que também vendia um sortimento surpreendente de tinturas para cabelo na limitada opção de cores do rosa ao cobre e dois tipos de bandeiras: a da Federação Russa, que custava o equivalente a dez dólares, e a da Mordóvia, por cerca de doze. O café chamava-se "13", referência ao número presente nas placas dos carros da área, único entre os números associados a cada uma das outras 82 regiões que formam a Federação Russa. Assim como na cultura ocidental, o treze é um número de má sorte na Rússia – "a dúzia do diabo" – e parecia uma designação apropriada para a região que possui a maior concentração de presidiários entre seus residentes, não só no país como no mundo todo.

[PRÓLOGO]

Apenas quarenta quilômetros nos separavam da colônia penal de Nádia, a Colônia Correcional 14 ou ik-14. Piêtia indicava os pontos de referência. Havia uma placa de metal enferrujada com os dizeres "território restrito, pare antes de entrar", mas não um posto de controle onde pararmos – aparentemente fora eliminado alguns anos antes, quando outra detenta famosa cumpria pena ali e alguém importante decidira que o posto não ficava bem na fita. Uma colônia penal de segurança máxima masculina se estendia dos dois lados da estrada; uma ponte coberta e escondida por chapas de metal ligava as construções, permitindo aos presos atravessar a estrada fora do campo de visão dos motoristas. Uma segunda prisão masculina, outra feminina, um trecho sem graça de estrada com uma floresta monótona e idêntica de ambos os lados, e então, finalmente, a aldeia de Partsa, que consistia da ik-14, uma pequena loja de variedades, e um punhado de casas onde viviam os funcionários da instituição.

A colônia penal se escondia atrás de uma cerca cinzenta e alta, com apenas duas estruturas mais altas do que ela: uma igreja de tamanho considerável – nos anos 1990, igrejas ortodoxas foram construídas em todas as colônias vizinhas – e um dos prédios padronizados de concreto cinza, com um pôster de parede inteira que mostrava uma garotinha. Piêtia comentou comigo que os dizeres, obscurecidos pela cerca, informavam: "sua família espera por você". Entramos em um edifício para visitantes composto de duas salas. Fora recém-construído muito provavelmente porque se esperava que Nádia chamasse a atenção da mídia para o local e ainda incluía uma brinquedoteca carpetada, com um berço, um estojo de blocos Lego apropriado para crianças pequenas e um burrinho de balanço. Guiera e Andrei tiraram os sapatos e começaram a construir uma prisão de Lego de onde uma princesa, auxiliada por seu amigo, o pato de borracha, escaparia em um carro de bombeiros de plástico dotado de escada Magirus.

Piêtia se acomodou com as bolsas na sala maior. Uma das paredes estava completamente coberta de painéis informativos. Um dos menores chamava-se sistema de mobilidade social e destacava gráficos e folhetos mostrando que "reincidentes maliciosas" não acabariam bem na prisão, enquanto as "condenadas com comportamentos positivos poderiam ter esperança em seu futuro". Um dos maiores, identificado como *informações*, estava completamente tomado por modelos de requerimentos: um para a concessão de direito de visita a uma presa, outro para solicitar a entrega de um pacote a uma detenta; trechos de leis importantes sobre visitações; e relatos de tentativas de infringir as regras que a colônia havia interceptado com sucesso. Nos dois casos descritos, os visitantes tinham tentado contrabandear celulares para as detentas e pagaram um preço alto, perdendo não só os telefones, mas também os direitos de visitação.

Havia um único monitor de led pendurado na parede do fundo. Nele, uma corpulenta mulher de meia-idade vestindo o uniforme da prisão federal lia regras, regulamentos e trechos da Lei de Execução Penal. Era uma gravação de vinte minutos que se repetia ininterruptamente e, ao final de nossa espera, já tínhamos decorado todas as regras em todos os seus detalhes maçantes. Piêtia tirou o casaco e, metido em uma de suas eternas e justas camisas xadrez Ralph Lauren, sentou-se a uma mesa voltada para a janela, de costas para a mulher na tela, e começou a fazer uma lista completa do conteúdo das enormes bolsas retangulares.

Frutas variadas

Roupa de cama

[PRÓLOGO]

As detentas tinham direito a roupas de cama exclusivamente brancas e lisas: na última visita, uma fronha fora devolvida por ser estampada, o que aparentemente não era permitido, apesar de o tecido também ser branco. A regra inversa se aplicava às roupas de baixo: elas deviam ser pretas e lisas. Piêtia largou no chão uma embalagem vazia de roupas de baixo térmicas da Uniqlo.

Livros:

My Testimony [Meu testemunho], de Anatoli Mártchenko

Mártchenko foi um dissidente soviético que passou anos escrevendo esse relato completo sobre a vida dos presos políticos em campos soviéticos; ele morreu na prisão em 1986, depois de fazer greve de fome para exigir a libertação de prisioneiros políticos. Nádia pedira especificamente aquele livro; o marido não conseguira encontrar um para comprar, por isso trouxemos um exemplar de minha própria biblioteca. Dois ativistas dos direitos humanos que andavam ajudando Piêtia adicionaram outros oito livros escritos por e sobre dissidentes. Uma tradução russa de um livro do filósofo Slavoj Žižek arredondava a lista para dez, o número máximo de exemplares permitido de cada vez. Nádia vinha se correspondendo com Žižek e afirmara que gostava da ideia de ter uma conversa com o homem e seus livros ao mesmo tempo. Meses mais tarde, apenas o exemplar do filósofo passaria pelos censores penitenciários.

A mulher uniformizada na tela lia uma lista de itens que não podiam ser entregues às prisioneiras. Marcadores, lápis de cor, papel sulfite: todos eram potenciais ferramentas para facilitar fugas. Bem cedo naquela manhã, quando Piêtia imprimira um mapa das redondezas, um funcionário da Casa de Afazeres Domésticos brincou:

– É um plano de fuga?

Enquanto isso, na sala de jogos adjacente, Guiera se cansara de contar a história da fuga do pato de borracha e começou a atirar uma enorme bola de ginástica vermelha na prisão que ela e Andrei haviam construído. A menina era pouco maior do que a bola e cada arremesso se mostrava difícil e ineficaz, mas ela continuava com determinação feroz. Piêtia seguia com a lista:

Bacia de plástico amarela

Bacia de plástico azul

Concha de plástico verde

Tudo isso era destinado à lavagem de roupas, embora também houvesse uma esperança de que deixassem Nádia usar os utensílios de plástico para lavar seu longo cabelo. Piêtia entrava na colônia em posse de um documento precioso: uma carta das autoridades da prisão federal afirmando que a Lei de Execução Penal não limitava a frequência com que se podia lavar o cabelo. Na teoria, isso podia ser interpretado como permissão para que ela e as outras 39 mulheres de seu alojamento lavassem os cabelos no período entre suas visitas semanais à casa de banhos. A teoria acabaria por se revelar equivocada. A funcionária na tela continuava com sua ladainha de objetos proibidos: mapas, bússolas, livros sobre topografia ou treinamento de cães.

No total, o tempo que antecedeu a visita foi de quase três horas: com o preparo das listas, o preenchimento do requerimento para a visita e a espera por uma funcionária jovem que receberia os documentos e, em seguida, retornaria para orientá-los, já era quase uma da tarde quando Piêtia, Andrei e Guiera entraram na unidade. E saíram às quatro. Com um breve período de espera na área interna, acabaram lesados em uma hora e meia das quatro a que tinham direito a cada dois meses.

[PRÓLOGO]

Passaram as duas horas e meia da visita na lanchonete dos visitantes, a menina dos olhos da instituição, apresentada no canal que a entidade prisional da Mordóvia mantinha no YouTube. Guiera permaneceu sentada no colo da mãe o tempo todo. Os quatro jogaram Pega o Koschei (Koschei, o Imortal, é um personagem malvado em uma série de contos populares russos): os adultos se distraíam e davam à garota a oportunidade de trapacear. Ela, por sua vez, não permitia que nenhum deles se desviasse um milímetro sequer das regras. Em uma conversa telefônica duas semanas mais tarde, Nádia diria, com um misto de orgulho e pesar, que aquele comportamento era uma prova de que a filha era mais madura aos quatro anos do que ela jamais seria:

– Acho que ela será uma excelente líder de protestos da classe média.

O tempo todo, uma subinspetora de visitas distraída ficara sentada em um dos cantos da lanchonete. Ela sequer impediu um abraço entre Piêtia e Nádia, o que tornou a visita, no geral, melhor do que a outra de dois meses antes, quando não deixaram nem mesmo que eles se dessem as mãos.

Enquanto Piêtia, Guiera e Andrei estavam no interior do prédio, passeei de carro pela área, fotografando os pontos de referência da colônia penal. O distrito de Zubovo-Polianski, cujo centro administrativo é a vila de Zúbova Poliana, essencialmente é uma cidade empresarial formada em torno da administração penitenciária. Uma colônia penal era o centro econômico e arquitetônico de cada aldeia; as moradias de madeira, pequenas e de aspecto provisório, grudavam-se à massa de prédios de concreto e igrejas altas das colônias. Encontrei um projeto de construção em curso: um edifício de apartamentos para os funcionários da instituição em frente ao próprio prédio da administração penitenciária do distrito. A julgar pela cerca alta em torno da obra e pelas torres de vigilância em cada um de seus cantos, o trabalho era realizado por prisioneiros.

A administração do distrito estava situada no final da mesma rua, em um prédio de estilo neoclássico que antes fora uma escola de ensino médio. As colunas e o pórtico de sua fachada outrora imponente estavam descascados, embora alguém houvesse retocado carinhosamente os lenços vermelhos das esculturas esburacadas de dois Jovens Pioneiros, um de cada lado da entrada. Era um quadro impressionante em uma região que, para muitos russos, fora sinônimo de prisioneiros políticos: Mártchenko e vários dos outros dissidentes da era soviética, cujos livros trouxéramos para Nádia, cumpriram pena ali.

Mas a ideologia da região parecia simplesmente mais penal do que neossoviética. Outra colônia tinha em sua entrada uma grande faixa que dizia: aqueles que querem trabalhar procuram recursos; aqueles que não querem procuram desculpas". Quando parei para fotografar a faixa em toda a sua magnificência de campo de concentração nazista, notei que um policial me viu e se afastou. Em poucos minutos, fui detida e levada à delegacia de Zúbova Poliana, a poucos metros da Casa dos Afazeres Domésticos, para dar explicações oficiais sobre a finalidade do meu trabalho ali. Eu acabara de sair da delegacia quando Piêtia me ligou para dizer que haviam terminado.

E foi isso: onze horas no carro, uma noite breve na Casa dos Afazeres Domésticos, duas horas e meia com Nádia, e lá estávamos novamente, presos aos assentos pelos cintos de segurança e prontos para uma viagem de quinhentos quilômetros de volta a Moscou. Guiera, que não havia se abalado durante o longo percurso do dia anterior nem na tediosa espera daquele dia, agora se comportava mal, gritando e exigindo que a levassem de volta para o hotel, para a mãe e a avó. Andrei também gritava, chamando a neta de criança mimada. Piêtia tentava me

[PRÓLOGO]

contar sobre a visita, mas se distraía constantemente com as chamadas recebidas em um de seus dois telefones celulares, perdia-se lendo publicações no Twitter e parecia se esquecer de que estava no meio de uma história. Ele não se interessava em terminar, pois não havia muito a dizer. A vida de Nádia agora consistia em lutar por uma máquina de costura para trabalhar na fábrica da colônia, onde sua tarefa era colocar bolsos nas calças dos uniformes da polícia, e tentar encontrar um denominador comum com as outras prisioneiras. Quando se perde a liberdade, perde-se, em primeiro lugar, a possibilidade de escolher suas companhias. As mulheres com quem Nádia estava agora não seriam mais estranhas se tivessem vindo de outro planeta. A única pessoa que já havia percorrido as mesmas ruas e lido alguns dos mesmos jornais era a outra prisioneira famosa da colônia: uma ultranacionalista condenada a dezoito anos atrás das grades pelo assassinato de um advogado de direitos humanos e de uma jornalista.

Ocasionalmente, Nádia e Piêtia conseguiam transformar em histórias interessantes o meio em que ela ora vivia, como aquela sobre a prisioneira que diziam ter comido o namorado; ou a outra que havia esperado quatro anos até seu namorado sair da prisão. Duas semanas mais tarde, ao voltar para casa, ela o encontrara na cama com outra mulher e esfaqueara os dois até a morte. Havia ainda aquela sobre a detenta que recebia visitas regulares dos pais do marido assassinado, que acreditavam que, quando ela o matara, ele recebera o que merecia. Mas, naquele momento, Piêtia não queria contar histórias. Todos estávamos cansados, ninguém conseguira o que queria com a viagem e ninguém, exceto eu, escolhera de livre e espontânea vontade ficar preso em um carro durante horas na companhia dos outros três. Enquanto voltávamos para Moscou, Piêtia recebeu uma mensagem da também prisioneira, amiga de Nádia e companheira de Pussy Riot Maria Aliôkhina: ao que parecia, ela estava chateada porque ele havia se referido a seu confinamento na solitária de uma outra colônia penal como se fosse um tipo de bênção, só porque ela não tinha de interagir com outras detentas.

Chegamos a Moscou às três horas, em uma manhã de neve suja, numa sexta-feira no início de março. A segunda-feira seguinte marcaria um ano desde a prisão das mulheres do Pussy Riot, ou seja, Nádia e Maria ainda teriam de passar exatamente um ano atrás das grades. No mesmo dia, Guiera faria cinco anos.

PARTE 1

FORMANDO O PUSSY RIOT

UM
NÁDIA

EIS O QUE EU ESTAVA TENTANDO ENTENDER: como um milagre acontece. Uma grande obra de arte – uma coisa que faz as pessoas prestarem atenção, voltar a ela diversas vezes e reexaminar suas suposições, algo que enfurece, machuca e confronta – é sempre um milagre.

Os limites temporais deste milagre eram indefinidos. Com certeza, começou antes da manhã de 21 de fevereiro de 2012, quando cinco moças entraram na Catedral do Cristo Salvador, no centro de Moscou, para encenar o que elas chamaram de "oração punk", tendo como pano de fundo o interior para lá de cafona e dourado da igreja. Acredito que tenha começado ainda antes de abril de 2011, quando um grupo mais numeroso de mulheres extremistas se autointitulou Pussy Riot e passou a fazer apresentações de punk rock. Na verdade, anos ou até mesmo muitos anos antes.

É preciso ser um pária para criar e confrontar. No entanto, um estado constante de desconforto é uma condição necessária, mas insuficiente para a arte de protesto. Também é preciso ter a sensação de que se pode fazer algo a respeito, a certeza de ter o direito de falar e ser ouvido. Perguntei a Nádia onde ela adquiriu essa capacidade.

Nossa comunicação foi estranha: não passávamos de meras conhecidas antes de ela ter sido presa (logo depois percebi, com uma pontada de remorso, que ela havia me "cutucado" no Facebook, uma tentativa de contato que eu havia ignorado arrogantemente, em parte por não saber como responder a uma "cutucada"), e agora que ela estava na colônia penal, nós nos correspondíamos, mas eu sabia que minhas cartas, assim como as respostas de Nádia, seriam examinadas pelos censores. "Estou tentando entender as origens de sua independência de pensamento e a habilidade de moldar a própria educação [...]." Não era apenas a expectativa do olhar dos censores que dava a meu texto essa formalidade artificial, mas também o fato de que eu usava um pseudônimo sugerido por Nádia em um raro bilhete que escapara à censura. Nele, ela expunha os termos de nossa correspondência: nunca mencionar que eu estava escrevendo um livro nem qualquer intenção de publicar as cartas; ter em mente que seriam lidas por censores; considerar a possibilidade de usar um pseudônimo – Martha Rosler, por exemplo. Por isso, comecei a assinar minhas cartas usando o nome de uma artista norte-americana contemporânea e feminista que certamente não fazia ideia de que seu nome era meu disfarce.

Olá, Martha.

Sobre o tema da educação independente e as origens de um tipo de personalidade rebelde. Meu pai, Andrei Tolokônnikov, teve um papel significativo em minha história. Incrivelmente, ele conseguiu direcionar minha atenção de tal forma que agora sou capaz de encontrar coisas interessantes, desafiadoras e curiosas em qualquer lugar. Isso inclui a experiência de estar encarcerada. Ele me deu a capacidade de apreciar todos os tipos de produções culturais, desde Rachmaninoff à banda [de ska punk] Leningrad, desde filmes de arte europeus a Shrek. Aos quatro anos de idade, eu era capaz de distinguir edifícios barrocos de rococós, e aos treze eu adorava Moskva-Petuchki [a novela de Venedikt Ierofeiev sobre as reflexões de um alcoólatra, repleta de palavrões] e Limónov [oposicionista nacionalista, ex-emigrante, escritor e poeta, conhecido por seus textos de conteúdo sexual explícito]. A falta de censura em minha educação e, de fato, a concentração naquilo que não passaria pelo crivo do ensino oficial russo criaram em mim essa paixão por obter conhecimentos que favoreciam a cultura da rebelião.

Imaginei que o texto de Nádia fosse artificialmente formal em parte pelos mesmos motivos que o meu: ela escrevia para mim, para os censores e para uma eventual publicação em língua estrangeira. Ela também falava de assuntos que raramente eram discutidos em russo ou, pelo menos, raramente eram discutidos com a mesma seriedade que o trabalho dela – e minha empreitada – parecia exigir. Além disso, havia algo profundamente errado na dinâmica de poder de nossa relação por correspondência. Eu lhe escrevia e-mails, usando um serviço chamado Conexão Nativa (nenhum indício de ironia aqui também). Quando eu enviava uma mensagem, tinha a opção de requisitar uma resposta e determinar um valor para cada página. Na primeira vez, pedi três páginas e ficou claro que não seriam suficientes; então, daquele ponto em diante, passei a pedir sempre cinco. O custo de cada uma era de cinquenta rublos (aproximadamente um dólar e setenta), e a quantia total para o número de páginas solicitado era imediatamente deduzida de minha conta na Conexão Nativa. Essencialmente, eu encarregava Nádia de escrever composições... e pagava por elas.

Alguns dias depois de ter enviado minha mensagem por e-mail, ela a recebia impressa, junto com as folhas em branco que eu havia requisitado. Ela redigia as respostas à mão – sua letra diminuía e ficava mais difícil de decifrar quando o espaço ia acabando, ou aumentava e se alastrava quando o assunto se esgotava e ela ainda tinha uma ou duas folhas a preencher –, e eu as recebia escaneadas através do site da Conexão Nativa.

[FORMANDO O PUSSY RIOT]

Se preferisse não preencher uma página, ela tinha de escrever "oportunidade de resposta rejeitada" na folha em branco, e eu a recebia escaneada também.

———

ANDREI TAMBÉM ACREDITAVA TER SIDO o arquiteto da independência, da personalidade e até mesmo da arte de Nádia.

— Sou especialista em educar meninas — informou-me. — Minha abordagem é toda uma performance. — E acrescentou ser o autor das palavras "merda santa", o refrão que aparentemente tinha sido a fonte de alguns dos problemas enfrentados por sua filha.

Andrei saiu do mato para falar comigo. Havia mais de uma década ele morava na casa de um amigo, a cerca de uma hora de Moscou. Ele a chamava de seu covil, disse que a limpava uma vez por ano. Nossa entrevista caiu bem no intervalo entre as faxinas anuais, e ele afirmou que uma visita estava fora de questão. Em vez disso, fui buscá-lo à beira da rodovia e demos umas voltas de carro à procura de um restaurante que tivesse aquecimento e eletricidade: a menos de oitenta quilômetros de Moscou, estávamos nas margens semidecompostas da civilização.

Andrei nasceu na verdadeira margem da civilização, na cidade grande mais ao norte do mundo (o termo *grande* aqui se refere a uma população acima de 100 mil habitantes). "Metade da população está atrás das grades e a outra metade são os carcereiros", esse é o comentário dos russos sobre seu país desde os tempos de Stálin. Em Norilsk, era verdade, literalmente. Fundada em meados dos anos 1930, a cidade era a sede do Norillag, o braço minerador-metalúrgico do gulag. Embora o número de prisioneiros tenha diminuído na década de 1950, depois da morte de Stálin e da dissolução oficial do Norillag, o trabalho forçado de prisioneiros foi usado nas minas até os anos 1970.

O pai de Andrei tinha sido um dos carcereiros. Fora parar em Norilsk depois da Segunda Guerra Mundial como trabalhador do partido. Era, de acordo com Andrei, um personagem muito conhecido e odiado em Norilsk. Em troca, o jovem Andrei também odiava a todos.

– Quando eu tinha cinco anos, lembro-me de ter visto intelectuais idosos nas ruas: eram ex-prisioneiros do Norillag. Depois, todos eles morreram, claro, e tudo o que restou foi o *bydlo*.

Os dicionários sugerem que a tradução dessa gíria russa seja "gado", mas a palavra não é, nem de longe, capaz de transmitir o desprezo e o nojo que os russos cultos concentram no apelido que dão a seus compatriotas: é algo como "lixo branco", só que ainda mais depreciativo; "jeca", só que mais assustador.

Andrei estudou medicina (o que não exigia, nem de longe, tantos anos de estudo ou esforço como em outros países – e, no caso dele, pouquíssimo investimento de esforço, na verdade), mas não quis trabalhar como médico nem ter qualquer outra profissão. Pensava em si mesmo como artista, embora não soubesse que tipo de arte devia fazer. Ele deu um jeito de entrar no Instituto de Artes em Krasnoiarsk – a cidade realmente grande mais próxima – como estudante de música por correspondência: fingia tocar piano. Durante uma de suas visitas ao instituto, ele conheceu Kátia. Diferente dele, ela era "uma musicista de verdade", contou-me, e tocava piano. Ela continuaria os estudos em um conservatório e mais tarde ensinaria música para crianças em idade escolar. Em geral, era mais séria e equilibrada do que Andrei, e essa diferença nítida entre eles talvez tivesse causado o fim prematuro do casamento ou impedido que ele acontecesse, não fosse um motivo: viviam bêbados demais para perceber alguma coisa. Todos na União Soviética bebiam, a quantidade de bêbados e bebidas alcoólicas aumentava a cada ano que passava. No início dos anos 1980, os governantes soviéticos se sucediam e morriam rapidamente – Brejnev, depois Tchernenko e, em seguida, Andrópov –, mas não sem antes prometerem fazer algo a respeito da epidemia de alcoolismo. Mikhail Gorbatchov surgiu em 1985 e iniciou uma guerra contra a bebida. Andrei e Kátia, recém-apaixonados na época, beberam. E beberam. E beberam. E tiveram Nádia.

Ela chegou de surpresa. Concebida em uma noite de bebedeira, a menina nasceu no Dia da Revolução, 7 de novembro de 1989, um dos dias mais encharcados de vodca do ano. Na época, a guerra de Gorbatchov ao alcoolismo estava no auge, os vinhedos do sul foram destruídos e o racionamento de vodca imperava em todo o país. Portanto, para muitos cidadãos soviéticos, foi um dia regado a álcool industrial, água-de-colônia ou, como era o caso de Andrei, álcool retificado de uso medicinal. Ninguém esperava a vinda de Nádia. Ela recebeu o nome de Nadiéjda, cujo significado é "esperança", e, nos anos seguintes de sua vida, seria mantida na casa da mãe de Andrei, Vera, que significa "fé".

Vera morava em Krasnoiarsk. Kátia, em Norilsk. E Andrei vivia em vários lugares: na época da concepção e nascimento da menina, por exemplo, ele morava em uma vila nas proximidades de Arkhânguelsk, no extremo norte da parte europeia da Rússia. Trabalhava como médico-chefe de um hospital rural, tinha acesso irrestrito ao álcool medicinal e pouco contato com a esposa.

– Esse é um dos motivos pelos quais nos separamos. Acredito que a distância é importante e que um relacionamento funciona melhor quando o casal se afasta de vez em quando. – No caso, a distância ultrapassava 1,6 mil quilômetros. – Acho que Kátia pensava de forma diferente. Disse que matei a mulher que havia nela. É uma acusação estranha, mas, como não sou mulher, não tenho como saber. E, de qualquer maneira, não foi exatamente uma perda de tempo para ela.

Mais uma razão para a surpresa de ambos com a chegada de Nádia.

Mandar o bebê para Krasnoiarsk não era uma opção incomum: os casais russos jovens costumavam deixar os filhos com os avós, que por sua vez provavelmente haviam sido criados pelos pais de seus pais. Kátia aparecia a intervalos regulares, enquanto Andrei era tudo, menos regular:

– Eu sou todo festas, férias e feriados. Sempre fui muito estimado [por Nádia], porque as meninas gostam mais dos homens e também porque sou o oposto da rigidez feminina.

No início dos anos 1990, Andrei se mudou para Krasnoiarsk, e Kátia o seguiu. Eles tinham planos, um amigo que conseguira fundos para a construção de um centro médico, a possibilidade de criar um lar para sua família. Mas a União Soviética desmoronou e logo aconteceu o mesmo com o financiamento do amigo e o casamento dos dois. Andrei partiu para Moscou. Kátia pegou a filha e voltou para Norilsk.

NORILSK ERA UM LUGAR ESCURO. A cidade passava 45 dias por ano mergulhada na escuridão total da noite polar; durante outros seis meses o breu se revezava com uma névoa cinzenta que não era dia nem noite. E em maio chegava o dia polar e expunha os montes de neve endurecida pelo inverno e enegrecida pelas partículas finas com que as usinas metalúrgicas regavam a cidade durante o ano inteiro. Com o derretimento da neve, mais sujeira aparecia – por todo o caminho até as margens do rio Norilskaia, onde alguns nativos nadavam apesar da temperatura que raramente ultrapassava os treze graus, mesmo no verão. As margens eram compostas de areia grossa e pedras, repletas do metal que tornou Norilsk a meca da mineração. E uma das dez áreas mais poluídas do planeta.

Em alguns verões, Andrei arrancava Nádia da escuridão e a levava para a agitada Moscou ou para os arredores verdes de Krasnoiarsk, onde a mãe dele ainda morava. Em outros, Kátia arranjava ingresso para um acampamento de verão à beira-mar no sul da Rússia e informava o endereço do local a Andrei, para que ele pudesse procurar um berço de aluguel nas proximidades e tirar Nádia do acampamento durante algumas semanas. Os ambientes coloridos, quentes e repletos de luz onde a menina passava algum tempo com ele sem dúvida aumentavam o efeito mágico do pai "todo festas, férias e feriados".

– Ela via os patos [em um canal de Moscou] e não falava apenas: "Patos!". Em vez disso, perguntava: "São patos de verdade?". Nádia morava no fim do mundo, a única imagem que tinha de um pato era virtual, um sinal gerado por computador – contou Andrei.

Aí ele começava sua performance. Como ele fazia isso? Andrei levou a pergunta muito a sério: a modéstia não é uma característica da família Tolokônnikov.

– Um professor de hipnose que tive costumava dizer que é preciso mirar baixo: essa conversa de superego e fenômenos sociais não faz sentido; o que faz diferença é a vida biológica, reptiliana e adormecida do cérebro. O segredo é despertar esse vulcão adormecido: é aí onde começa a verdadeira criatividade. Foi nisso que trabalhei. Claro que posso ter me excedido. Ela pode ter levado minhas instruções muito ao pé da letra. Mas veremos o que vai acontecer quando ela sair da prisão.

Quando Nádia voltou de uma visita ao pai, aos sete anos de idade, Kátia e seu novo marido, Micha, quiseram saber o que Andrei tinha feito com a garota: a menina tímida havia se transformado em rebelde.

Durante a maior parte do ano às escuras, Nádia estudava.

– Ela era uma aluna nota dez – disse Andrei, sem nenhum vestígio de orgulho ou admiração. – Passava cinco ou seis horas por dia estudando em casa. Temos uma foto dela dormindo em cima do computador. Não sei de quem ela herdou isso: certamente não foi de mim nem da mãe. Kátia não a obrigava a estudar. Pode ter sido uma forma de escapar da realidade: sem ganhar a rua nem se envolver com más companhias, e sim com livros didáticos.

Em seu penúltimo ano no ensino médio, Nádia elaborou um programa autodidata que ela seguia rigorosamente. "Minha educação começava no momento em que chegava em casa depois da aula", ela me escreveu. "Eu me sentava diante de livros didáticos alternativos, que reservava na biblioteca. Livros de crítica literária e livros para a alma." Para a alma, ela lia Nikolai Berdiaev e Liev Chestov, filósofos existencialistas russos da virada do século XX, além de Sartre, Schopenhauer e Kierkegaard. Sabe-se lá o que deu a Nádia a ideia de que deveria ler esses livros – nunca fui capaz de fazê-la falar sobre esse assunto em nossas correspondências –, mas os livros lhe deram ideias. "Durante as aulas regulares, eu definhava com a inanidade do que acontecia ou lutava ativamente para chamar a atenção da diretoria da escola para a importância do impulso crítico na educação."

Seja qual for a munição que Nádia tenha usado em sua luta – isso tampouco ela descreveu em detalhes, possivelmente por medo de dar a seus carcereiros os meios para atacar seu caráter nas intermináveis audiências judiciais e disciplinares –, o resultado foi o conflito. Certa vez, Nádia foi orientada a se explicar por escrito ao diretor da escola. Em vez de admitir o malfeito e garantir que se emendaria, como era de praxe, ela escreveu um parágrafo sobre a importância dos "momentos críticos e divisores de águas" no desenvolvimento dos jovens. "Tenho me dedicado a criar esses momentos críticos", escreveu ela. "E o fiz apenas por preocupação com a escola, que poderia se desenvolver melhor e mais rápido."

Esse incidente em particular girou em torno de um pote de cola. Na lembrança de Andrei, Nádia contou-lhe que pegara emprestado um pote de cola que estava na janela de uma sala de aula para usar em um trabalho escolar. Já um antigo professor se lembra, ainda indignado, de que Nádia pegara a cola para linóleo que era usada por funcionários da manutenção e a levara ao banheiro das meninas.

– Ela estava apenas testando os professores, mas tecnicamente foi furto, e o policial nos disse que, se tivéssemos prestado queixa, ela teria pegado dois anos.

Não sei do que Nádia se lembra do caso da cola, pois não pudemos tratar por carta de algo que, por mais absurdo que parecesse, poderia ser considerado um crime.

O diretor a convocou a comparecer à sua sala através do sistema de som. A garota aproveitou a oportunidade para lhe explicar sua teoria de que a crise promovia o crescimento. "Ele não entendeu uma palavra, mas me perguntou zangado por que assinei minha declaração da forma como fiz." Em vez do habitual e juvenil "Nádia Tolokônnikova, turma 11A", a garota de quinze anos assinara: "Tolokônnikova, Nadiéjda Andreiévna", como faria um adulto. O diretor exigiu que ela reescrevesse a declaração e a assinasse da forma adequada. "Essa é exatamente a maneira como minhas relações com os representantes do Estado têm se desenvolvido desde então", ela me escreveu em uma das cartas que me enviou lá da colônia penal.

Os livros, Andrei ou ambos – e algo mais também – deram a Nádia a ideia, raramente proferida na Rússia, especialmente em Norilsk, de que as coisas poderiam ser diferentes – e ela exigia que fosse assim. Aos quinze anos, ela enviou um artigo para o

Zapoliárnaia Pravda (A verdade por trás do Círculo Polar Ártico), o jornal local, e ele foi publicado com o título "Onde o mundo vai parar?". Era um discurso inflamado, mal estruturado e cheio de clichês em que Nádia condenava seus contemporâneos por serem rasos e desmotivados, jogava a culpa disso em toda sorte de fatores, incluindo a popularidade de uma cantora travesti na TV, atribuía a máxima marxista de que "o ser social determina a consciência" à sabedoria de sua própria mãe. No entanto, concluía o texto de maneira incongruente, conclamando os leitores a se atreverem a mudar, pois afinal: "a vida é maravilhosa". Quando encontrei o artigo, me tranquilizei em saber que Nádia não nascera vomitando Teoria [com T maiúsculo], como eu havia suspeitado algumas vezes, mas tinha sido a típica adolescente mal informada e afeita a julgamentos – apesar de bastante ativa e singular.

A publicação triunfal do artigo – nenhum Tolokônnikov tivera algo publicado antes – deu a Nádia, Andrei ou ambos a ideia de que ela poderia se tornar uma jornalista. A faculdade de jornalismo da Universidade Estatal de Moscou dava preferência a candidatos que já tivessem algumas publicações. Andrei e Nádia trabalharam juntos em diversos artigos que enviavam para o jornal de Krasnoiarsk em nome dela. No entanto, possivelmente havia neles mais do pai do que de Nádia, pois o editor os rejeitou, dizendo que o jornalismo se baseava em fatos, e não em fantasia, uma afirmação que ainda parecia ferir as suscetibilidades de Andrei sete anos mais tarde, quando ele me contou a história. Nádia não iria se candidatar a uma vaga na faculdade de jornalismo.

———

EM MEADOS DOS ANOS 1990, a gigante da mineração Norilsk Níquel, de longe a maior empregadora da cidade, foi privatizada por dois oligarcas emergentes. Em poucos anos, o sócio minoritário, Mikhail Prókhorov, decidiu se tornar o gerente atuante da fábrica e o homem que iria modernizar não apenas a produção, mas a própria vida dos trabalhadores. Ele se envolveu no ramo da construção civil, no planejamento do lazer e também na vida cultural de Norilsk.

Acontece que Prókhorov era excepcionalmente próximo de sua irmã mais velha, Irina, cuja editora ele começara a financiar com uma parte da fortuna que fizera anos antes. Irina Prokhorova abriu e dirigiu a maior e melhor editora do país, publicando livros, um periódico acadêmico e uma revista de cultura mais popular. Em 2004, quando Mikhail (que geralmente deixava a leitura de livros e outras atividades nobres para a irmã) criou uma fundação cultural, pediu a Irina para dirigi-la e levar o patrimônio intelectual de sua editora a Norilsk. Durante anos, quando a luz começava a voltar, Irina reunia um grande número de escritores, artistas e fotógrafos de Moscou e voava com eles até Norilsk, para semanas de performances, palestras e seminários. Foi assim que Nádia viu Prígov. Dmítri Aleksândrovitch Prígov era um artista visual e performático e poeta conceitualista que, no falar, na aparência e nos gestos, era diferente de todos que ela já vira antes. Certa vez ele explicou: "Eu não produzo textos, e sim comportamento artístico". Escreveu poemas como:

> Passei a vida inteira lavando pratos
> E escrevendo poesia pomposa
> Daí, minha sabedoria e ponderação
> Por isso, minha personalidade, tão leve e constante

> Entendo o movimento da água fluindo da torneira
> Fora de minha janela estão o povo e o estado
> Se não gosto de algo, simplesmente esqueço
> Mantenho minha mente em coisas que sei ter tolerado[1].

Ele se apropriara de uma bombástica linguagem soviética (que Nádia vinha tentando usar, sem sucesso): ele a flexionava, moldava, deixava engraçada e, o que era ainda mais inacreditável, comovente. Isso tornava Prígov e a escola conceitualista moscovita diferentes de todos os outros escritores que ela já havia lido ou visto: eles não torciam o nariz nem viravam a cara para a cultura oficial soviética, mas, reconhecendo sua natureza completamente falsa, transformavam-na em oportunidade – ou seja, arte. Eles se apropriavam de expressões soviéticas, como ações coletivas, por exemplo – os adeptos do conceitualismo moscovita fizeram uma série de apresentações com esse título nos anos 1980 –, e outras marcas registradas do funcionalismo da URSS, como Prígov fizera com o hábito burocrático de se dirigir às pessoas por seu nome e patronímico, transformando-o em seu nome artístico.

Nádia acrescentou o conceitualismo moscovita a sua lista extracurricular de "leituras para a alma". E decidiu se candidatar a uma vaga na faculdade de filosofia da Universidade Estatal de Moscou. "A faculdade de filosofia me pareceu um paraíso", escreveu ela na prisão, "um lugar onde todos (ou pelo menos eu acreditava que sim) eram pesquisadores ou analistas e tinham seu Tchernychévski de bolso, seu próprio pensadorzinho crítico". (Nikolai Tchernychévski foi um filósofo materialista russo.) A mãe de Nádia afirmou que a faculdade de filosofia seria o inferno. Ela passou a fumar dentro do apartamento e a falar

---

[1] A partir da tradução de Bela Shayevich do russo para o inglês.

alto e o tempo todo ao telefone, para dar à filha um gostinho de como seria a vida em um alojamento estudantil. Na verdade, depois de Nádia, aos dezesseis anos, entrar milagrosamente na faculdade de filosofia apesar de não ter contatos influentes, ela passaria a morar com duas quartanistas ortodoxas e carolas que tornariam a vida no alojamento infinitamente melhor do que em casa. Tirando isso, porém, a faculdade de filosofia era o inferno.

Só depois de trocarmos algumas cartas consegui fazer que ela descrevesse o que exatamente havia de errado com o lugar... que não fosse tudo. Para ela, aquele parecia ser um assunto desagradável demais para ser discutido. "Fiquei desconcertada", finalmente escreveu, "com a imaturidade dos alunos, sua visão irresponsável de mundo, a mediocridade, a constante disposição de agir de acordo com o esperado, seguir as normas, com sua falta de paixão, de algo que fosse autêntico, excêntrico, fora das regras." A própria Nádia seguiu à risca as normas da faculdade de filosofia por um semestre. "Odeio aquela época e odeio o que me tornei naquele período. Não consigo entender como as pessoas podem passar cinco anos de suas vidas finitas de uma maneira tão burocrática, servil e sem talento."

No início de seu segundo semestre, Nádia conheceu Piêtia. Ele era mais velho – tinha vinte anos –, cursava o quarto ano de filosofia e era experiente, de uma maneira real e quase incompreensível. Anos antes, seus pais aceitaram a oferta extremamente generosa de uns amigos de Toronto, que sugeriam que seu problemático filho adolescente fosse viver com eles e frequentasse o ensino médio lá. Depois de dois anos, Piêtia falava inglês quase como um nativo; aí passou um ano no Japão, onde seu pai estava trabalhando na época. Ele chegara de fato a assistir a uma palestra da filósofa feminista pós-estruturalista Judith Butler no campus da Universidade de Toronto.

E usava a expressão arte contemporânea – palavras que Nádia considerava sagradas desde a primeira vez que vira Prígov – como se esta lhe pertencesse. Ou ele a ela.

Como todos que conheciam Nádia, Piêtia ficou impressionado em primeiro lugar com a aparência dela: era perfeita, da mesma maneira que um círculo desenhado com um compasso parece perfeitamente redondo, ou um diamante lapidado sobre o veludo lembra a perfeição quando a luz incide diretamente sobre ele. Era alta, firme e curvilínea nos lugares certos para transmitir firmeza e curvilineidade; na prática, ela preenchia essa perfeição com perfeito desembaraço. Os cabelos eram longos e lisos, brilhantes como os cabelos devem ser, e ela tinha um rosto bem simétrico, olhos grandes e castanhos e uma boca impressionante e hipnótica, com lábios cheios, carnudos e exagerados. Que ela usava para falar.

– O que me impressionou, além da aparência – disse Piêtia, reconhecendo o óbvio –, foi o fato de ela ser uma garota de Norilsk, aluna do primeiro ano, e saber quem eram os conceitualistas moscovitas. Você precisa entender que, quanto à cadeira de estética da faculdade de filosofia, Andy Warhol era a vanguarda.

Ao passo que Piêtia e Nádia sabiam que Andy Warhol era história antiga; o conceitualismo moscovita, o passado; e eles mesmos, o futuro.

DOIS
GUERRA

"A Teoria me envolveu em toda uma atmosfera de descrição. Era simples e indiscutivelmente a única coisa que me ajudava a enxergar o que eu era e onde estava", escreveu o memorialista norte-americano Marco Roth. "Parte do que a Teoria prometia era a ideia de que outro mundo ainda era possível, não em uma outra vida mítica, mas aqui e agora, de que a vida na qual estou imerso não tinha de ser a única. Não havia natureza humana estática e a opção era assimilar e moldar o que nos rodeava. E quase tudo o que nos rodeava era agora o resultado de algum tipo de atividade humana, como o leite de soja em pó com o qual fui amamentado. Éramos cultura, artificialidade e engenharia do começo ao fim. Portanto, o que foi feito poderia ser desfeito."
Eu reconhecia a descrição. E esta também: "A semiótica foi o primeiro elemento com sabor de revolução. Traçou uma linha; criou um eleito; era sofisticada e europeia-continental; lidava com assuntos instigantes, com tortura, sadismo, hermafroditismo... com sexo e poder". Do romance *The Marriage Plot* [*A trama do casamento*[2]], de Jeffrey Eugenides.

Nádia a descreveu como "um arrepio". Aconteceu com ela quando leu o filósofo francês Gilles Deleuze. Mesmo em 2007, muito tempo depois de a geração de estudantes que achara ter descoberto a Teoria amadurecer o bastante para escrever

---
[2] São Paulo, Companhia das Letras, 2012. (N. E.)

sobre isso com saudosismo, e muito depois que as humanidades foram declaradas mortas no Ocidente, e mais de uma vez, Nádia tinha a sensação de que o mundo estava se tornando ao mesmo tempo mais nítido e infinitamente mais complicado. Foi estimulante.

O mundo fora da Universidade Estatal de Moscou no início de 2007 era tão embrutecedor como dentro dela. Vladímir Pútin, outrora um funcionário subalterno da KGB, estava em seu oitavo ano à frente do governo. A boa sorte não dava sinais de que iria abandoná-lo. O preço do petróleo, que quase quadruplicara desde 2000, começara a subir ainda mais: praticamente duplicaria em um ano. Havia muito dinheiro na Rússia. Lojas de artigos de luxo não conseguiam manter os produtos em estoque. Nem mesmo a concessionária de carros Bentley, que abrira as portas a uma quadra do Kremlin: a cota anual do modelo mais recente era vendida em questão de dias, e o pagamento era em dinheiro vivo. Os escritores russos mais populares eram um homem e uma mulher, autores do que mal poderia ser considerado ficção sobre o estilo de vida dos ricos da Rússia. Cada um deles recebia 1 milhão de dólares por título e não conseguiam atender à demanda dos leitores.

A direita liberal – os reformadores econômicos dos anos 1990 – começara no mesmo lado que Pútin e o apoiara, aí alguns de seus membros romperam relações com o regime, tentaram estabelecer partidos de oposição e não conseguiram. Nos anos que levaram até mudar de ideia, Pútin havia desmontado sistematicamente o sistema eleitoral do país e se apoderado de todos os canais de televisão federais e da maior parte das emissoras locais, de modo que aos políticos de oposição sobrara pouca coisa com que ou para trabalhar. O *establishment* de esquerda – o Partido Comunista e seus satélites – dependia firme e comodamente do Kremlin. Em 2005, o campeão de xadrez Gárri

Kaspárov, um dos homens mais respeitados e amados da Rússia, anunciou que estava desistindo do xadrez para abraçar a causa de derrubar o regime de Pútin. Viu-se impossibilitado de alugar um salão em qualquer lugar do país. No entanto, com muito esforço, ele conseguiu organizar uma coligação heterogênea que realizou uma série de protestos de rua chamados de Marchas dos Descontentes. Foram desbaratadas em 2008 depois que a polícia começou a deter ativistas conhecidos dias antes dos protestos programados.

Em dezembro de 2006, no final do primeiro semestre de Nádia em Moscou, mais de 5 mil pessoas apareceram para a Marcha dos Descontentes, que tivera a permissão para sua realização negada pelas autoridades. Tentaram abrir caminho à força através da barreira policial; mais de cem pessoas foram detidas. Quatro meses mais tarde, algo em torno de mil ativistas foram detidos ao sair de casa para ir a outra marcha proibida. Ainda assim, cerca de 5 mil pessoas apareceram e várias centenas conseguiram romper uma barreira e marchar aproximadamente oito quilômetros antes que o protesto fosse reprimido pela polícia. Para Piêtia e Nádia, que participaram de alguns desses protestos, não parecia que a mudança estivesse a caminho, mas pelo menos estava claro que eles não eram os únicos no país que queriam se manifestar contra a uniformidade política sufocante, a mediocridade esmagadora e o consumismo obsessivo da Rússia de Pútin.

———

O MELHOR AMIGO DE PIÊTIA, Oleg Vorótnikov, um pós-graduando de filosofia, andara experimentando a carreira de artista contemporâneo. Sua esposa, Natália Sókol, era uma física que se tornara fotógrafa, e, em 2005, eles formaram o que chamavam de coletivo de arte, embora aparentemente fosse composto apenas pelos dois e não tenha ficado totalmente claro qual era o tipo de arte que faziam – ou, na verdade, se faziam alguma arte. Agora, os dois casais, Oleg e Natália, Piêtia e Nádia, formavam um novo grupo artístico. Em fevereiro de 2007, escolheram um nome: Voiná, ou "Guerra".

Restava a questão do que esse grupo de arte iria fazer. Definitivamente, não pretendia retransmitir a mensagem da oposição, que era tão formal como qualquer outro clichê político: era um milagre que aquela linguagem tivesse inspirado alguém a ir para as ruas. O limitado cenário artístico dificilmente oferecia uma alternativa, uma vez que era dominado por gigantes comerciais como o AES+F, um grupo de quatro integrantes que representou a Rússia naquele ano na Bienal de Veneza, com um vídeo chamado "Last Riot" [O último levante], em que aviões apareciam colidindo sem pegar fogo e gangues de adolescentes espantosamente belos entravam em confronto sem derramamento de sangue. A estrela em ascensão no mundo da arte era Victor Alimpiev, que criava obras etéreas semelhantes a traços de neve contra um céu agradavelmente cinzento e enfatizava que seu trabalho não estava de maneira alguma vinculado aos acontecimentos da época ou, em termos gerais, ao local e momento em que era criado. Um grupo conhecido como Narizes Azuis oferecia uma alternativa para o brilho excessivo da arte dominante: sua obra era pura ironia, ou seja, basicamente uma coleção de caricaturas.

Esse estado de coisas desolador não era culpa dos artistas nem dos políticos. Em grande parte, era culpa da União Soviética. Em todas as sociedades, a retórica pública envolve um certo tanto de mentiras, e faz-se história – tanto a política quanto a da arte – quando alguém confronta efetivamente a mentira. Mas em sociedades realmente espantosas, *toda* conversa pública é um exercício de usar as palavras para dizer o oposto do que significam – descrever os corajosos como *traidores*, os fracos como *assustadores* e os bons como *maus* –, e confrontar essas mentiras é o ato mais aterrador e solitário que um indivíduo pode realizar. São semelhantes as sociedades do *Admirável mundo novo* de Aldous Huxley ou do *We* [*Nós*[3]] de Ievguêni Zamiátin, que as antecederam. Na distopia de Zamiátin, a guilhotina era conhecida como a Máquina do Benfeitor, as pessoas, como Números, e o poder das palavras era bem compreendido: "Aquele que se sentir capaz deve considerar seu dever escrever tratados, poemas, manifestos, odes e outras composições sobre a grandeza e a beleza do Estado Unido". Zamiátin baseou sua distopia no estado soviético, cuja construção ele testemunhara. Meio século depois de sua morte, palavras reais que correspondiam a fatos e sentimentos verdadeiros irromperam em uma inundação repentina e catastrófica e derrubaram a União Soviética. Mas aquele período inebriante da história russa perdera o ímpeto na época em que Piêtia e Nádia estavam aprendendo a falar. Voiná encarava um desafio que talvez fosse maior do que os enfrentados por qualquer outro artista na história: seus integrantes queriam questionar uma linguagem de mentiras que já havia sido efetivamente confrontada, mas que desde então fora reconstruída e reforçada, desacreditando até mesmo a linguagem do próprio confronto. Não sobraram palavras.

Alguns outros artistas se digladiavam com os mesmos problemas. Piêtia passara alguns meses ajudando o artista performático Oleg Kulik a montar um grande espetáculo colaborativo chamado Acredito. O evento foi precedido por uma série de sessões de autoconhecimento coletivo, durante as quais cada participante se esforçava para identificar aquilo em que acreditava. Piêtia considerou essa abordagem aflitiva e emba-

---

3 São Paulo, Alfa Omega, 2004. (N. E.)

raçosamente modernista. Outra complicação: os estudantes de filosofia (e uma física) queriam usar suas ferramentas intelectuais para desconstruir aquilo que estavam confrontando, mas a linguagem enganosa e inconstante resistia à desconstrução. No verão de 2007, eles foram ver Prígov.

―――

Prígov gostou de Voiná – claro – e concordou alegremente em se apresentar com eles. Essa seria a primeira ação real de Voiná, depois de seis meses falando o tempo todo e, certa vez, atirando gatos (animais de rua vivos) por cima do balcão do McDonald's em uma ação conjunta com o grupo de arte Bombily ("Radio-táxis Clandestinos"), que na verdade era formado apenas por Anton Nikolaiev, enteado de Kulik, um ex-universitário que me enviou, por e-mail, links de vídeos de ações de Voiná. O grupo o chamava de "o Maluco".

Prígov entraria em um cofre de metal à prova de fogo e os membros de Voiná o carregariam, subindo 22 andares do edifício principal da Universidade Estatal de Moscou. Durante todo o tempo, Prígov falaria consigo mesmo, provavelmente da maneira que lhe era habitual, melódica, semelhante a uma oração. Ele colocou seu monólogo no papel:

> A imagem daquele que está sentado dentro de um armário, concha ou caixa é bastante familiar. Ele se escondeu, tornou-se clandestino, faz seu trabalho em segredo; o trabalho de sua alma e espírito se oculta do mundo exterior. É como São Jerônimo em sua caverna quando o raio da Providência entra e o leva ao céu. Da mesma maneira, o homem no armário esperou bastante pelo momento de sua ascensão, quando seria levado até o 22º andar, e essa seria a recompensa por sua dor e sofrimento, infligidos pelo mundo, e pelas proezas de seu espírito, ainda desconhecidas. Nenhum trabalhador ordinário do mundo físico e comum

– ninguém cujo trabalho fosse transferir meros fardos materiais ou carnais de um local para outro – poderia ser encarregado de executar essa ascensão. Seria um dia inteiro de trabalho para eles, fosse para receber uma remuneração miserável ou generosa. Não, o poder superior exigia as mãos não treinadas daqueles para quem essa tarefa seria um feito heroico, não um trabalho do corpo, mas da alma e do espírito.

A peça foi chamada de *Ascensão* e refletia o espírito de simbolismo excessivo com o qual Voiná impregnaria sua primeira ação. O prédio principal da Universidade Estatal de Moscou, um dos sete arranha-céus moscovitas inspirados no Manhattan Municipal Building, em um ato flagrante de plágio arquitetônico, é um dos mais altos da cidade, acomodado no cimo de sua colina mais elevada. Por isso, o topo desse edifício é realmente o ponto mais alto a que se pode chegar na capital da Rússia. Vários milhares de prisioneiros do *gulag* trabalharam em sua construção, e o 22º andar na verdade abrigara um *lagpunkt* (campo de trabalhos forçados) temporário quando as obras no interior do prédio estavam em curso. Embora a faculdade de filosofia estivesse localizada em outro prédio, a unidade principal ainda simbolizava toda a universidade – toda a educação, o conhecimento e muito da ambição da Rússia. E seria pelas mãos delicadas e sem treinamento de alunos, antigos e atuais, da universidade (não muito diferentes das mãos sem treinamento dos presos que a construíram) que Dmítri Aleksândrovitch Prígov finalmente seria instalado no pináculo da cultura russa, ainda que dentro de um cofre à prova de fogo.

Eles não conseguiram encontrar um cofre à prova de fogo. Decidiram se contentar com um guarda-roupa de carvalho – simples e não tão pesado como um cofre, mas ainda assim um compartimento de simbolismo concreto. No dia 6 de julho de 2007, Voiná esperava por Prígov no café de uma livraria. Ele estava duas horas atrasado.

[FORMANDO O PUSSY RIOT]

Então ele telefonou, rindo muito:

– Acabei vindo parar em um hospital. Estou na Unidade de Tratamento Intensivo. – E Voiná foi vê-lo. Ele parecia achar a coisa toda muito engraçada, assim como os jovens que se amontoavam em torno de sua cama: estavam dispostos a ver tudo exatamente como ele via. Dez dias depois, Dmítri Aleksândrovitch Prígov morreria no hospital, aos 66 anos de idade.

Voiná fez um velório. Em vez de subir ao 22º andar, eles desceram ao metrô de Moscou – outro símbolo do monumentalismo e da grandiosidade arquitetônica soviética. Eles embarcaram na linha circular à meia-noite, horário em que estava mais vazio, e montaram rapidamente mesas de plástico vermelhas para piquenique, que couberam perfeitamente entre os bancos ao longo de cada lado do vagão do metrô. Cobriram as mesas com toalhas brancas e distribuíram pratos, talheres, garrafas de vinho e vodca e a tradicional comida agridoce dos velórios russos. Anton, o Maluco, se aproximou dos outros passageiros para oferecer comida e bebida (todos recusaram). Oleg Vorótnikov recitou um poema de Prígov:

> Minha ambição é servir como fertilizante
> Para o futuro, uma espécie mais racional,
> Para que uma juventude cheia de mérito e rompante
> Cresça em minha terra fecunda,
>
> Para que uma juventude incorruptível, que com orgulho
> Desdenhou do pagamento duvidoso ao néscio
> Compreenda toda a loucura em torno de si,
> E ainda assim declare "eu te amo", a todo custo[4].

---

4 A partir da tradução de Gregory Zlotin do russo para o inglês.

— Foi uma instalação total — disse-me Piêtia, usando um termo criado pelo artista e emigrado russo Iliá Kabakov para descrever as instalações que representam segmentos de uma narrativa maior. — Foi nossa primeira experiência de trabalhar com o espaço público, com a intenção de levar vida a ele. Os conceitualistas forçaram os limites da língua e nós, os limites do espaço público.

O *velório*, ou *O banquete*, como Voiná a chamou, é, dentre as ações do grupo, a minha favorita, por ser tão desoladora. Havia cerca de doze pessoas nas mesas de piquenique. Eram bastante jovens e entusiasmadas, como crianças que fazem uma festa quando seus pais estão fora. Pareciam abaladas, encolhidas e solitárias, exatamente como as pessoas se sentem quando morre alguém que amam. Conseguiram captar a verdadeira essência de um funeral russo, uma triste festa de adeus. Ou, melhor ainda, captaram o espírito do funeral pós-soviético, que, como a maior parte dos rituais pós-soviéticos, combinava a memória das tradições russas com fragmentos de burocracia. Era um tributo perfeito para Prígov. Além de ser uma prévia perfeita do futuro de Voiná, que viria a ser mais conhecido por tornar pública a vida privada.

O grupo filmou a ação e, como faria com todas as suas performances no futuro, editou-a para obter um clipe curto acompanhado de um texto narrativo. O vídeo foi selecionado para uma exibição em Kiev, Voiná foi até lá e chegou a reencenar *O banquete* no metrô da cidade. Eles eram um autêntico grupo artístico agora.

───

Depois de voltarem de Kiev, apresentaram uma série de ações que tiveram o efeito cumulativo de dar às pessoas a impressão de que Voiná já existia havia algum tempo e criticava sem piedade a vida e a política russas. Em 29 de fevereiro de 2008, cinco casais fizeram sexo no Museu de Biologia e filmaram tudo. A ação recebeu o nome de *Trepada em nome do ursinho herdeiro*, um trocadilho com o sobrenome de Dmítri Medviédev, que provém da palavra russa para urso. Medviédev, um homem pequeno que parecia o cruzamento de um aluno da terceira série com seu bichinho de pelúcia favorito, fora ungido sucessor de Pútin; no dia seguinte à ação, ele seria eleito para o cargo de presidente, para que pudesse esquentar a cadeira de Pútin por quatro anos. O local da performance foi escolhido por sua associação com os animais, ao passo que a intenção da forma era comunicar que a vida política russa era como a pornografia: uma imitação comercial da paixão.

Em maio, Voiná encenou A *humilhação de um policial em sua casa*: passando-se por estudantes enviados por escolas de ensino médio, eles entravam em delegacias de polícia e substituíam os retratos de Pútin por outros de Medviédev. Os policiais assistiam a tudo, mortificados por terem de testemunhar o que parecia ser uma afronta ao regime, mas incapazes de agir porque, formalmente, os "estudantes de ensino médio" estavam fazendo a coisa certa: Medviédev era empossado naquele mesmo dia.

Em junho, Oleg Vorótnikov vestiu o comprido hábito preto de um sacerdote ortodoxo russo e o quepe de um policial, entrou em um supermercado e saiu sem pagar com um carrinho cheio de compras, para demonstrar que ambos, sacerdotes e policiais, eram ladrões. A ação foi chamada de *Policial de batina*.

Em setembro, Voiná apresentou uma de suas ações mais capciosas e confusas, que também estava destinada a ser uma das mais lembradas. Intitulado *Em memória dos dezembristas*, o ato fazia referência aos pretensos revolucionários da Rússia oitocentista de uma maneira decididamente obscura. Cinco dezembristas foram enforcados, por isso Voiná encenou o enforcamento de cinco homens – três deles representavam, no figurino e na maquiagem, trabalhadores migrantes e dois, homossexuais (um deles era também judeu na vida real) – nos corredores do hipermercado Auchan, que representava a si próprio, o consumismo desenfreado e uma conquista do prefeito de Moscou, conhecido por seus comentários xenofóbicos. Os clientes do Auchan receberam "licenças de caça", cartões que supostamente davam a eles o direito de atirar em trabalhadores migrantes.

Em novembro, no aniversário da Revolução de Outubro[5] (que coincidiu com o aniversário de dezenove anos de Nádia), eles encenaram sua *Tomada da Casa Branca*. Voiná contrabandeou um poderoso projetor a laser para o sótão do Hotel Ucrânia (outro arranha-céu de Stálin) e o usou para projetar uma enorme caveira com dois ossos cruzados na Casa Branca, a sede do governo russo, que fica na outra margem do rio Moscou.

Eles encerraram o ano em 28 de dezembro, soldando e fechando as portas do Oprítchnik, um dos restaurantes mais absurdamente caros de Moscou, cujo nome se refere a membros da tropa de choque de Ivan, o Terrível. Uma mensagem pregada na porta dizia: "Para a segurança de nossos cidadãos, as portas do clube de elite Oprítchnik foram reforçadas". Os integrantes de Voiná acreditavam que uma celebração de Ano-Novo estava em andamento dentro do local quando soldaram as portas. Na verdade, o Oprítchnik estava vazio naquela noite.

═══════

Eles provaram ser recrutadores talentosos. Iam assistir a eventos na Escola Ródtchenko de Fotografia de Moscou e convidavam alunos talentosos para se unirem a eles: foi assim

---

5 Segundo o calendário gregoriano, 7 de novembro de 1917 equivale a 25 de outubro segundo o calendário juliano. (N. E.)

que uma jovem pequena e com jeito de menino, que se chamava Kat, se tornou uma participante regular. Iam ao encontro de artistas estabelecidos em busca de conselhos e para tentar envolvê-los nas ações: ocasionalmente, Kulik se juntava a eles, e um escritor chamado Aliéksei Plutser-Sarno tornou-se o blogueiro semioficial do grupo e a principal fonte de informações a respeito de suas performances. Uma cineasta chamada Tássia Krugovykh foi consultá-los sobre furto em lojas para um filme que estava planejando; em troca, eles pediram que ela escrevesse o roteiro de uma de suas ações. Ela concordou.

O furto em lojas era uma parte essencial do éthos de Voiná. Eles rejeitavam o consumismo; mais importante ainda, não tinham dinheiro, mas gostavam de comer bem e sempre, por isso elevaram o furto de comida à condição de arte. Podiam discorrer horas a fio sobre a teoria e prática de furtar para comer, sem deixar de fora os detalhes mais refinados das estratégias infrutíferas das lojas para a prevenção do furto.

Piêtia, Nádia, Oleg, Natália e um número variável de membros de Voiná formaram o que equivalia a uma comunidade. Na maior parte do tempo, eles viviam juntos: em um apartamento de dois cômodos que Piêtia conseguiu alugar por um tempo; no estúdio do porão de Kulik, onde Anton, o Maluco morava; em um imóvel desocupado; em um espaço para ensaios. Viajavam juntos quando tinham apresentações. Conversavam o tempo todo, normalmente sobre arte e política. Acabaram se cansando uns dos outros. No final de 2009, eles se separaram nada amigavelmente: Oleg, Natália e seus aliados de um lado; Piêtia, Nádia e os seus, de outro. Os dois grupos continuaram a se apresentar como Voiná. A reivindicação de Oleg parecia mais crível: seu Voiná continuou a produzir ações notáveis, incluindo a mais simples e divertida delas, o oposto conciso de seus primeiros excessos. Em junho de 2010, eles pintaram o gigantesco contorno de um pênis em metade da ponte levadiça que fica em frente à sede regional da polícia secreta em São Petersburgo. Quando a ponte foi erguida, o pênis ficou ereto bem diante da janela da sede. A ação foi chamada de *Foda-se o FSB*[6]. A partir daí, o Voiná de Oleg passou a danificar e destruir viaturas policiais, daí foram detidos por algum tempo e, finalmente, fugiram do país. Oleg e Natália entraram na clandestinidade em 2011 e acabaram reaparecendo em Veneza, Itália.

Nádia e Piêtia não fizeram nada tão decisivo nem dramático. Eles tiveram uma filha. Guiera aconteceu para eles da mesma maneira que Nádia acontecera para seus próprios pais: ela ficara grávida poucos meses depois de conhecer Piêtia. Marcaram um encontro com Andrei, pai de Nádia, no metrô, para lhe contar as novidades. Ele se lembra de estar sentado em um trem que saía da estação e pensar: "Vem aí um bebê e esse tal Piêtia fará parte da minha vida agora". Quando Nádia fez dezoito anos, ela e Piêtia obtiveram uma licença de casamento. Ela estava no nono mês de gestação quando eles "treparam em nome do ursinho herdeiro". Guiera nasceu quatro dias depois. O bebê ficava a maior parte do tempo no apartamento da mãe de Piêtia enquanto seus pais saíam para fazer arte política.

Mas, quando a menina estava com dois anos, seus pais – então com 20 e 23 – pareciam aposentados do mundo da arte. Seu melhor trabalho, ou pelo menos o mais dramático, parecia ter ficado para trás. Piêtia passou a se referir às ações de Voiná de 2008 como "clássicos". Pareciam ter sido parte da criação de algo muito maior do que tinham se dado conta, algo muito maior do que eles mesmos. Mas o momento em que aquela obra fora criada havia passado. A indignação se fora. As Marchas dos

---

[6] FSB é o Serviço Federal de Segurança da Rússia, sucessor da KGB. (N. T.)

[FORMANDO O PUSSY RIOT]

Descontentes tinham se transformado em pequenos protestos em uma das praças centrais de Moscou, realizados a cada dois meses. A crise econômica de 2008 havia domado a extravagância consumista de Moscou. Medviédev continuava vomitando uma retórica liberal mais ou menos crível. O que fora preto e branco havia adquirido um tom de cinza indefinido, uma cor que não combina com a arte radical.

Nádia estudava. Procurava traduções russas de obras fundamentais de filosofia escritas nos últimos quarenta anos; algumas vezes, ela encontrava traduções inéditas ou publicadas de maneira independente; outras vezes, não encontrava nada e assumia o papel de tradutora. Piêtia estava inquieto.

TRÊS
KAT

– Minha infância não foi particularmente comum até se tornar comum. – Iekaterina Samutsiévitch e a linguagem mantinham uma relação inversamente proporcional; eu havia reparado nisso ao passar algum tempo em sua companhia, mesmo antes de nos sentarmos para nossa primeira entrevista formal. Ela procurava ser precisa, sua escolha de palavras era sempre intencional, mas parecia não ter consciência das imagens ou associações que suas escolhas suscitavam nas outras pessoas, e, como resultado disso, seu discurso confundia mais do que esclarecia. Eu lhe havia dito que queria ouvir toda a sua história desde o início, e ela começou dizendo que sua infância se tornou comum depois de ter sido extraordinária.

– Foi extraordinária no princípio porque eu estava sempre em hospitais, em algum tipo de instituição, pareciam orfanatos, mas eram de fato hospitais. Devo ter tido algum tipo de problema de saúde grave, pelo que me contaram mais tarde. Por isso, quando era criança, nunca via meus pais. Não me lembro de quantos anos tinha quando os vi pela primeira vez — assim de memória, é difícil dizer a idade. Lembro que minha mãe e meu pai vieram. Ela estava vestindo um casaco de pele preto; sim, lembro-me disso. Me disseram: "Esta mulher e este homem são seus pais. Eles esperaram por você e agora vieram buscá-la". E me lembro de estar em hospitais e que lá também havia mulheres que eu não conhecia. Vivi na casa de uma senhora certa vez, e ela me deu poções medicinais. Passava todo o meu tempo com estranhos. Por isso, a primeira vez em que me mostraram minha mãe e meu pai, isso não causou nenhuma impressão em mim: não me importava quem eles eram. Só fiquei triste por ter de ir para outro lugar estranho. E eles me trouxeram para o apartamento onde ainda moro.

– Alguma vez perguntou a seus pais o que havia de errado com você?

– Claro que sim. Eles me disseram que eu era sua filha biológica, e não adotada, mas que estivera gravemente doente. Não sei o que era. Talvez houvesse algo errado com meu coração. Por isso, tinham sempre que me mandar para outros lugares para que eu pudesse sobreviver.

Ali estava a única personagem central desta história à qual pude ter acesso irrestrito, e aparentemente encontráramos um problema fundamental bem no início de sua narrativa. Ao que tudo indicava, ela me contara uma história clássica de adoção e agora me dizia que não era o que parecia. Todos nós lidamos com mitos e lendas pessoais e familiares, conspiramos para exagerá-los e suprimi-los, mas normalmente fazemos ajustes nas histórias para torná-las verossímeis (de fato, muitas vezes histórias verdadeiras devem ser sistematicamente alteradas para que as pessoas acreditem nelas). Nunca antes haviam me contado algo que parecia representar um fato para em seguida me instruírem a acreditar cegamente que a verdade fosse outra. Isso iria acontecer muitas vezes em minhas conversas com Iekaterina e seu pai.

Stanislav Samutsiévitch era um homem bastante alto que não parecia ter 74 anos. Além de notavelmente não russo: com a camisa de mangas curtas de oxford azul, as calças folgadas e cinzentas, o cinto e os mocassins pretos, ele parecia mais um vendedor de seguros norte-americano e aposentado ou um funcionário de médio escalão da IBM do que um engenheiro russo. Nós estávamos sentados em um banco de uma praça central de Moscou: como a maioria dos cidadãos russos de sua idade, ele não havia adotado o hábito ocidental de marcar reuniões em cafés.

– Ela teve problemas nos rins – respondeu ele quando lhe perguntei sobre a tenra infância de Iekaterina. – Estava em boas condições de saúde aos cinco anos de idade, e foi quando a recolhemos. Era possível cuidar dela, e agora ela é uma criança fisicamente saudável. – Ele estava falando a respeito de uma mulher de trinta anos. – Mas é claro que é fisicamente subdesenvolvida.

Se eu conseguira reprimir minha reação quando Samutsiévitch chamara a filha adulta de "criança saudável", com certeza falhei naquele momento: ele claramente notou que eu me retraí ao escutar a palavra subdesenvolvida. Iekaterina tinha 1,52 metro de altura e quadris largos que a faziam parecer mais robusta do que era. Meio desengonçada e, por vezes, esquisita, mas de maneira alguma "subdesenvolvida".

– É que todos em minha família são grandes – explicou Stanislav Samutsiévitch.

———

EM CASA, IEKATERINA TEVE UMA infância comum. Era uma garota solitária crescendo em uma família solitária de gente solitária, uma versão soviética tardia de romances norte-americanos sobre a desolação dos subúrbios de classe média.

Seus pais eram uma espécie de casal incompatível à moda antiga: o pai vinha de uma família bem educada e estabelecida de Moscou, enquanto a mãe era do interior da Ucrânia. Ele se envergonhava dela, e ela se sentia oprimida por ele. A esposa passava seus dias ensinando desenho na escola que Iekaterina

[FORMANDO O PUSSY RIOT]

frequentava – uma escola de bairro comum, como dezenas de outras em Moscou – e suas noites e verões na cozinha.

– Ela foi educada de maneira conservadora: acreditava que o lugar da mulher era na cozinha – afirmou Iekaterina. – E minha mãe realmente trabalhou em casa a vida toda. Quer dizer, fazia serviços domésticos. Sempre cozinhando, limpando. Meu pai nunca fez nada, pelo que entendi. E por isso ela estava sempre ressentida com ele. Ela dizia: "O que fazer, ele é um intelectual". Passávamos o verão na *datcha*, aí eu via: o verão, o calor e ela e minha tia sempre cozinhando. Preparando conservas e outras coisas estranhas. Eu não entendia para que era aquilo tudo. Mas ela me dizia: "Sua vida será assim. Você vai passá-la na cozinha". Eu olhava para aquilo tudo com horror. E a visão que tenho disso agora é negativa.

Stanislav tinha outras ideias para sua única filha: conduziu Iekaterina para a área em que ele atuava, a programação de computadores. Ela se formou no ensino médio com medalha de ouro, oferecida apenas a alunos nota dez.

– Foi fácil – disse ela. – Fiquei surpresa ao saber que outras pessoas não receberam medalhas. – Fez uma pausa. – Aí começaram a me pressionar para ir para a faculdade.

O Instituto de Engenharia Elétrica de Moscou pareceu uma boa opção. Também tirou Iekaterina de seu bairro monótono na zona sudeste de Moscou pela primeira vez desde que ali chegara aos cinco anos; pelo menos durante o dia, que ela passava no instituto, via algo além do congestionamento constante a que assistira através das janelas do apartamento e da escola durante toda a sua infância.

Depois de seu primeiro ano na faculdade, Iekaterina passou o verão na *datcha* com a mãe. O pai trabalhava, dividindo o tempo entre Moscou e o campo. Um dia, sua mãe, que estava de pé em frente ao fogão como de costume, sofreu um forte ataque cardíaco e desfaleceu. A jovem chamou o pai, a tia e uma ambulância, mas antes que chegasse alguém, sua mãe já estava morta. Depois disso, Iekaterina preferiu não ir mais até a *datcha*.

Ela passou seis anos no instituto fazendo o mestrado, depois saiu, em vez de tentar o doutorado.

– Fiquei um tanto decepcionada. Os equipamentos do departamento estavam ultrapassados, meu orientador tinha noventa anos, e eu achei que isso não era um bom sinal. Naturalmente, ele não demorou a falecer e não havia ninguém mais, com exceção de um único professor. O Estado simplesmente não queria investir em atrair pessoas para a pesquisa. Aí resolvi arrumar um emprego. E, uma vez que eu não tinha nenhuma experiência profissional, comecei a ir de um instituto de pesquisa a outro, tentando encontrar algum que estivesse disposto a admitir uma estudante.

Isso aconteceu em meados dos anos 2000. Jovens russos com formação semelhante à de Iekaterina estavam conseguindo trabalho na Google, em sua badalada concorrente russa, a Yandex, ou em diversas empresas de alta tecnologia que estavam recrutando engenheiros ativamente. Mas isso acontecia em uma Moscou diferente, contemporânea: Iekaterina, assim como o pai, ainda vivia na cidade soviética de sua infância, onde os engenheiros se esfalfavam em institutos de pesquisa. Ou melhor, eles normalmente trabalhavam em uma divisão do Ministério da Defesa que usava institutos de pesquisa como fachada... e foi exatamente nesse tipo de lugar que ela encontrou trabalho.

O Instituto Agat era uma divisão esquecida por Deus e pelo Estado, habitada por almas mortas e algumas vivas e desorientadas como Iekaterina, que foi designada à função de desenvolver um software para o sistema de controle de armas de um submarino nuclear. Esse submarino estava em construção aos trancos e barrancos desde que ela tinha nove anos de idade e a velha URSS ainda existia. Agora, com dez anos de atraso em relação ao prazo original, ele fora destinado a ser alugado pela marinha indiana se e quando estivesse finalmente concluído.

Em 2007, a construção do submarino estava em grande parte concluída, e a presença dos engenheiros no local era necessária para o processo final de ajustes e testes, que devia levar cerca de um ano e meio. As autoridades russas estavam regateando com a Índia – o preço continuava subindo e o prazo era sempre empurrado para a frente – e os engenheiros também eram pressionados. Foi quando Iekaterina pediu demissão.

– Eu também estava completamente decepcionada – comentou ela. – Pelas mesmas razões: a corrupção, a falta de interesse do Estado em investir em equipamento militar de qualidade. Os programadores eram mal remunerados, enquanto os diretores de projeto, que não faziam nada além de cuidar das habilitações de segurança, recebiam 100 mil rublos por mês [cerca de 3 mil dólares]. E as pessoas que nunca apareciam, mas recebiam 60 mil. E íamos trabalhar sem saber a quem nos reportar ou o que devíamos fazer.

Isso que, na lembrança de Iekaterina, foi seu primeiro ato amargo de rebelião, seu pai recorda de maneira diferente:

– Quando ela devia ir testar equipamentos no Extremo Oriente, eu não a deixei ir.

– Como assim, "não a deixou ir"?

– Bem, você teria deixado? Ela tinha 25 anos, era uma garotinha... Que tipo de pai deixaria a filha ir para o Extremo Oriente da Rússia durante um ano e meio ou dois anos? Eu já servi nas forças armadas. Estive naqueles lados: estão infestados de criminosos. Por isso não a deixei ir. E fiz bem em não deixar.

Iekaterina saiu do instituto de defesa e começou a atuar como programadora freelance, ou assim pensava seu pai. Seu primeiro ato real de rebelião foi responder a um anúncio de uma nova escola de fotografia, batizada em homenagem ao artista construtivista Aleksandr Ródtchenko. O anúncio era uma mensagem da outra Moscou, uma cidade moderna e cosmopolita que Iekaterina mal suspeitava existir. Ela estivera em duas exposições de fotos e certa vez ficara impressionada com o trabalho de Boris Mikháilov, um fotógrafo ucraniano e morador de Berlim, um dos inúmeros artistas de renome mundial oriundos da antiga União Soviética. Iekaterina viu duas fotos de sua famosa série Vermelha, imagens exageradamente românticas banhadas pelo vermelho do comunismo.

– Gostei delas. Não sabia por quê.

Ela teve o verão todo para se transformar em uma candidata à escola Ródtchenko.

– Eu procurava fazer fotos que fossem conceituais, e não apenas bonitas. Percebi que não eram boas, precisavam ser mais inteligentes, por isso, comecei a estudar livros escritos por fotógrafos. Não me lembro quais. E então, inesperadamente, entrei.

A escola era gratuita para quem era admitido com base no portfólio, e Iekaterina preferiu não contar nada ao pai. Todos os dias, ela escapulia do apartamento e entrava no mundo da arte contemporânea, de críticos, curadores e fotógrafos: os melhores dos melhores de Moscou ensinavam na Ródtchenko.

Em novembro de 2008, o sistema de extinção de fogo do submarino nuclear no qual Iekaterina trabalhara sofreu uma pane enquanto a embarcação estava a caminho de um exercício de teste de armas. Vinte pessoas que estavam a bordo

[FORMANDO O PUSSY RIOT]

morreram, inclusive dezessete engenheiros civis. Pareceu a Stanislav Samutsiévitch que seus instintos estavam certos e que seu rigor fora justificado: era bom que sua filha fosse freelance agora.

Quando Iekaterina acabou admitindo que estava estudando fotografia, Stanislav Samutsiévitch tentou ser compreensivo e pediu para ver o trabalho da filha.

– Ela fazia fotos de coisas abstratas, e eu disse a ela: "Fotografe a vida a seu redor e a maneira como as pessoas vivem, daí seu trabalho terá profundidade psicológica". Ela não entendeu nadinha.

Na verdade, ela realmente fotografou a vida a seu redor. A tarefa da turma para o ano letivo de 2007-08 foi fotografar as eleições. Durante a eleição parlamentar em dezembro de 2007, os alunos da classe, munidos de credenciais emitidas pela prefeitura, se dirigiram para diversas zonas de votação: foram agredidos, detidos ou expulsos. Em um determinado momento, Iekaterina e sua melhor amiga na escola, uma jovem alta, pálida e magra chamada Natacha, resolveram fotografar Iekaterina votando em sua antiga escola. Natacha capturou imagens da amiga caminhando em direção ao prédio só para descobrir que estava trancado.

– Então, apareceram umas pessoas em trajes civis e disseram que a eleição havia acabado e que o prédio estava fechado.

Ainda faltava uma hora para o encerramento da votação.

A educação política de Iekaterina se intensificou em março, quando ela e a amiga decidiram fotografar as eleições presidenciais. O sucessor consagrado de Pútin, Dmítri Medviédev, estava concorrendo praticamente sem oposição. De uma lista de zonas eleitorais, elas escolheram um endereço que parecia estranho. Encontraram um hospital psiquiátrico: na verdade, era um dentre vários distritos eleitorais fantasmas criados para contabilizar os votos de pessoas já falecidas. Elas fotografaram a si mesmas procurando um local para depositar seus votos na enfermaria psiquiátrica... até que foram expulsas.

Naquela primavera, a Escola Ródtchenko realizou uma mostra estudantil. Quando Iekaterina e a amiga chegaram, alguém lhes disse que um grupo de pessoas estava procurando Natacha: gostaram da videoinstalação feita por ela e pediram para conhecer a artista. As duas encontraram Piêtia, Nádia, Oleg e Natália de pé ao lado do trabalho de Natacha. Os visitantes se apresentaram como Voiná e ficaram surpresos em saber que os alunos da Ródtchenko haviam discutido seu trabalho em sala de aula. Eles trocaram números de telefone. Um mês mais tarde, Voiná ligou, e Natacha e Iekaterina se juntaram a eles. Iekaterina agora se chamava Kat. Elas participaram de *A humilhação de um policial em sua casa* e ajudaram a montar *Policial de batina*, *Tomada da Casa Branca* e o enforcamento dos dezembristas no Auchan. E o mais importante, elas se tornaram parte da estrutura de Voiná, das discussões, da organização e da constante e obstinada vida comunal. Quase no final daquele ano, as tensões inerentes começaram a levar a melhor sobre o grupo. Logo depois de Voiná soldar as portas do salão vazio do restaurante Oprítchnik, Natacha foi embora em meio a um acesso de raiva. As cinco pessoas restantes viajaram para Kiev e lá se separaram.

Nádia, Piêtia e Kat voltaram para Moscou determinados a continuar com Voiná. Foi quando chamaram Tássia Krugovykh, a cineasta que eles haviam ensinado a furtar dentro de lojas, e pediram que ela os ajudasse a criar o roteiro de uma ação. A ideia dela era, naturalmente, cinematográfica: Tássia estava fascinada com a possibilidade de filmar estereótipos e medos presentes no inconsciente coletivo. Ela fez o roteiro de uma ação em que membros de Voiná se escondiam à beira de uma rodovia onde guardas de trânsito paravam os carros com a intenção de arrancar propinas. Assim que o policial fazia a possível vítima baixar o vidro, Voiná surgia das sombras, representando a família do policial. Kat vestia um roupão e carregava uma bandeja com um frango (oito frangos foram furtados para essa ocasião). Nádia representava uma adolescente mal-humorada. Todos imploravam ao policial para conseguir uma quantia maior.

– Quinhentos não é o bastante! Veja a quantidade de bocas que temos para alimentar! Consiga mais!

Os policiais mortificados tentavam explicar aos motoristas que o grupo não era sua família de verdade.

Era um excelente espetáculo de beira de estrada – a visualização de um estereótipo geral e a premissa bem conhecida de muitas piadas, guardas de trânsito arrancando propinas para alimentar suas grandes famílias e manter as esposas dominadoras longe do local de trabalho – e Voiná o encenou várias vezes, mas o clipe resultante, o produto final de sua ação, os decepcionou. Suas ações anteriores, captadas em vídeo, haviam sido essencialmente piadas curtas. Agora tinham uma história, que acabou parecendo um pequeno filme, sem a verve de Voiná. A sensação era de que eles mesmos haviam perdido essa verve. A facção moscovita de Voiná era um fracasso.

Kat e Nádia continuaram a passar muito tempo juntas. Natacha fora para casa na Sibéria, e Kat, que descobrira que ficava mais à vontade próxima a alguém mais obstinada e motivada do que ela mesma, tornou-se uma espécie de Sancho Pança para o Dom Quixote de Nádia, que tentava obsessivamente descobrir como confrontaria o mundo da próxima vez.

– Elas estavam sempre em meu apartamento – reclamou

Stanislav Samutsiévitch, sentado no banco de praça. – O tempo todo no quarto de Iekaterina. Fazendo coisas de garotas, eu pensava. Não percebi o que estavam tramando até receber um telefonema da polícia.

QUATRO
PIPI RIOT

Em 5 de dezembro de 2011, Violetta Vôlkova e Nikolai Polozov se encontraram um pouco antes das sete da noite. Eles nunca haviam se encontrado pessoalmente antes. Seguiam um ao outro no Twitter havia um ou dois meses, desde que a filha adolescente de Vôlkova arrastara a mãe para a era das redes sociais abrindo uma conta para ela. Eles trocaram algumas mensagens, pois pareciam ter coisas em comum: ambos tinham trinta e tantos anos, trabalhavam como advogados criminalistas e, como diria Vôlkova um ano e meio mais tarde, tinham "opiniões nada lisonjeiras sobre as autoridades". Foi uma definição estranha, mas surpreendentemente precisa: em um país onde não havia oposição política, fosse no parlamento ou nas ruas, algumas pessoas descobriam suas semelhanças on-line por terem produzido comentários de 140 caracteres igualmente descontentes a respeito do governo russo.

Como advogados criminalistas, Vôlkova e Polozov não gozavam do status social que, em países como os Estados Unidos, talvez se associe a essa profissão. O sistema judicial russo, jamais um modelo exemplar de justiça, equidade ou disputa, havia regredido no período Pútin, e Vôlkova e Polozov eram muito jovens para se lembrar de qualquer outro. Com uma taxa de absolvição de menos de um por cento e juízes oriundos, em grande parte, do secretariado do judiciário, os tribunais se tornaram palco de negociações tecnocráticas e, na pior das hipóteses, suborno sistemático. Os colegas mais ambiciosos de Vôlkova e Polozov na faculdade se dedicaram ao direito comercial ou tributário e, com o tempo, passaram a imitar o estilo de seus homólogos londrinos e a ganhar muito mais dinheiro do que eles. Vôlkova e Polozov, por sua vez, vestiam ternos de poliéster e tinham a mesma visão depreciativa a respeito de sua profissão.

Mas ocorrera a Vôlkova que eles poderiam fazer algo importante ou, pelo menos, diferente. Outro homem a quem ela seguia no Twitter havia mencionado um protesto planejado para aquela noite. Ela nunca fora a um protesto, nem mesmo vira um, exceto na TV, e tinha sido no Cairo: havia anos que nada de magnitude acontecia em Moscou. Mas, por alguma razão, ela se viu impelida a responder ao colega virtual que postara sobre o protesto. Disse que estava disposta a ajudar se alguém fosse preso. Uma pessoa sugeriu que ela ficasse de prontidão próximo ao protesto. Depois de encontrar um café com uma boa vista desde a janela do segundo andar, ela percebeu que ficaria pelo menos duas horas ali, se esforçando para enxergar algo na escuridão do inverno lá fora. Mandou uma mensagem para Polozov sugerindo que ele fosse lhe fazer companhia.

O que quer que tenha trazido Vôlkova e Polozov ali naquela noite aconteceu também com milhares de pessoas. Em uma cidade onde, durante anos, nenhum protesto fora capaz de reunir mais do que algumas centenas de pessoas – nenhum pensionista protestando contra cortes drásticos de seus benefícios, ou jornalistas a lamentar a morte de sua colega Anna Politkóvskaia, ou a massa diversificada que saía às ruas para protestar contra a manutenção na prisão de uma mulher grávida que trabalhara para o também detido magnata do petróleo Mikhail Khodorkóvski –, repentinamente, sem aviso, entre 7 e 10 mil pessoas tomaram as ruas para protestar contra mais uma eleição fraudulenta.

Nádia, Piêtia, Kat e muitos outros esperavam por esse dia havia muito tempo. Para o casal, a espera havia começado anos antes, quando sonharam que as Marchas dos Descontentes poderiam promover mudanças. Kat esperava havia quatro anos, desde o dia em que ela e Natacha foram agredidas quando tentaram tirar fotografias na zona eleitoral. Muitos russos se viram surpresos e inspirados no verão de 2010, quando dezenas de pessoas lideradas por uma jovem chamada Ievguênia Tchírikova travaram uma batalha para salvar a floresta em Khímki, nos arredores de Moscou, onde uma nova estrada com pedágio seria construída. Muitos outros começaram a esperar por protestos na Rússia seis meses antes, quando assistiram esperançosos à Primavera Árabe irromper. E centenas de milhares sentiram que não podiam mais esperar quando, em 24 de setembro de 2011, assistiram a Vladímir Pútin e Dmítri Medviédev aparecer juntos para anunciar que haviam decidido trocar de lugar novamente, o primeiro retomando o cargo de presidente e o segundo se tornando primeiro-ministro mais uma vez, em uma eleição presidencial fraudulenta a ser realizada dali a seis meses. Eles haviam feito esse anúncio e, despreocupadamente, começaram os preparativos para uma eleição parlamentar igualmente ilegítima que seria realizada no dia 4 de dezembro. Em 5 de dezembro, o povo finalmente foi para as ruas.

Nádia, Kat e alguns de seus novos e antigos amigos vinham se preparando para isso. Estavam prontos. De certa forma. Talvez. Quase.

———

Nos dois anos que se seguiram ao fracasso de Voiná, eles tentaram criar uma ou outra ação. Em um determinado momento, Nádia e Kat pediram a Tássia Krugovykh, a cineasta, para filmá-los envolvendo grupos de árvores com fita balizadora; na fita se lia estabilidade, o chavão dos anos Pútin. No entanto, cinematograficamente, a ação mais uma vez acabou por não impressionar e nunca foi divulgada. Depois de um tempo, tiveram outra ideia: beijariam policiais. Iriam matá-los com doçura, sufocá-los com amor. A ação estava ligada a mais uma de uma longa série de ações simbólicas, mas sem conteúdo, do presidente Medviédev: ele ordenara que a polícia russa, conhecida desde os primeiros tempos da União Soviética como *milítsia*, fosse chamada de *polítsia*. Como se, em um passe de mágica, isso a tornasse menos corrupta e violenta, menos propensa a estuprar, saquear e aterrorizar, e mais inclinada a proteger. Como se, em um passe de mágica, isso a tornasse mais humana. Para testar essa transformação, o plano de Nádia e alguns alunos da Ródtchenko era se aproximar de policiais e pedir informações para chegar a algum lugar. Se ele ou ela respondesse de maneira solícita, um dos participantes teria um acesso de gratidão, que culminaria em um beijo... na boca, quando possível. Os beijos, como ficara previamente decidido, deviam se dar entre indivíduos do mesmo sexo. O motivo por trás dessa decisão era pouco claro, como frequentemente acontecia com as ações de Voiná, mas a própria organização foi uma experiência interessante: os homens de Voiná não se mostraram mais capazes de distribuir beijos a indivíduos do mesmo sexo do que a *milítsia/polítsia*, de recebê-los. Acabavam abortando a ação um dia ou poucas horas antes do planejado, alegando cansaço, problemas de saúde, ou nenhuma justificativa. Então, foi por acaso que *Beije o gambé* se tornou a primeira ação de Voiná a envolver apenas mulheres.

Ou talvez não tenha sido inteiramente por acaso. O autodidatismo de Nádia a havia levado à teoria feminista. Durante a produção de *Beije o gambé*, Nádia levou consigo o livro *Revolt, She Said* [A revolta na opinião de uma mulher] de Julia Kristeva para ler no metrô e, como acabaria acontecendo, citar trechos dele quando a vítima de um beijo indesejado a revistasse.

— A felicidade só existe ao preço de uma revolta – proclamava Nádia, mas a tentativa de citar Kristeva não produzia efeito, em parte porque o jogo de palavras se perdia na tradução, e o resultado era simplesmente o equivalente russo para *rebelling*, "rebelião", ou *rioting*, "amotinação".

Uma vez que *Beije o gambé* acabou sendo uma ação apenas de mulheres, fazia sentido lançar o vídeo na véspera do Dia Internacional da Mulher, 8 de março de 2011. Ele se tornou viral e, de modo geral, agradou, embora algumas pessoas – eu fui uma delas – tenham ficado incomodadas com a interação física não consensual. Dois anos mais tarde, Kat me asseguraria de que não houve uso de força nem coerção e que a edição do vídeo fez parecer que as mulheres de Voiná haviam coagido as policiais desavisadas. Porém, no momento da ação, Kat soara bastante agressiva:

— A face de um policial é propriedade comum, assim como o cassetete que ele ou ela porta ou os pertences que você carrega e dos quais ele ou ela pode se apoderar numa revista ilegal – disse ela a um repórter. – A face de um policial, desde que ele esteja usando uniforme e distintivo, nada mais é do que uma ferramenta de comunicação com os cidadãos. Ele pode usá-la para exigir que você apresente seus documentos e [...] para mandar você à delegacia. E só há uma maneira de responder: "Sim, senhor/senhora policial, obedeço e estou indo". Estamos propondo uma nova maneira de interagir com essa ferramenta, estamos introduzindo variabilidade na relação entre o povo e a polícia.

A mensagem de Nádia ao mesmo repórter foi mais simples:

— A decisão de se tornar policial é muito séria e deve ser tomada de maneira responsável [...]. Digo a ela: "Policial, a senhora ouviu o discurso de seu chefe, o prefeito, no qual ele diz que 'Moscou não precisa de gays'? Não? É motivo suficiente para eu meter a língua na sua garganta".

[FORMANDO O PUSSY RIOT]

Nádia estava aprendendo com as teorias *queer* e feminista e ensinava a Kat que as coisas deviam ser feitas de modo diferente – não apenas diferente de como eram feitas na Rússia, mas também de como vinham sendo feitas em Voiná, que tinha sido um grupo de homens ajudados por suas esposas. Também havia sido um grupo em que as mulheres observavam ciosas os maridos. As duas condições agora pareciam um pouco embaraçosas, assim como a alta conta que Voiná tinha a si mesmo. Quanto mais Kat, Nádia e, ocasionalmente, outras participantes discutiam – o método de criar ações permaneceu inalterado –, mais concordavam que sua nova estratégia não devia envolver a Arte com A maiúsculo; na verdade, o fato de ser arte devia ser ofuscado por um espírito de diversão e travessura. Fosse lá o que fizessem, devia ser compreendido facilmente e, se não fosse, deveria ser explicado de forma simples. Precisava ser tão acessível como as Guerrilla Girls e irreverente como Bikini Kill. Se pelo menos a Rússia tivesse grupos como esses, ou algo parecido com a cultura Riot Grrrl, ou, na verdade, qualquer legado do feminismo do século xx em seu passado cultural! Mas não tinha. Elas teriam de criar um.

———

NA ÚLTIMA SEMANA DE SETEMBRO de 2011, Nádia foi convidada para falar em uma conferência realizada na esperança de unir os pequenos e desconexos grupos de oposição russos. Os organizadores, que a conheceram durante os protestos de 2010 em prol da floresta Khímki, não tinham muita certeza de quem ela era ou o que queriam que ela falasse, mas Nádia sabia exatamente o que queria dizer a eles: queria espalhar o que vinha aprendendo. Esperava usar seus noventa minutos para compensar a falta de um movimento feminista na Rússia, um corpus de teoria social ou um legado da Riot Grrrl. Ela reuniu 37 slides.

Nádia e Kat se sentaram em uma das primeiras filas, perto do projetor, com as costas voltadas para o público majoritariamente masculino.

– Uma vez que nossas escolas e universidades ainda não possuem departamentos dedicados a estudar questões de gênero, não temos a oportunidade de oferecer um curso de teoria completo – começou Nádia. – Nossa apresentação hoje será fragmentada: conterá alguns recortes isolados; será, essencialmente, um anúncio.

Elas começaram com Bikini Kill, passaram rapidamente pelo ativismo feminista dos anos 1970 nos Estados Unidos e na Europa, descreveram o separatismo sem mencionar o nome, fizeram uma pausa para resumir o livro *The Dialectic of Sex: the Case for Feminist Revolution* [*A dialética do sexo: um manifesto da revolução feminista*[7]] de Shulamith Firestone, transitaram para a crítica visual feita pela artista francesa Niki de Saint Phalle da visão de que a mulher consiste apenas em órgãos reprodutivos e saltaram de volta para a Rússia contemporânea, na qual Vladímir Pútin respondera a uma palestrante, em uma conferência de seu partido, Rússia Unida, dizendo: "Natacha, tenho apenas um desejo: por favor, não se esqueça de cumprir suas obrigações no sentido de solucionar nossos problemas demográficos".

Isso as levou aos anos 1980 nos Estados Unidos: falaram sobre as Guerrilla Girls como uma maneira de entrar em questões de raça na arte feminista; descreveram a ação do grupo invadindo museus de arte usando máscaras de gorila e comendo bananas – e destacando que "hoje a banana continua sendo o instrumento preferido dos racistas para insultar as pessoas; como em repetidas ocorrências em que torcedores de futebol russos atiraram bananas em jogadores negros". Explicaram

---

7 Rio de Janeiro, Labor do Brasil, 1976. (N. E.)

que se bell hooks[8] mostrara às pessoas que era possível ser duplamente oprimida, a artista austríaca Valie Export havia demonstrado que o corpo feminino nu podia não apenas proporcionar prazer, mas também assustar e assombrar. Nádia e Kat apresentaram um vídeo de dois minutos sobre as obras de Valie Export, inclusive *Pânico genital* de 1968, que mostrava sua genitália e uma metralhadora em um cinema de Munique. Isso as levou de volta para a Rússia, onde um porta-voz da Igreja Ortodoxa sugerira, recentemente e repetidas vezes, que um código de vestimenta deveria ser imposto às mulheres do país. Elas mostraram a obra do artista cubano Ernesto Pujol, *The Nun* [A freira], em que um rapaz vestia o hábito, e sugeriram que um código de vestimenta para os homens poderia ser apropriado. E também a imagem da artista francesa Orlan, *Skaï et Sky et Video*, apresentando duas cruzes nas mãos de uma mulher com um vestido de borracha, que lembrava o hábito, e o seio direito exposto. Em seguida, *Semiotics of the Kitchen* [Semiótica da cozinha] de Martha Rosler (1975), uma videoparódia em preto e branco de programas de culinária. E corta para a artista britânica Sarah Lucas em uma poltrona, usando jeans e de pernas abertas, com um ovo frito sobre cada seio. A obra de Lucas, *Get Off Your Horse and Drink Your Milk* [Desça do seu cavalo e beba o seu leite], mostrou a uma plateia russa, masculina e quase extenuada um homem nu, para variar, segurando uma garrafa de leite entre as pernas no lugar do pênis e dois biscoitos como testículos. Mas as fotografias da artista russa Ielena Kovylina foram ainda mais chocantes: usando agulhas hipodérmicas, ela prendera fotos de garotas cortadas de revistas em seu cor-

---

[8] Gloria Jean Watkins, mundialmente conhecida pelo pseudônimo bell hooks (intencionalmente com iniciais minúsculas), é uma autora norte-americana, além de feminista e ativista social.

po nu e pedia que as pessoas presentes à mostra em Moscou retirassem os recortes enquanto ela permanecia sentada e impassível até que o último fosse removido. E, como se isso não fosse o bastante, Nádia e Kat continuaram com imagens de mais trabalhos da compatriota: Kovylina lutando boxe, vestida de vermelho; Kovylina nua, deitada imóvel sobre um enorme piano de cauda, simbolizando a mulher como esta costuma ser vista na arte.

Depois disso, elas voltaram para o Ocidente e obras mais teóricas envolvendo tópicos obscuros, que proporcionaram um alívio muito necessário para a plateia: o trabalho da artista performática francesa Orlan sobre cirurgia plástica e diatribes contra estereótipos e identidades fixas. Para relaxar ainda mais os espectadores, elas apresentaram a Mona Lisa transgênero de Marcel Duchamp, com bigode e barba desenhados a lápis, e o retrato da autoria de Man Ray: Duchamp como uma estrela de cinema. O urinol do artista também foi apresentado em slides, possivelmente para dar ao público pelo menos uma imagem familiar além da Mona Lisa. Em seguida vinha a foto de um travesti da autoria de Diane Arbus, outra de um dublê de Audrey Hepburn, de Yasumasa Morimura, e a do próprio Morimura como modelo de uma pintura de Vermeer. E, de volta para a Rússia, onde o artista Vladislav Mamychev fez carreira personificando Marilyn Monroe. Era tudo que a Rússia tinha a oferecer para coroar aquele passeio pela arte feminista contemporânea? Um artista gay que ganhara destaque vinte anos antes e não inventara nada desde então?

Elas provavelmente deram à plateia a melhor introdução à arte feminista que qualquer seminário de curso de graduação sobre arte feminista poderia oferecer em um país onde esses seminários acontecem. Mas a última coisa que Nádia e Kat queriam fazer era apresentar o equivalente a uma palestra de como as coisas eram feitas "do outro lado". Afinal de contas, elas eram artistas ativistas em uma conferência de ativistas, e aquele tipo de apresentação abstrata resultava em ativismo ruim e arte ruim.

O fato, porém, é que o feminismo nunca criou raízes na Rússia. Foi parte da ideologia bolchevique nos anos 1920, quando a "moral revolucionária" substituiu a burguesa, abolindo o casamento e a monogamia e introduzindo o amor livre, a criação comunitária dos filhos e a igualdade total de gênero. A URSS chegou a ter as primeiras leis do mundo contra o assédio sexual no local de trabalho. Mas o espírito igualitário não durou muito. A partir da década de 1930, as leis contra a conduta homossexual foram restauradas, assim como as do casamento; o aborto foi proibido (para ser legalizado algumas décadas mais tarde e se tornar o único método de controle de natalidade do país); a legitimidade dos filhos mais uma vez se tornou primordial para estabelecer a posição social; e organizações do Partido Comunista começaram uma vigilância cerrada sobre a integridade e retidão morais das famílias. "Se ele trai a mulher, pode trair o país" virou slogan.

A moral burguesa foi, em outras palavras, completamente restabelecida, mas, mantendo o princípio de chamar as coisas por seus contrários, ficou conhecida como "moralidade soviética", enquanto o pensamento feminista foi estigmatizado como burguês. Praticamente todas as mulheres soviéticas tinham dois empregos de tempo integral – um deles em troca de um salário; o outro, doméstico, não remunerado e árduo que, em face da constante escassez de alimentos, podia ser excessivo –, e isso era chamado de "igualdade total de gênero". Mesmo depois da queda da União Soviética, a tradição de insultar e ridicularizar o feminismo se mostrou surpreendentemente resistente. Algumas organizações feministas que apareceram no final da década de 1980, na onda da *glásnost* e da *perestroika*, se mantiveram pequenas ou desapareceram. O feminismo era uma atividade acadêmica e pouquíssimo popular. Daí que, com isso e mais a escassez geral de conteúdo político no cenário artístico russo, Nádia e Kat tinham apenas o trabalho (problematicamente comercial) de Kovylina para apresentar. Se quisessem mostrar algo radical, feminista, independente, originário das ruas e russo, teriam de inventá-lo.

– É interessante notar – disse Nádia, séria – que a arte punk feminista tem sido produzida na Rússia atual. Um exemplo: o coletivo Píssia Riot trabalha com uma grande variedade de gêneros artísticos, inclusive composições visuais e musicais.

Píssia é uma palavra que as crianças [russas] usam para se referir aos órgãos genitais de ambos os sexos. É como pipi.

Nádia projetou um slide de *A virgem com o menino e os santos* de Ticiano, em que os santos (todos homens) foram substituídos por uma mulher, um varal do qual várias cuecas pendiam no fundo e pilhas de pratos sujos e anacrônicos ocupavam o primeiro plano. A reprodução e as alterações eram impecáveis. O público observava respeitosamente.

Então Nádia apertou a tecla play de um aparelho de som portátil. Ouviu-se o ranger de milhares de pregos enferrujados. Nádia e Kat se levantaram e rapidamente, mas com calma, saíram e deixaram a plateia com a primeira e única composição musical de Píssia Riot: "Mate o machista".

———

SENDO UM GRUPO FICTÍCIO, PÍSSIA Riot não poderia escrever sua própria música. Tampouco poderiam suas integrantes na vida real: Nádia tivera aulas de música quando criança e não havia se saído bem, e Kat não tinha nenhuma formação musical. Então, elas tomaram emprestada uma faixa da banda punk

[FORMANDO O PUSSY RIOT]

britânica Cockney Rejects e usaram um gravador digital para sobrepor ao sampling a letra que escreveram:

> Você está enjoado e cansado de meias fedidas,
> Das meias fedidas do seu pai.
> Sua vida inteira será de meias fedidas.
> Sua mãe está sempre envolvida com pratos sujos,
> Restos fedidos de comida ficam nos pratos sujos.
> Usando frango requentado para lavar o chão,
> Sua mãe vive em uma prisão.
> Na prisão, ela lava panelas como uma otária.
> Não há liberdade na prisão.
> Vida do inferno onde o homem é amo e senhor.
> Venha para as ruas e liberte as mulheres!
> Chupe suas próprias meias sujas,
> Não se esqueça de coçar a bunda,
> Arrote, cuspa, beba, cague,
> Enquanto nós alegremente nos tornamos lésbicas!
> Inveje seu próprio pênis idiota
> Ou o pau enorme de seu amigo de bebedeiras,
> Ou o pau enorme do cara da TV,
> Enquanto pilhas de merda se formam, chegando até o teto.
>
> Vire feminista, vire feminista
> Paz ao mundo e morte aos homens.
> Vire feminista, mate o machista!
> Mate o machista e lave o sangue dele.
> Vire feminista, mate o machista!
> Mate o machista e lave o sangue dele.

A PAIXÃO DE PUSSY RIOT

Elas descobriram que gostavam de ser Píssia Riot. Talvez até realmente quisessem ser Píssia Riot. Porém, para se tornarem uma banda punk, iriam precisar de musicistas. Pensaram em N, uma mulher da mesma idade de Nádia que se unira a Voiná com o namorado: eram ambos anarquistas. Nádia foi procurá-la. N estava com outro namorado agora, um cara mais velho e legal que colecionava e consertava bicicletas antigas. Ela não era mais anarquista: trabalhava como programadora de computadores e aparentemente levava uma vida de classe média perfeitamente respeitável, embora ainda levasse a sério sua música. Ela achou que Nádia também havia mudado:

– Em Voiná, ela era uma menina bochechuda, e agora seu rosto havia afinado e a voz ficara mais firme. Ela já tinha decidido quais causas abraçar e pode até ser que as tenha escolhido de maneira aleatória, mas agora falava sério e seus temas eram direitos LGBT e feminismo. E essa decisão a fizera mudar: ela não se via mais como um apêndice de Piêtia e Vorótnikov, mesmo tendo sido um por livre e espontânea vontade. Ainda assim tinha sido uma limitação. Quando se está com alguém, não se pode viajar pelo cosmos, porque a alma sempre encontra moradia em outra pessoa – pode-se precisar disso algumas vezes, mas é uma limitação e impede a pessoa de levantar voo. Em determinado momento, Nádia percebeu isso e alçou voo.

Píssia Riot, no entanto, parecia quase bobagem pura para N, mas ela invejava o que Nádia sentia. Ela se encarregou de fazer a música.

Elas também iriam precisar de outras integrantes, mas isso não parecia ser um grande problema: o que tinham em mente poderia ser realizado com três, cinco, sete ou onze pessoas, e elas tinham amigas e podiam recrutar alunas da Escola Ródtchenko. Também precisariam de um palco. No início, os playgrounds, com suas plataformas e escorregadores, pareceram muito bons.

[FORMANDO O PUSSY RIOT]

Elas gravaram "Mate o machista" em um playground. Estava chovendo. Além disso, era noite e, portanto, não havia crianças no local, mas jovens bebendo cerveja e fumando cigarros, que ficaram preocupados quando ouviram as garotas gritando a plenos pulmões alguma coisa sobre meias fedidas.

– O que aconteceu? – perguntaram. – Alguém machucou vocês? Precisam de ajuda?

– Não se preocupem, estamos apenas fazendo uma gravação – responderam Nádia e Kat.

Entretanto, agora que estavam planejando gravar vídeos, precisariam de um cenário diferente, algo mais impactante. Um dia, ao saírem do metrô, elas o encontraram: algumas estações possuíam torres compostas por andaimes, com plataformas no topo, que serviam para a troca de lâmpadas, pintura do teto ou, quem sabe, para apresentações de punk rock. As estações de metrô de Moscou são, em sua maioria, grandes itens arquitetônicos, só mármore, granito, arcos ostensivamente amplos e iluminação dramática. Lembravam salas de concerto clássicas, e as torres de andaimes rústicas, observadas de um certo ângulo, pareciam muito um arremedo punk de palco.

Elas empreenderam uma série de missões de reconhecimento e identificaram diversas estações onde as torres eram particularmente altas e bem posicionadas, ou seja, ficavam perto da parte central do salão. Aí começaram a ensaiar. Se era para ser uma banda punk feminista, precisariam de instrumentos – Kat escolheu um contrabaixo – e teriam de escalar a torre, desempacotá-los todos, assim como microfones e amplificadores, e se posicionar rapidamente antes que os guardas do metrô se dessem conta do que estava acontecendo.

Elas praticavam em playgrounds.

Enquanto ensaiavam, ficou claro que precisavam de cenário, recursos visuais e figurino.

— Porque se apenas subíssemos lá e começássemos a gritar, todos pensariam que éramos idiotas – explicou-me Kat. – Garotas estúpidas gritando.

Primeiro elas decidiram usar balaclavas, o que manteria o anonimato, mas não como as forças especiais russas, que escondiam suas identidades atrás de máscaras pretas com fendas para os olhos e a boca, mas como o contrário disso: suas balaclavas seriam de cores vivas. Aí iriam precisar de vestidos e meias multicoloridas, para mostrar que todo o traje era intencional. A maquiagem alegre e exagerada surpreendentemente ainda seria visível através das fendas das balaclavas. E o travesseiro... O travesseiro entrou na roda porque os parlamentares haviam começado a falar em proibir o aborto e Pútin comentava incessantemente o problema demográfico da Rússia, querendo dizer que as russas não estavam engravidando com a necessária frequência. Daí Nádia enfiou um travesseiro dentro de seu vestido verde e experimentou tirá-lo durante a gritaria ou cantoria e rasgá-lo. As penas criaram uma espécie de efeito de neve, além do efeito de parto e aborto. Funcionou.

Levaram um mês gravando o primeiro clipe. Agora era uma produção complicada, e ela abriu as portas para Piêtia se juntar à banda – e ele andava ansioso para fazer isso. Nádia era boa em preparar palestras, Kat era boa em ajudá-la, Tássia era boa em filmar, N era boa com a música, mas todas eram péssimas quando se tratava de logística, algo em que Piêtia, com sua combinação rara de energia frenética e atenção aos detalhes, era incomparável. Certa vez, elas subiram no teto de um ônibus elétrico em Moscou e se apresentaram – as penas também funcionavam ao ar livre –, mas a maior parte das filmagens foi feita em estações de metrô, quinze no total. Por duas vezes, elas foram detidas. Em outra ocasião, Tássia, que estava filmando, foi espancada pela polícia. Isso foi antes que muitos russos começassem a pensar que levar uma surra da polícia era parte da vida. Houve aquela vez em que tentaram bater em Piêtia, e Nádia se colocou entre os policiais e o marido, blindando-o com seu próprio corpo. E provavelmente ninguém, nem ela mesma, percebeu a beleza de ela ter feito isso depois de cantar aos berros sobre meias fedidas e inveja do pênis.

E houve aquela vez em que a polícia ligou para Stanislav Samutsiévitch.

— Não me deixaram vê-las — relembrou ele. — Estavam na detenção. Tive uma conversa com dois rapazes interessantes. Eles me falaram sobre arte contemporânea e ativismo. Perguntei quem eram, e eles responderam: "Somos críticos de arte à paisana".

Foi uma piada sem graça que Stanislav Samutsiévitch não entendeu: *crítico de arte à paisana* era uma expressão usada para designar agentes da KGB cujo trabalho era levantar informações sobre dissidentes na União Soviética. Exatamente como seus antecessores na década de 1970, Píssia Riot havia angariado seguidores entre esses "críticos de arte" muito antes que o público sequer tivesse ouvido falar delas. Ou seja, a polícia secreta começara a segui-las, literalmente: sua presença era maior a cada gravação.

Stanislav Samutsiévitch não sabia nada e nem iria querer saber sobre os dissidentes da União Soviética, muito menos a respeito daqueles cujo trabalho fora espioná-los ou prendê-los.

— Então, eu compartilhei minha opinião sobre arte contemporânea com eles. — E o que seria? — Bem, eu já sou velho. — Os homens à paisana sabiam bem mais a respeito de arte contemporânea do que ele. — As meninas tinham realmente feito um estrago e a polícia não sabia o que fazer com elas. Aí uma viatura grande veio buscá-las e Iekaterina me disse para ir para casa. Ela voltou mais tarde, no último trem. Tive uma conversa com ela depois disso, mas sou um dinossauro e não entendo nadica de nada, daí essa foi a última vez que ela me contou alguma coisa.

Daí em diante, Stanislav Samutsiévitch ficaria sabendo sobre as performances através da mídia ou da polícia. Ele tentou proteger as meninas de si mesmas.

– Certa vez, elas estavam no corredor, pintando uns cartazes, e eu apareci e disse para elas: "Olhem, vocês já estiveram na delegacia uma vez e ninguém sabe no que isso vai dar". Nádia parou de nos visitar depois disso.

Depois dessa detenção, a mídia ficou sabendo que elas subiam nas torres, gritavam e soltavam penas no metrô. E pensaram que Voiná estava de volta. Piêtia e Nádia foram convidados pelo Dojd ("chuva"), um canal independente de TV a cabo, para irem ao estúdio. O casal negou que tivesse sido uma ação de Voiná. Disseram que foram detidos enquanto participavam da performance de um grupo artístico novo e diferente. E que o grupo se chamava Pussy Riot.

QUINZE DIAS DE GRAVAÇÕES, UM mês de organização, ensaios e edição, uma noite inteira na delegacia, várias perseguições policiais e alguns conflitos mais tarde, Pussy Riot tinha um nome, uma identidade e o primeiro vídeo. Em 7 de novembro de 2011, no 94º aniversário da Revolução de Outubro e 22º de Nádia, Pussy Riot inaugurou seu blogue com a divulgação de seu primeiro videoclipe, "Solte os paralelepípedos". A música foi um empréstimo de uma banda punk inglesa, Angelic Upstarts, com o arranjo feito por N, e as vocalistas, agora declamando mais do que cantando ou gritando, pronunciavam claramente as palavras de uma letra que não soava mais como uma caricatura do que uma banda punk feminista diria se coisa assim existisse

[FORMANDO O PUSSY RIOT]

na Rússia, mas tentavam com toda a seriedade fazer algo que Pussy Riot acabaria dominando nos dois meses seguintes: pintar um retrato do país com palavras que não poderiam significar outra coisa.

> Os eleitores estão enfiados em salas de aula,
> Cabines de votação aumentam o fedor de salas sufocantes,
> Cheiro de suor e cheiro de controle,
> Os pisos foram varridos e a estabilidade foi servida.
>
> Solte os paralelepípedos! Solte os paralelepípedos!
> Solte os paralelepípedos! Solte os paralelepípedos!
>
> Os sanitários foram limpos, as garotas vestidas à paisana,
> O fantasma de Žižek desceu pela descarga,
> A floresta Khimki foi cortada, Tchírikova, chutada das eleições,
> As feministas despachadas em licença-maternidade.
>
> Solte os paralelepípedos! Solte os paralelepípedos!
> Solte os paralelepípedos! Solte os paralelepípedos!
>
> Nunca é tarde demais para assumir o comando.
> Cassetetes são empunhados, os gritos ficam mais altos.
> Estique os músculos de braços e pernas
> E o policial irá lamber você entre as pernas.
>
> Solte os paralelepípedos! Solte os paralelepípedos!
> Solte os paralelepípedos! Solte os paralelepípedos!

O ar egípcio é bom para os pulmões,
Transforme a Praça Vermelha na Praça Tahrir,
Passe um dia inteiro entre mulheres fortes,
Pegue um picador de gelo na varanda e solte os paralelepípedos.

Tahrir! Tahrir! Tahrir! Bengasi!
Tahrir! Tahrir! Tahrir! Trípoli!
O açoite feminista é bom para a Rússia.

O vídeo se tornou viral. Pussy Riot chegou à imprensa. Uma das matérias dizia:

> Parece que novos malucos urbanos estão à solta no país. Um grupo feminista, que se autointitula Pussy Riot, é formado por cinco garotas que usam máscaras e, cantando muito mal, berram canções que falam "da tirania do trabalho doméstico, da tripla jornada de trabalho das mulheres, de tendências revolucionárias contemporâneas e das maneiras certas de subjugar os homens". E elas cantam apenas em lugares onde isso é ilegal, como no teto dos ônibus ou no metrô.

Pussy Riot achou perfeito.

Três semanas mais tarde, elas produziram seu segundo videoclipe. Dessa vez, focaram na obsessão da era Pútin pelo luxo. A maioria das performances que formavam o vídeo foi gravada na travessa Stoliéchnikov, um calçadão forrado de butiques de grife. Elas invadiam as lojas, desempacotavam o equipamento e se apresentavam até que os seguranças chegavam e as retiravam. Certa vez, elas subiram em uma caixa de vidro que encerrava um carro de luxo... Pelo menos pensaram que fosse vidro; descobriu-se que era acrílico, e a coisa vergou perigosamente sob seus pés. Elas estavam com medo de cair

[FORMANDO O PUSSY RIOT]

sobre o carro, mas isso não aconteceu, e sua apreensão e desconforto não ficaram visíveis no vídeo, que as mostrou fortes e confiantes sobre a caixa, acionando um extintor de incêndio e gritando:

> Usem sua frigideira para ocupar a cidade.
> Saia com seu aspirador de pó e tenha um orgasmo.
> Seduza batalhões de policiais femininas.
> Os policiais nus celebram as últimas reformas.
>
> Fodam-se os merdas dos putinistas machistas!
>
> Encheram a cara de vodca Kropótkin,
> Você fica de boas enquanto os bastardos do Kremlin
> Enfrentam a revolta do vaso sanitário, um veneno mortal.
> Nenhuma luz brilhante irá ajudá-los. Kennedy está esperando.
>
> Fodam-se os merdas dos putinistas machistas!
>
> Durma sobre o assunto, chega um outro dia, hora de subjugar novamente.
> Um soco-inglês em seu bolso, feminismo afiado.
> Leve sua tigela de sopa para o leste da Sibéria
> Para tornar o motim realmente cruel.
> Fodam-se os merdas dos putinistas machistas!

A música se chamava "Vodca-Kropótkin": Kropótkin de Piotr Kropótkin, o príncipe anarquista russo, e vodca para representar o consumo desenfreado. Durante as gravações de "Vodca-Kropótkin", Pussy Riot aprendeu muito bem a conversar com a polícia. Elas desenvolveram regras. Regra número um: não dar o nome verdadeiro. Elas encontraram um banco de dados on-line antigo e decoraram nomes e endereços aleatórios. Isso não acabaria se revelando uma ideia muito brilhante: o banco de dados fora compilado pela polícia, e algumas pessoas da lista eram procuradas por mais do que simples multas de trânsito pendentes. Além disso, Pussy Riot volta e meia se contradizia em suas histórias, nomes e endereços, e isso enfurecia os policiais. Mesmo assim, era provavelmente melhor do que ganhar uma ficha corrida. Regra número dois: contar uma boa história. E a história era que estavam se candidatando para a escola de teatro e precisavam fazer um vídeo e queriam algo original e ousado que chamasse atenção. Não era uma narrativa particularmente convincente, mas pareceu funcionar, talvez precisamente por ser tão absurda. Nem a polícia, nem os donos das lojas prestaram queixa. E, na verdade, Pussy Riot nunca provocou danos ao patrimônio... exceto uma vez.

Elas invadiram um desfile de moda. Tinham na cabeça a ideia de criar efeitos visuais com farinha de trigo polvilhada no chão e balões flutuantes. Mas depois que desempacotaram o equipamento e começaram a cantar, a farinha pegou fogo em contato com velas que os organizadores do desfile haviam colocado rente às paredes. O fogo se espalhou instantaneamente, subindo pelos barbantes dos balões, chamuscando e queimando os figurinos. Milagrosamente, ninguém se feriu. Mas todos ficaram apavorados. Pussy Riot terminou sua música e saiu correndo, perseguida por uma das organizadoras do desfile.

– Detenham-nas, detenham-nas! – ela gritou para os seguranças espantados.

E então se dirigiu às Pussy Riot:

– O que vocês fizeram? Acabaram de queimar nosso trabalho.

– Sentimos muito – respondeu Pussy Riot.

— Quem são vocês? — gritou a mulher.

— Tome, fique com este telefone — disse Pussy Riot, colocando um aparelho de celular barato na mão da organizadora. Elas sempre adquiriam esses celulares para suas ações: os aparelhos possuíam chips que os serviços de segurança não tinham em arquivo e, presumivelmente, não poderiam começar a rastrear no intervalo de uma noite.

— Tudo bem — disse a mulher, sem perceber, no estado em que se encontrava, que o aparelho não tinha utilidade ou valor.

Pussy Riot saiu, elas tiraram suas balaclavas e começaram a correr rua acima, depois desceram um longo caminho até o metrô. Dentro do trem, elas começaram a gargalhar.

— Estamos mandando brasa!

— Fervendo!

— Vamos chamar essa de "Pussy Riot taca fogo no glamurama putinista"!

Elas saltaram duas paradas depois, na estação Kropótkinskaia, não porque esta recebera o nome de Piotr Kropótkin, mas porque era onde a linha do metrô virava e seguia ao longo do rio Moscou, afastando-se do centro, o que criava uma espécie de fronteira psicológica. Estava escuro, frio, excepcionalmente sem neve e úmido, como vinha acontecendo havia dias e continuaria a se repetir por duas semanas. Era tarde — próximo da meia-noite —, mas o entorno da Kropótkinskaia estava apinhado de gente: dezenas ou talvez centenas de milhares de pessoas, em pé, formando uma fila silenciosa do lado de fora da Catedral do Cristo Salvador. As pessoas, em sua maioria mulheres, esperavam para ver o Santo Cinto de Nossa Senhora, ou seja, um retalho do que dizem ter sido a roupa de baixo da Virgem Maria. A relíquia, que normalmente fica em um mosteiro na Grécia, estava encerrando seu tour pela Rússia. Mais de três milhões de pessoas foram vê-lo em sua passagem pelo país, mais de um milhão delas em Moscou, esperando sua vez dias e noites a fio na chuva congelante.

Que cidade estranha era aquela, com seus rituais que se alternavam entre a purpurina e o cinto sagrado. E como é que Pussy Riot iria encaixar tudo aquilo em suas performances, para finalmente mostrar o absurdo assustador daquela terra? Era isso o que elas queriam fazer, mas agora que a adrenalina da corrida diminuía, a tarefa parecia quase impossível. Pois a cidade e o país como um todo pareciam infinitamente dispostos a aceitar o que lhes fosse oferecido: a enorme desigualdade de renda, a corrupção desenfreada que alimentava tanto as butiques como a Catedral do Cristo Salvador e as mentiras subjacentes àquilo tudo.

———

Quer dizer, até chegar 5 de dezembro. A divulgação de "Vodca-Kropótkin" aconteceu em 1º de dezembro. Três dias depois, houve uma eleição parlamentar que não foi nem mais nem menos fraudulenta do que as de quatro e oito anos antes, porém chamou mais atenção do que qualquer outra em uma década e meia. Os cidadãos russos foram às urnas e, mais importante ainda, inscreveram-se em massa para serem fiscais independentes das eleições. E, em 5 de dezembro, os advogados criminalistas Violetta Vôlkova e Nikolai Polozov saboreavam seus cappuccinos em um café no segundo andar e observavam os russos saindo às ruas. O espaço destinado a um comício com trezentas pessoas, para o qual fora emitida uma autorização da prefeitura, foi tomado em questão de minutos. E então eles viram chegar dez vezes essa quantidade de gente de todas as direções no intervalo de dez minutos. E, passados outros dez minutos, o número de pessoas havia triplicado. Mais de 7 mil no total, talvez 10 mil. Viram chegar camburões, canhões de

[FORMANDO O PUSSY RIOT]

água e ônibus com tropas das forças especiais. Viram acontecer um comício pacífico diante dos policiais, que não interferiram. E então viram a dispersão começar e a polícia abrir apenas uma passagem bem estreita na direção do Kremlin e do quartel-general da polícia secreta na praça Lubianka. Viram alguns milhares de pessoas saírem tranquilamente, através de passagens largas abertas em outras direções, e quase metade dos presentes se espremendo no gargalo na direção do Kremlin.

– Vai começar agora – disse Vôlkova.

E começou.

As pessoas que haviam se dirigido ao Kremlin tentaram organizar uma marcha. A polícia começou a levá-las. Mais de quinhentas foram detidas. Vôlkova e Polozov passaram a noite indo de delegacia em delegacia e às casas de detenção. Conseguiram soltar dezenas de pessoas ali na hora e conheceram muita gente, além de um ao outro. Pela manhã, quando parecia que tinham terminado, Polozov disse a Vôlkova que era seu aniversário e foi para casa dormir um pouco antes da festa. Assim que ele saiu, Vôlkova recebeu um telefonema – o número dela havia circulado durante a noite –, pedindo que ela fosse até uma casa de detenção na zona norte de Moscou, onde vários ativistas importantes eram mantidos. Ela ficou ligeiramente impressionada ao ver Boris Nemtsov, um ex-ministro de estado que agora fazia oposição a Pútin: estava lá para entregar hambúrgueres do McDonald's aos presos importantes.

– Nunca o tinha visto pessoalmente. Na verdade, nunca tinha me interessado por política.

Vôlkova não conhecia a maioria dos nomes de seus novos clientes, que foram separados do resto das pessoas detidas naquela noite porque tinham passagens prévias pela polícia. Um jovem magro e barbudo chamado Piêtia Verzílov estava entre eles.

O QUE COMEÇOU NAQUELA NOITE foi o movimento de protesto russo, que viria a ser chamado de Revolução da Neve: o nome surgiria no dia seguinte. Muitos padrões foram estabelecidos naquela noite. Pessoas seriam detidas quase todos os dias nos meses seguintes. Um pequeno grupo de rapazes monitorava as prisões e ajudava a coordenar a assistência legal (o sistema de monitoramento nasceu naquela mesma noite em meu apartamento, perto do local do protesto, quando um dos rapazes veio se aquecer e começou a mandar informações sobre as detenções pelo Twitter: vi o processo começar, mas não sabia ao certo o que estava presenciando). Vôlkova e Polozov viriam a ser os advogados que não saíam das delegacias e defendiam aqueles que haviam sido detidos. Não importava se eles nunca haviam feito aquilo anteriormente. Todos os participantes do movimento de protesto faziam as coisas de improviso. Inclusive, é claro, as mulheres que se tornaram o grupo criado por elas de improviso dois meses antes. Agora que a revolução havia começado, Pussy Riot seria ouvido.

CINCO
MARIA

— A ILEGALIDADE, A PRIVAÇÃO de direitos e a dependência mútua forçada que resulta da responsabilidade coletiva são coisas com as quais nos acostumamos.

A sala do tribunal estava abafada e repleta de gente. A maioria de nós havia passado um dia ou mais para chegar ali: embarcar no voo noturno de Moscou até Perm; escovar os dentes no banheiro do aeroporto, onde os azulejos lascados e cor de lama e uma coleção inteira de sacos de lixo pretos e abarrotados só eram toleráveis por causa da música ambiente, discoteca dos anos 1970; depois, pegar o transporte rodoviário para Berezniki – uma viagem de quatro a seis horas, dependendo da neve – e então fazer fila na porta do Colegiado Municipal do Tribunal Popular, um das dezenas de edifícios cinzentos e de cinco andares da rua Plano Quinquenal, em uma cidade com dezenas de prédios de cinco andares idênticos que abrigam todos os seus 150 mil habitantes, todos os tribunais, policlínicas e autoridades residenciais que regem suas vidas.

═══════

FAZIA VINTE GRAUS NEGATIVOS EM Berezniki, o tipo de clima do qual as roupas só nos protegem por alguns minutos, e não durante uma espera de duas horas. Os guardas de segurança permitiram que jornalistas e ativistas entrassem no prédio um por vez, revistando minuciosamente todas as pessoas enregeladas. No final, cerca de cem pessoas entraram na sala de audiências e outras cinquenta ou coisa assim tiveram de ficar no saguão e assistir à sessão através de um monitor de vídeo instalado especialmente para aquela ocasião de interesse midiático. O tribunal, ou pelo menos parte dele, havia recebido uma demão de tinta e um aquário de vidro e plástico para conter Maria Aliôkhina. Sua voz estridente ecoava nas paredes novas e lisas, de maneira que, para a plateia, o som era como o de uma conexão telefônica ruim: chegava alto e ia se apagando.

Durante todo o dia, o tribunal andara examinando o requerimento de Aliôkhina para adiar o início do cumprimento de sua sentença até que o filho fizesse catorze anos, uma medida aplicada de vez em quando em casos de delitos cometidos sem violência e, no caso de pessoas bem relacionadas, não só aos não violentos.

— Esta é nossa falta de liberdade, que, como todos nos lembramos, é pior do que a liberdade — disse Aliôkhina, referindo-se à declaração embaraçosa do ex-presidente Dmítri Medviédev de que "a liberdade é melhor do que a falta de liberdade". Ele falava de sua política econômica. — É uma maneira de estarmos sempre servindo à vida em vez de vivê-la. Eu quero viver a vida. Eis minha liberdade: aqui estou, de outra maneira não posso, como disse Martinho Lutero. Minha causa pode ser impossível, mas encontro minha liberdade na responsabilidade que assumo, e recuar seria como morrer um pouco, para usar as palavras dos estudantes que protestaram na Sorbonne em 1968.

Pensei: provavelmente apenas três ou quatro pessoas na sala de audiências lotada entenderam as referências feitas por Maria e a relação de proximidade entre uma e outra, e também com Martin Heidegger, a quem ela citara no início da oitiva. Duas dessas pessoas eram Piêtia e eu.

MARIA

A MAIORIA DAS COISAS QUE Maria dissera em sua vida foi endereçada a pessoas que nem sequer tentaram entendê-las. Sua mãe, Natália, havia se dado conta do abismo que separava sua forma de pensar do raciocínio de sua filha quando Maria tinha treze anos.

– Depois da sétima série, eu a troquei de escola para que frequentasse uma que tivesse foco em matemática – disse-me Natália, fumando sem parar em uma cafeteria cara de Moscou.

Era mais um membro da família que não me receberia em sua casa – bagunçada demais para receber visitas, alegou. Não era difícil de acreditar: Natália tinha ares de alguém que lutava, provavelmente sem sucesso, com as exigências cotidianas do trabalho doméstico e da família. Era uma engenheira de software que sempre vivera com a própria mãe, algo perfeitamente normal para as russas de sua geração – e nunca havia se casado, o que era incomum. Dera à luz Maria aos 35 anos, uma idade quase absurdamente avançada para alguém ser mãe pela primeira vez na Rússia, até mesmo em 1988. O pai de Maria era um matemático que não ficou para ver o nascimento do bebê, nem deu o menor sinal de vida até a menina chegar à adolescência, momento em que Natália cortou pela raiz sua súbita tentativa de se comunicar com a filha.

Nesse período, a garota passara sete anos em uma boa escola, próxima a seu apartamento no relativamente pitoresco subúrbio dormitório de Kúntsevo (ao contrário da maior parte da periferia de Moscou, Kúntsevo possuía uma variedade de prédios, alguns de tijolos e outros de concreto, alguns com cinco e outros com nove andares). Era um internato com educação intensiva em inglês, e Maria era uma "aluna-dia", ou seja, ela fazia todas as refeições na escola e voltava para casa depois das sete da noite. No ensino fundamental, ela foi um pouco brigona, batendo regularmente em seus inimigos e, de vez em quando, até nos amigos. Ao se tornar adolescente, seu lado agressivo desapareceu. E Natália decidiu que era hora de transferi-la para uma escola de matemática, como acontecera com ela na mesma idade e, portanto, como ela acreditava que devia ser.

Maria se rebelou. Natália ficou surpresa.

– Não entendo a expressão "ciências humanas" – reclamou Natália ao conversar comigo.

Ela começou uma busca frenética por uma nova escola que se adequasse. Por fim, matriculou Maria em uma cujo diretor era um conhecido seu, mas não sem antes admitir que provavelmente nunca entenderia o que sua única filha dizia, lia ou queria. Quando chegou o momento de procurar uma faculdade, Natália disse:

– Não posso lhe dar qualquer conselho a esse respeito, não conheço uma pessoa que seja na área de humanas.

O que talvez fizesse uma outra garota se sentir abandonada e incompreendida pela mãe fez que Maria se sentisse independente e respeitada. Quando pedi a ela para fazer um resumo de sua autobiografia em uma carta enviada da colônia penal, ela começou assim:

> Pode-se dizer que fui criada em casa: não fui para a pré-escola e passava o tempo no jardim do prédio. Adorava subir em árvores, chegar ao topo de carvalhos e bétulas, olhar para baixo e ver seus galhos se entrelaçando sob meus pés. Morava com minha mãe e avó e sempre fui tratada como adulta: ninguém me paparicava e sempre discutíamos o que fazer. O mais importante na minha infância, provavelmente, era a ausência de proibições sem motivo. Se algo não era permitido em nossa família, o motivo era sempre claro. Opiniões e atitudes independentes eram respeitadas.

A avó de Maria morreu quando a garota tinha nove anos, e isso deixou Natália desamparada em face das dificuldades de manter uma casa e criar sua filha.

– Nosso relacionamento esfriou desde o incidente com a escola de matemática – disse-me ela, e depois se corrigiu. – Não, desde que minha mãe morreu. Acho que foi minha culpa: a culpa é sempre dos pais. Provavelmente sou muito agressiva quando se trata de discussões. Ela sempre dizia: "Eu não quero discutir com você".

Aparentemente, depois que se livrou do hábito de bater em seus inimigos e amigos, Maria desenvolveu uma espécie de política pessoal de evitar confrontos, como se estivesse guardando forças para lutar em escala global.

– É a coisa mais estranha – disse-me N, que era uma amiga de infância. – Posso dizer para você qualquer coisa sobre ela, porque sei que ela não vai me entender mal.

═══

MESMO DEPOIS DE ESCAPAR DA escola de matemática, Maria continuou a encarar o ensino médio como uma triste obrigação. Quando algo despertava seu interesse – normalmente uma aula de literatura russa –, ela prestava atenção; passava o resto do tempo sentada em um canto, no chão, lendo um livro, parecendo uma hippie, fora de seu tempo e lugar. Sua lista de leitura era leve: a ficção científica russa e quase dissidente que fora moda na década de 1970 e a ficção popular e ligeiramente satírica que fizera sucesso nos anos 1990. O trabalho de meio período em uma locadora de vídeos lhe oferecia um desafio intelectual um pouco maior: ali ela assistiu pela primeira vez aos filmes de David Lynch, Hitchcock e Fellini, além de um de Lars von Trier e outro de Catherine Breillat. Nada disso a ajudava a se aproximar de suas colegas de ensino médio – embora uma vez, ao cruzar com N em uma passagem subterrânea para pedestres perto de sua casa, Maria tenha contado à amiga sobre o filme sombrio de Darren Aronofsky a respeito do vício, *Réquiem para um sonho*, e isso tenha reacendido sua amizade. Todavia, à medida que os gostos de N foram ficando mais sofisticados, ela passou a zombar da amiga por sucumbir aos devaneios sentimentais de Aronofsky. Maria não se ofendeu.

    Ela caminhava até a Arbat, uma área histórica de Moscou que havia sido o coração lírico da cidade, depois o centro de sua contracultura, sua primeira atração turística moderna e, por fim, uma caricatura de si mesma. Na década de 1960, o intérprete e compositor Bulat Okudjava cantarolava: "Ah, Arbat, minha Arbat, você é minha vocação, alegria e tristeza". Nos anos 1970, os hippies se reuniam no monumento a Gógol no final da rua Arbat, aonde a polícia ia regularmente recolhê--los por vadiagem. No final da década de 1980, a rua Arbat foi transformada em calçadão comercial, no exato momento em que a URSS começava a levantar a Cortina de Ferro. Nos anos 1990, vendedores ambulantes de toda espécie de mercadorias, desde chapéus de pele a joias artesanais, dividiam o local com músicos e artistas de rua, além de fãs do freneticamente popular cantor Víktor Tsoi, que havia morrido em um acidente de motocicleta em 1990, aos 28 anos de idade. Como memorial, os fãs construíram um muro azulejado na rua Arbat e por ali circulavam, pranteando seu ídolo 24 horas por dia, sete dias por semana, ano após ano. A canção mais conhecida de Tsoi era "Mudança!": "Nossos corações exigem mudança!/ Nossos olhos exigem mudança!", dizia o refrão.

    Nos anos 2000, a Arbat havia se tornado a rua mais brega de Moscou, repleta de cafés com preços exorbitantes, comida ruim e lojas que vendiam antiguidades falsificadas. Quanto aos ambulantes, apenas os vendedores de chapéus de pele permaneceram. O muro de Tsoi agora só atraía multidões em agosto, no aniversário de sua morte. Os músicos de rua seguiram com a vida, estudaram em escolas de verdade e arranjaram trabalhos de verdade como executivos da publicidade, e o único vestígio de sua existência eram três ou quatro homens que continuavam a dedilhar suas guitarras no "Cano", uma passagem subterrânea para pedestres no final da Arbat. Seu público era um grupo semipermanente de adolescentes embriagados atraídos pela antiga reputação da rua, em busca da contracultura ou talvez até mesmo de uma causa (algo que Tsoi havia representado) ou sentido na vida (que Okudjava prometera). Foi nesse local que Maria conheceu Nikita em 2006.

Nikita era mais velho – ele tinha 22 e Maria, dezessete – e já bebia mais e havia mais tempo. Carregava uma mochila com seus pertences essenciais, que incluíam um pequeno livro de Immanuel Kant, e vagava pelo centro de Moscou já havia alguns anos, fazendo apenas visitas ocasionais a sua casa no bairro dormitório setentrional de Otrádnoie (que significa "Encantador"), uma das áreas mais terrivelmente cinzentas e desoladas de uma cidade cuja periferia era quase sempre cinzenta e desolada. Maria e Nikita começaram a andar juntos. Ambos eram magros, não muito altos e tinham cabelos castanhos, longos e ligeiramente crespos. Talvez, juntos, eles se sentissem como os fantasmas daqueles hippies da Arbat de tempos atrás.

– Era um tipo de vida marginal – disse-me Nikita, saboreando seu chá no primeiro café vegetariano de Moscou. – Uma forma megamarginal de vida.

Fosse lá o que estivera procurando quando começou a frequentar a Arbat, ele já o deixara de buscar havia muito tempo. Maria mal conseguiu concluir o ensino médio: entrar na faculdade estava fora de questão.

– Quando ela fazia alguma coisa, se jogava de cabeça – disse-me N. – E beber não foi uma exceção.

[FORMANDO O PUSSY RIOT]

Muitas pessoas a quem perguntei sobre Maria tentaram evitar a questão da bebida – parecia inapropriado e desleal discutir suas bebedeiras de adolescente enquanto ela lutava para sobreviver na prisão –, mas encontravam dificuldade em contar a história excluindo essa parte.

– Será que eu devia falar sobre isso? – perguntou-me N.

Admiti que eu não sabia ao certo como lidaria com a questão da bebida ao escrever o livro, mas disse a ela que eu mesma tinha sido uma adolescente alcoólatra: quase fui reprovada no ensino médio por estar sempre bêbada ou de ressaca, e não sabia explicar o que de fato havia feito que eu parasse de beber. Tampouco alguém conseguia entender o que dera a Maria a força e a percepção necessárias para largar o vício: Nikita acreditava que fora a Arte de Viver, um curso de ioga pasteurizado cujos exercícios diários a firmavam no chão mais do que beber todos os dias; N achava que tinha sido a gravidez – o que aconteceu no outono do mesmo ano em que Maria deveria ter ido para a faculdade, mas não foi. Ela estava com dezoito anos.

– Ficamos muito entusiasmados quando ela engravidou – disse-me Nikita. – Começamos a pesquisar sobre o parto e a fazer cursos. Ela fez planos. Ela tem uma inclinação ecológica, procura levar uma vida ética sem contribuir para a matança de animais, então queria dar à luz em casa e fizemos planos.

Um parto desse tipo realmente demandaria planejamento, assim como dinheiro, e tentar traçar um plano, ganhar dinheiro e manter ambos com um alcoólatra por perto é uma causa perdida, por isso, quando Philip nasceu em maio de 2007, foi nos lençóis cinzentos e entre as paredes amarelas de uma "casa de partos" normal da vizinhança, onde dar à luz é uma tarefa árdua e gratuita. O único item da lista de afazeres de Nikita e Maria que eles realmente conseguiram cumprir foi colocar um novo papel de parede em um dos quartos do apartamento de

Natália em Kúntsevo, onde todos os quatro agora moravam. Entretanto, Maria e Nikita rompiam o relacionamento com uma certa regularidade, por isso, na maior parte do tempo, o apartamento de Kúntsevo abrigava apenas a criança, sua mãe e a avó, exatamente como acontecera duas décadas antes.

Philip ainda não completara três meses quando o casal o levou para Utrich, um parque nacional no sul da Rússia. Fazia vários verões que Nikita arranjava carona para ir acampar ali; Maria se apaixonou pelo local na primeira vez em que esteve lá.

Eu havia pedido a ela que me dissesse o que a levara a se tornar uma ativista, e a conversa chegou a Utrich. Ela escreveu:

Observando essa lista de fatos, nem você, nem eu podemos dizer como me tornei uma ativista ou por que eu vivia mudando o foco da minha militância. Eu agia por intuição: geralmente tenho a tendência de confiar em mim mesma quando dou passos que mais tarde percebo que foram importantes. Em 2008, quando estava no meu primeiro ou segundo ano de faculdade, li a notícia de que a floresta de Utrich, um dos locais de que mais gosto na Rússia, seria derrubada. Encontrei dois números de telefone e endereços na internet, preparei uma mochila e, saindo direto da faculdade, fui para os escritórios do World Wildlife Fund e do Greenpeace. Conheci alguns dos membros da equipe. O pessoal do Greenpeace me aconselhou a começar a coletar assinaturas e imprimiu algumas folhas para mim.

Eu podia visualizar a cena. As organizações sem fins lucrativos de Moscou não recebem muitos visitantes: normalmente são formadas por ativistas experientes, muitos dos quais passaram tempo vivendo, trabalhando ou estudando em outro país, onde a ideia de se tornar um ativista é possível. A aparição de uma jovem idealista, que mais lembrava um revival de uma década de 1970 imaginária – vestindo saia costurada à mão, usando um chapéu de abas largas sobre os longos cabelos enro-

[FORMANDO O PUSSY RIOT]

lados e uma mochila nas costas, como se estivesse planejando andar até o campo de batalha sem mais delongas – e falando (com uma voz aguda que tende a rachar quando ela se empolga) do quanto amava Utrich era, definitivamente, estranho, e possivelmente engraçado. Entregar a ela uma pilha de folhas para colher assinaturas poderia ser uma tentativa de testá-la ou de se livrar dela.

Então, era tudo o que eu tinha: uma porção de papéis em branco e nenhum ativista entre meus amigos. Coletei 4 mil e trezentas assinaturas em uma semana e conheci pessoas maravilhosas: artistas, estudantes que pertenciam ao grupo ambientalista da Universidade Estatal de Moscou... Não tenho sequer como enumerar todos eles. Muitas pessoas queriam ajudar.

Logo Maria estaria no comando dos esforços de organização das bases para a defesa de Utrich, embora, modestamente, ela tenha omitido esse fato em sua carta para mim. Ela ajudou a organizar comícios e piquetes e, quando a derrubada ilegal do parque nacional começou em novembro de 2008, ela se juntou às dezenas de ativistas que viajaram para o local para proteger as árvores com seus próprios corpos.

"Fiz tudo isso com meu filho em um sling. Quando esfriava, membros da família ficavam com ele enquanto eu participava de comícios e piquetes." Cinco anos mais tarde, na audiência em Berezniki, o fato de ela ter envolvido seu filho pequeno em manifestações políticas seria citado como uma das razões para que sua libertação antecipada fosse negada.

═══════════

MARIA ACABOU DECIDINDO IR PARA a faculdade, e a escolhida, o Instituto de Jornalismo e Literatura, era um empreendimento particular, pequeno e quase esquisito, desconhecido por praticamente todos que não estudavam nem lecionavam lá. Atuei como editora e recrutei ativamente jovens jornalistas em Moscou por muitos anos, e eu nunca tinha ouvido falar do instituto, tampouco as pessoas a quem perguntei a respeito dele. Seu sistema baseado em seminários atraía o tipo de adolescente que Maria fora: aquelas que passavam o ensino médio sentadas em um canto, lendo um livro. O instituto oferecia horários alternativos perfeitos para pessoas que trabalhavam ou jovens mães: assistir às aulas apenas nos finais de semana. Maria passava a semana com Philip e dedicando-se ao ativismo, e os fins de semana, quando sua mãe podia ficar com o bebê, em seminários no instituto, que ficava apenas a uma quadra dos antigos antros que ela costumava frequentar na Arbat. Foi a primeira escola onde ela realmente fez amigos: no segundo ano, um grupo bem próximo tinha se formado. Estudavam juntos e, à noite, participavam de uma das muitas sessões de leitura que constituíam o renascimento da poesia moscovita: em meados dos anos 2000, a cidade tinha mais poetas trabalhando, caminhando e fazendo leituras ao vivo do que tivera em décadas. Um festival anual de poesia em maio formou filas de um quarteirão que brotavam de um dos diversos cafés que sediavam as leituras. É claro que a maior parte da cidade não fazia ideia de que existiam a poesia e os poetas: a comunidade de leitura e escrita era pequena, mas fiel e encarniçadamente ativa. Maria e seus amigos representavam uma parte minoritária da plateia: indivíduos que não eram poetas e não conheciam pessoalmente a maioria dos poetas.

A maior parte dos membros do grupo planejava fazer carreira escrevendo. Uma das amigas mais próximas de Maria, uma jovem miúda e calada de nome Ôlia Vinográdova, conseguiu emprego escrevendo resenhas de livros para a biblioteca infantil central de Moscou.

– Eu achava que ela seria uma ótima jornalista especializada em questões sociais – disse Ôlia a respeito de Maria. – Ela é excelente para se enfiar nos lugares. Mas, na verdade, ela não se definia, porque (poderia soar estranho, não fosse o que aconteceu) ela tinha essa ideia de que iria mudar o mundo. Ela estava sempre dizendo: "Para que todos esses exercícios de prosa, como eles ajudam a mudar o mundo?".

Os amigos do instituto sabiam muito bem que Maria era ativista, mas o conteúdo desse ativismo não era tão claro para eles: o caso de Utrich parecia importante, mas muito distante e, de qualquer maneira, ela aparentemente não demorava a mudar de foco. Apesar de toda a sua paixão e capacidade de "se enfiar nos lugares", ela não era proselitista, por isso, além do fato de que ela agora se preocupava tanto com a política eleitoral quanto com a arte contemporânea, seus amigos do instituto não sabiam de quase nada.

Maria tinha um pouco mais de tempo agora: quando Philip estava com cerca de quatro anos, Nikita parou de beber. Ele já tivera períodos de abstinência antes, e ela sempre se aproveitava deles para dedicar algum tempo a si mesma, mas agora ele não apenas podia ajudar a cuidar da criança, mas também ansiava por ficar com Philip, pois descobriu que ele sabia ser pai de um garotinho e era bom nisso. Eles até mesmo iam a uma academia juntos, três vezes por semana: Nikita praticava ioga com a dedicação de um viciado e Philip fazia as atividades infantis. O pai não era nem de longe tão boa companhia para Maria, não que ele realmente tentasse: o relacionamento deles mantinha seu ritmo instável, mas a distância entre eles aumentara.

– Ela muitas vezes tentava me dizer alguma coisa, mas eu não estava realmente interessado – disse-me Nikita, com uma espécie de imparcialidade idônea. – Ela tinha muitos interesses, e meus recursos interiores eram poucos. Teve Utrich, depois os pássaros, uma espécie de acampamento ecológico para aves migratórias, e então a fabricação de sabão e os anarquistas. Foi aí que Pútin apareceu, e isso era realmente incompreensível. Quer dizer, entenda meu ponto de vista: eu mal havia começado minha recuperação e estava prestando atenção às coisas mais próximas em torno de mim, como meu filho. Philip era real e, quanto a Pútin, eu já não estava tão certo. Talvez ele fosse algum tipo de boneco. Por isso, quando os protestos começaram, eu tinha perdido completamente o interesse. E, de qualquer maneira, eu não conhecia os amigos dela, então eu nem sequer escutava quando ela dizia aonde estava indo e com quem.

"Eu era sempre uma estranha em todo lugar", escreveu Maria em sua primeira carta endereçada a mim, falando sobre as escolas que ela havia frequentado. Quando estava com um pouco mais de vinte anos, ela havia aperfeiçoado, como muitas pessoas que se sentem deslocadas, a arte de compartimentar sua vida. Ela pouco tentava falar de política ou literatura com sua mãe ou Nikita (Natália e Nikita, por sua vez, haviam aperfeiçoado a arte de viver como desconhecidos sob o mesmo teto). Ela mantinha a política bem longe de suas conversas com seu grupo da faculdade: eles discutiam poesia. E ela ficou para trás na leituras porque esta não era exatamente compatível com seu ativismo.

– No instituto, ela tinha de estudar Sartre às pressas quando precisava – disse-me Ôlia, aparentemente envergonhada de estar revelando situações embaraçosas pelas quais a amiga passara. – Maria não tinha a concentração necessária para ler: era mais fácil para ela assistir a filmes.

Ainda pior, contou-me N, ela continuava admirando inconscientemente o sentimental *Réquiem para um sonho* de Aronofsky.

Maria encontrou tempo e concentração para retomar suas

leituras na cadeia. Foi em parte graças a isso que ela acabou citando Heidegger, Martinho Lutero e os ativistas universitários franceses para um tribunal indiferente na cidade sem rosto de Berezniki.

PARTE 2

ORAÇÃO E RESPOSTA

SEIS
ORAÇÃO PUNK

As comportas se abriram depois de 5 de dezembro. É como se todos tivessem encontrado a família desaparecida há tempos, como se a luz do dia tivesse surgido depois de anos de noite polar. Grupos de oposição que, em seus melhores dias, se arrastavam com uma dezena de membros, agora percebiam que tinham centenas e até milhares de voluntários. Surgiu um comitê de coordenação AD HOC, e pessoas de lados opostos do leque político se sentaram na mesma mesa para tentar aproveitar a fonte de energia humana. Indivíduos que nunca se viram como ativistas se juntaram a elas, e todos se tratavam de maneira informal, pois se sentiam parte de uma grande revolução iminente.

No início, Pussy Riot não sabia onde se encaixava, mas logo se deu conta. No dia seguinte ao grande protesto de 5 de dezembro, elas voltaram a sair para se manifestar – afinal, o que mais poderiam fazer? Várias centenas de pessoas se juntaram para protestar contra as detenções da noite anterior. A maioria foi presa.

Foi a primeira vez em que Nádia e Kat passaram a noite na delegacia. Um cômodo enorme com carteiras escolares estava cheio de pessoas que foram detidas. Pela manhã, elas foram soltas e sequer precisariam ser julgadas: os tribunais estavam muito atarefados com detenções administrativas.

Ao deixarem a delegacia, ficou claro que sua próxima ação

[ORAÇÃO E RESPOSTA]

seria onde a ação agora acontecia, no Centro de Detenções Especiais Número Um, onde diversas dezenas de rapazes, em sua maioria, estavam cumprindo penas de dez a quinze dias como resultado dos protestos. Entre eles estavam o blogueiro anticorrupção Aleksei Naválni e dois outros ativistas importantes, além de homens como Piêtia, que já lutavam direta ou indiretamente havia vários anos, e outros que saíram às ruas pela primeira vez. Piêtia telefonou e pediu comida, e Nádia e Kat seguiram para uma fila no Centro de Detenções carregando um pacote de suprimentos para ele, o que foi um tanto inútil, pois naquele momento os seguidores de Naválni já haviam trazido chocolates e tangerinas suficientes para sustentar a oposição até o final do inverno.

Dentro do Centro de Detenções Especiais Número Um, a revolução estava em pleno andamento. O grupo de uma cela grande criou uma transmissão on-line ininterrupta de sua prisão, que era repleta de discussões acaloradas sobre o futuro do protesto e da pátria. Outra cela fazia faixas usando os lençóis e as pendurava do lado de fora das janelas gradeadas. *quinze dias de liberdade*, lia-se em uma delas, e para aqueles que observavam de fora, realmente parecia que os homens haviam encontrado a liberdade cumprindo suas penas.

Piêtia estava em uma cela com Naválni e muitos outros homens, e a certa altura alguém – provavelmente uma pessoa que lera as memórias dos campos stalinistas – sugeriu que cada um deles oferecesse uma palestra a respeito de sua área de atuação: isso faria que o tempo passasse mais depressa e cada um deles sairia da prisão com mais conhecimento do que quando entrara. Palestras sobre administração de empresas, direito tributário e filosofia revolucionária decorreram bem, e então chegou a vez de Piêtia. Ele iria falar sobre arte contemporânea. Atrasou-se – má sorte, o jantar que fora servido mais tarde do que o usual e o fato de que ele sempre se atrasava em tudo – e, assim que começou, a cela inteira caiu no sono. Exceto Naválni, que permaneceu acordado durante toda a palestra com duração mal calculada de três horas e meia, ganhando o apoio político e pessoal de Piêtia por toda a eternidade.

Pussy Riot estudou o local. Não havia muito movimento atrás do prédio, que tinha garagens baixas daquele lado, o bastante para que as mulheres pudessem subir no telhado usando a mesma escada utilizada nas ações "Vodca-Kropótkin".

Elas eram três no dia 14 de dezembro. Aconteceu que ninguém, exceto Kat e Nádia, podia fazê-lo naquele dia, e já haviam adiado muito – alguns dos homens seriam soltos no dia seguinte –, mas uma mulher apareceu do nada e disse que sabia cantar. Disse também que era anarquista, que nunca revelaria seu verdadeiro nome e que tocava guitarra. Era tudo verdade. Elas a chamaram de Serafima.

Quando subiram na garagem, uma viatura da guarda de trânsito encostou. Um policial com um megafone na mão saiu do carro e pediu para que descessem. Elas puxaram a escada para cima do telhado, tiraram os casacos para expor seus vestidos de cores vivas, pegaram os microfones e instrumentos musicais, desenrolaram uma enorme faixa que dizia liberdade de protesto e a lançaram sobre a cerca para que ficasse pendurada no arame farpado, detonaram três bombas de fumaça e começaram a cantar e a gritar:

> Hora de aprender a ocupar as praças,
> Poder para as massas, fodam-se os líderes.
> A ação direta é o futuro da humanidade.
> LGBT, feministas, levantem-se pela pátria!
>
> Morte ao cárcere, liberdade para os protestos!

[ORAÇÃO E RESPOSTA]

Façam os policiais trabalharem pela liberdade,
Os protestos servem para melhorar o clima,
Ocupem as praças, tornem a posse pacífica,
Desarmem todos os policiais.

Morte ao cárcere, liberdade para os protestos!

Encham a cidade, as ruas e as praças.
Há muito a fazer na Rússia, deixem de comer ostras.
Abram as portas, joguem fora suas dragonas,
Venham e experimentem a liberdade conosco.

Morte ao cárcere, liberdade para os protestos!

Rostos tomaram as janelas do Centro de Detenções Especiais Número Um. A segunda vez que Pussy Riot gritou "Morte ao cárcere!", o prédio rugiu "Liberdade para os protestos!" em resposta. Os homens fizeram as barras de suas janelas matraquear e parecia que o centro de detenções especiais ia explodir. Os policiais que se juntaram perto da garagem deram as costas ao grupo e entraram no prédio, fechando a porta ao passar. Cantando em plena luz do dia, executando uma música inteira de uma vez só para uma plateia não apenas cativa, mas receptiva, as integrantes de Pussy Riot se sentiram como artistas pela primeira vez. No final, elas se juntaram aos presos cantando: "O povo unido jamais será vencido!". Então, elas baixaram a escada e desceram. Ninguém tentou detê-las: elas vestiram os casacos e foram para seu local de ensaios editar o vídeo.

Montaram o clipe naquela noite: o timing estava perfeito, mas o vídeo não. Parecia muito rústico, e não no bom sentido.

Não lembrava um vídeo de arte, mas uma produção amadora com três garotas cantando no telhado de uma garagem. No final, os espectadores cativos aplaudiam; Kat, Nádia e Serafima faziam uma longa e agradecida reverência; e Kat jogava um beijo com as duas mãos. Era uma performance, e não arte performática. Seu erro talvez tenha sido gravar uma única performance em vez de uma série delas, antes de montar o vídeo. Pussy Riot proclamara a serialidade como um de seus princípios centrais e, aos dois meses e meio de existência, o grupo era muito jovem para começar a deturpar a própria fundação.

Verdade seja dita, a crise se aprofundou. No período de duas semanas, o protesto virou lugar-comum na Rússia, arrastando Pussy Riot consigo. A ação criativa direta já não bastava quando todos a estavam fazendo. E estavam: agora havia até mesmo um centro de coordenação de ações diretas, com centenas de pessoas participando de reuniões semanais para propor dezenas de ações, encontrar colaboradores e começar a organizar tudo ali mesmo (eu comecei a Oficina de Protestos, como viria a ser chamada, e tornei possíveis suas reuniões de dezembro de 2011 a junho de 2012). Eram *flashmobs* no metrô, ações performáticas artísticas e protestos não sancionados em menor escala. O que Pussy Riot acabara de fazer parecia se encaixar bem em todo o resto. Dizer a si mesmas que eram visionárias e tinham feito aquilo antes dos outros não parecia servir de consolo, e a serialidade, por si só, não iria salvá-las da situação desagradável de terem se tornado a tendência dominante. Pussy Riot resolveu optar por um hiato criativo até depois do Ano-Novo.

———

COM A REVOLUÇÃO EM CURSO, as pessoas começaram a encontrar outras com ideias semelhantes. Uma mulher que havia tomado parte em duas ações de Voiná telefonou: ela estava de

[ORAÇÃO E RESPOSTA]

volta depois de viver no exterior, procurava trabalho e ligava para todos que conhecia para pedir indicações. Mas ela imediatamente concordou que uma banda punk só de garotas parecia melhor do que trabalho. E, quando veio para um ensaio, disse que se sentiu bem, que aquilo parecia ser a coisa certa para ela. Chamaram-na de Serafima, porque gostaram da primeira Serafima, a anarquista que nunca dissera seu nome.

Piêtia conheceu uma mulher na Oficina de Protestos: ambos foram a uma reunião com seus filhos e iniciaram uma conversa. A mulher era inteligente, bem educada, loira e bonita, daí decidiram que seu nome seria Exterminadora.

N reapareceu, usando Morj ("Morsa") como alcunha, e um dia ela trouxe sua velha amiga de escola, Maria, que todos acharam parecer um pouco fora de lugar com seus vestidos hippies e chapéus elegantes, mas, no final da conversa ficou claro que ela mudaria o mundo.

Restava a questão de como mudar o mundo ou, pelo menos, por onde começar – ou retomar – o processo. Com protestos surgindo por toda a cidade e as detenções administrativas se tornando ocorrências diárias, o próprio local escolhido teria de impressionar a imaginação. Piêtia sugeriu a Duma, o parlamento russo. Aí a Exterminadora apareceu e sugeriu a Duma. Assim como diversos outros ativistas de lavra recente, ela tinha acabado de conseguir um emprego como assistente voluntária de um deputado da oposição, por isso ela tinha entrada livre na Duma e estava em condições de obter mais credenciais. A ideia era que Pussy Riot ocupasse um dos camarotes reservados ao público ou à imprensa no salão principal – elas entrariam fazendo-se passar por universitárias em excursão –, e aí, usando equipamentos para escalada, desceriam até o salão no andar inferior, com as guitarras presas ao corpo e cantando. Não sabiam o que iriam cantar, mas naquele momento isso não importava tanto quanto o fato de que todas deveriam treinar técnicas de escalada.

— Eu gosto de fazer parte de uma banda — começaram a dizer. — A gente tem a chance de aprender a escalar montanhas.

Algumas mulheres que também se intitulavam artistas feministas apareceram. Elas sugeriram que a ação fosse realizada na Praça Vermelha. Pussy Riot achou que a praça seria uma exposição excessiva: quase todo artista contemporâneo russo que fosse digno do nome já tinha feito alguma coisa no local. Então, pensando bem, se quase todo artista contemporâneo russo digno de nome já tinha feito alguma coisa ali, por que Pussy Riot ainda não fizera nada? Elas ficaram obcecadas pela Praça Vermelha.

Na praça havia uma estrutura conhecida como Lobnoie Mesto, uma plataforma circular de pedra com aproximadamente treze metros de diâmetro e 2,5 metros de altura. Ivan, o Terrível, a usara para se dirigir aos moscovitas em 1547, e os decretos dos czares seriam lidos ali nos séculos seguintes, mas, ao contrário do que dizia a sabedoria popular, ela não fora usada para execuções públicas. No entanto, implorava para ser exposta como palco. Uns dez degraus levavam ao alto da plataforma, mas estavam cobertos de neve, assim como o palco, e havia a suspeita de que embaixo da neve havia gelo. As integrantes do Pussy Riot descobriram uma maneira de se posicionar que dificultasse sua remoção da plataforma. Uma barreira de pedra perfazia a maior parte do perímetro da plataforma, com cerca de trinta centímetros de largura e quase um metro de altura. Se elas escalassem a barreira, estariam a mais de três metros do chão e seria praticamente impossível retirá-las à força sem correr o risco de matá-las.

Havia de fato gelo sobre a barreira, e o grupo discutiu a necessidade de usar botas antiderrapantes. Elas também iriam

[ORAÇÃO E RESPOSTA]

precisar de uma escada, menor do que a que costumavam usar, para alcançar a barreira rapidamente, e a compraram no hipermercado Auchan. E então ensaiaram – e muito, porque sabiam que essa ação teria de ser rápida. As coisas já não eram como nos velhos tempos, dois meses antes, quando ninguém suspeitava delas até que a ação já estivesse acontecendo: agora a polícia esperava protestos em qualquer lugar e, sobretudo, na Praça Vermelha.

Quando Pussy Riot acordou naquela manhã de 20 de janeiro de 2012, o dia em que planejavam cantar no Lobnoie Mesto, elas ficaram sabendo que três ativistas gays foram detidos na Praça Vermelha por terem saído com um cartaz que dizia: façam uma parada do orgulho gay na praça vermelha. Pussy Riot brincou que tinham sido anunciadas e foram para a praça.

Uma fila de rebeldes se dirige para o Kremlin.
As janelas do FSB estão estourando.
As vadias mijam nas calças atrás de paredes vermelhas.
Riot está abortando o Sistema!

Um motim russo, o chamariz do protesto.
Um motim russo, Pútin mijou nas calças.
Um motim russo mostra que nós existimos.
Um motim russo, riot, riot.

Saia,
Viva na Vermelha,
Mostre liberdade,
Raiva cívica.

Cansada da cultura de histeria masculina.
O culto à liderança está apodrecendo o cérebro.
A religião ortodoxa é um pau duro.
Pacientes são instruídos a acatar a conformidade.

O regime quer censurar seus sonhos.
É hora de entender, hora de confrontar.
Um bando de vadias do regime machista
Está implorando perdão ao exército feminista.

Um motim russo, o chamariz do protesto.
Um motim russo, Pútin mijou nas calças.
Um motim russo mostra que nós existimos.
Um motim russo, riot, riot.

Saia,
Viva na Vermelha,
Mostre liberdade,
Raiva cívica.

A Guarda Federal – o serviço de segurança presidencial – cercou Lobnoie Mesto assim que as oito mulheres começaram a cantar. Mas a ideia de Pussy Riot funcionou: os homens à paisana não ousaram tentar retirá-las e ficaram apenas observando enquanto as mulheres atiravam no chão as mochilas, que continham principalmente roupas quentes, começavam a cantar e até mesmo acendiam bombas de fumaça. Tudo aquilo levou algum tempo, e estava tão frio que algumas das mulheres desejaram que a Guarda Federal as retirassem apenas para que não precisassem ficar ali com os braços desnudos. Kat havia calçado as botas de verão, pois tinham solado antiderrapante, e estava com tanto frio que, quando a música terminou, ela começou a vestir as roupas de inverno ali mesmo na plataforma de pedra de Ivan, o Terrível. Então, elas desceram e os homens pacientes à paisana disseram:

– Venham conosco.

Eles as deixaram na delegacia de polícia mais próxima. Os guardas olharam de soslaio para as roupas do grupo e depois levaram as mulheres para a cela. Elas forneceram seus nomes falsos. Os policiais debatiam preguiçosamente se seriam prostitutas, manifestantes ou, talvez, até mesmo artistas. Algum tempo depois, os homens à paisana voltaram trazendo fotos: haviam fotografado a ação e agora tinham o resultado impresso. Pussy Riot pediu para vê-las. Ficaram ótimas: um vestido vermelho, um roxo, um branco, um verde-escuro e outro verde-claro, um vermelho mais vivo, um azul e um amarelo, balaclavas perfeitamente incompatíveis, leggings nas mesmas cores dos vestidos, mas alternadas, neve, a fumaça das bombas, com a colorida Catedral de São Basílio ao fundo. Elas nunca pareceram tão bem. Além disso, nunca foram tão numerosas. Elas agitavam uma bandeira roxa de NO PASARÁN, que mostrava um punho erguido. Também tinham um retrato de Pútin com Muammar Gaddafi, que Serafima deveria encharcar de querosene e queimar, mas ela estragou essa parte e não conseguiu sacar a foto nem teve a chance de descobrir que o querosene não é particularmente inflamável: ambos, o retrato e o líquido, permaneceram na mochila dela. O retrato talvez tivesse poluído indevidamente o quadro. Da maneira como tudo aconteceu, Pussy Riot havia acabado de realizar sua ação mais clara e espetacular, e isso é o que podia ser visto nas fotografias.

A coisa toda pareceu quase amigável, por isso, quando os

policiais as pressionaram, sete das oito mulheres deram seus verdadeiros nomes. Elas foram soltas, mas Serafima, que carregava o querosene, insistiu em manter sua identidade falsa e a polícia a reteve. Eles a intimidaram, ameaçaram e persuadiram por cerca de seis horas. Esvaziaram sua mochila, tomaram seus cigarros e partiram ritualmente cada um deles ao meio. Se essa era a ideia que faziam de táticas para amedrontar, ela achou tudo bem engraçado. Aí eles desistiram e até mesmo fingiram acreditar na história do nome falso dela. Repreenderam-na por dirigir embriagada seu Porsche Cayenne– aparentemente, essa era a infração que fez seu cognome parar no banco de dados da polícia – e deixaram-na ir. Serafima teve uma prévia leve do que seriam os futuros interrogatórios de Pussy Riot.

PUSSY RIOT FICOU FAMOSA. As revistas de Moscou entrevistavam o grupo e fotografavam seus ensaios. O mundo parecia estar dizendo que queria saber o que elas fariam em seguida. Pussy Riot também queria.

O problema com a ação na Praça Vermelha é que nada poderia superá-la, exceto, talvez, o próprio Kremlin. Mas chegar tão mais perto do Kremlin do que já tinham chegado no Lobnoie Mesto – a uns duzentos metros de uma das entradas da sede do governo – parecia impossível. A Duma começava a se mostrar difícil. Kat, Nádia e Piêtia tiveram suas requisições de entrada negadas e não puderam fazer o reconhecimento do local: aparentemente, seus nomes estavam em uma lista. No final, eles usaram carteiras de estudante falsas para entrar, mas a Exterminadora havia se metido em apuros com seu deputado na Duma e tudo isso prometia complicar ainda mais a ação. Além disso, a Duma não passava de uma aproximação, um substituto para o Kremlin, ao qual servia com prazer.

[ORAÇÃO E RESPOSTA]

Os protestos continuaram a crescer como uma bola de neve, deixando o Kremlin cada vez mais tenso. Pútin rearranjou sua equipe, evidentemente reunindo as tropas, entre elas a Igreja Ortodoxa Russa, uma aliada confiável dos ditadores russos através dos séculos. Na véspera de uma grande marcha de oposição planejada para 4 de fevereiro, sacerdotes de todo o país instruíram seus paroquianos a se abster de protestar. O próprio patriarca dirigiu-se à multidão reunida para a liturgia na Catedral do Cristo Salvador, a construção enorme e chamativa onde o Santo Cinto de Nossa Senhora fora exposto recentemente.

– Os ortodoxos não sabem participar de manifestações – disse o patriarca Kirill. – Eles rezam no silêncio dos mosteiros, nos claustros, em suas casas, mas seus corações estão cheios de dor diante da desordem em que se encontra nosso povo hoje, tão claramente semelhante ao frenesi desesperado de pouco antes da Revolução, e da discórdia, perturbação e dos estragos da década de 1990. – O patriarca que, como muitos, se não todos do alto escalão do clero – e como o outrora e futuro presidente – servira à KGB, enviava uma mensagem dupla. Pútin, que se tornou presidente no ano 2000, havia tirado o país da beira de um desastre, e aqueles que agora complicavam as coisas iriam colocá-lo novamente no caminho da destruição. Daí que os verdadeiros fiéis não deviam apenas se abster de participar de marchas de protesto, mas também deveriam comparecer a um comício contra os protestos organizado conjuntamente pelo Kremlin e os movimentos jovens da igreja – e nem era preciso dizer que deveriam votar em Pútin em 4 de março.

No dia seguinte – um dos mais frios do ano –, mais de 50 mil pessoas em Moscou saíram às ruas para marchar contra Pútin. O movimento de protesto estava se consolidando e se tornando mais claramente político: se os anteriores pediam eleições justas, agora o povo marchava com slogans explicitamente anti-Pútin.

– Mais doze anos? – perguntava um dos cânticos da marcha.
– Não, obrigado – era a resposta.

Outro cântico parafraseava uma quadrinha infantil: "a tempestade se forma uma vez, a tempestade se forma duas vezes, a tempestade se forma três vezes – é a vez de Pútin ir para a cadeia". Nádia marchou com o grupo da bandeira do arco-íris naquele dia e Piêtia tentou, sem muito sucesso, ajudar a organização.

Em 8 de fevereiro, o patriarca Kirill reuniu-se com Pútin. Na parte televisionada da conversa, ele descreveu os prósperos anos 2000 como "um milagre de Deus, auxiliado pelos líderes do país". A mensagem era clara novamente: Pútin estava ao lado de Deus, e a campanha para elegê-lo não era feita apenas por Pútin, mas também pelo patriarca e a própria igreja. E isso significava que a próxima ação de Pussy Riot deveria acontecer na Catedral do Cristo Salvador, que era para o patriarca o que o Kremlin era para Pútin. A catedral também representava a era Pútin ainda melhor que as lojas luxuosas. Era o local onde Pútin e Medviédev iam celebrar datas religiosas, como podia ser visto na TV. Um símbolo da devoção pós-soviética, superficial e generosamente banhada a ouro. A catedral também abrigava alguns empreendimentos incongruentes, como um luxuoso lava-rápido e um salão de banquetes, cujos rendimentos beneficiavam a Fundação Catedral do Cristo Salvador, que não era conhecida por suas contribuições para a caridade nem por qualquer outra coisa. E, ao mesmo tempo, a catedral havia atraído 1 milhão de pessoas para ver o Santo Cinto, um mau presságio de que a Rússia entrava na Idade das Trevas. Realizar a próxima ação de Pussy Riot na Catedral do Cristo Salvador era perfeito, era a coisa certa a fazer.

[ORAÇÃO E RESPOSTA]

Depois de Lobnoie Mesto, a astróloga de Serafima disse a ela para deixar o país. Não apresentou muitos argumentos. Não disse "deixe o país, senão você vai para a cadeia" nem "deixe o país antes que as coisas fiquem ruins". Disse apenas: "deixe o país". Serafima confiava em sua astróloga, mas aquilo era ridículo. Serafima estava no lugar certo, fazendo a coisa certa. A sensação nunca fora tão forte quanto no momento em que Pussy Riot lhe dera o nome de Serafima: ela tinha uma certeza mística – não era louca e sabia que outras pessoas não acreditavam nisso, mas a certeza simplesmente vivia dentro dela – de que o povo russo tinha um lugar e uma missão especiais no mundo, e ela podia sentir que era a hora da transformação e, quando recebeu o antigo nome russo Serafima, soube que tinha um papel importante a desempenhar nessa transformação. Lobnoie Mesto e particularmente a participação de Serafima – mesmo que o retrato não tenha sido queimado – pareciam ser parte de sua missão, talvez apenas o começo dela. Mas, novamente, ela confiava em sua astróloga. Assim, no primeiro ensaio pós-Lobnoie Mesto, como Pussy Riot veio a chamar a performance, quando veio à baila o assunto de onde seria a próxima ação, Serafima disse:

– Vamos fazê-la em um avião. E deixar o país ao mesmo tempo.

– Vamos fazê-la na Catedral do Cristo Salvador – disseram Nádia e Kat.

– Na Duma – disse a Exterminadora.

– Não podemos fazê-la na catedral – falou Serafima. – Eles vão nos mandar para a cadeia. – Ela mencionou os curadores de arte que foram condenados por incitação ao ódio religioso pelo fato de organizarem mostras de arte visual que criticavam a Igreja.

Ainda assim, nenhum deles foi realmente para a prisão: suas sentenças foram suspensas. E aquilo foi antes! O momento agora era de mudança. Nádia e Kat descartaram a preocupação.

– É diferente – disse Kat. – E, de qualquer maneira, as autoridades causaram uma impressão tão ruim nesses casos que sabem que é melhor não fazer isso novamente.

Entre elas, isso foi apelidado de "efeito da primeira detenção": a maioria das mulheres, depois de serem levadas para uma delegacia pela primeira vez, mesmo que fossem razoavelmente bem tratadas e que seu nome fictício não tivesse sido contestado, passava a procurar uma maneira de ficar longe das ações públicas. Diziam coisas como: "Vou ajudar nos ensaios". Era o que Serafima estava fazendo. Ela disse:

– Eu simplesmente não posso ir para a cadeia. Quer dizer, ninguém, ser humano nenhum, pode ir para uma cadeia russa.

Ficou decidido que iriam realizar a próxima ação na Catedral do Cristo Salvador.

No dia seguinte, Serafima comprou uma passagem aérea para a Índia e deixou o país. Foi triste: Pussy Riot tinha sido como um lar, e ela sentia uma espécie de amor por cada uma das garotas. Nádia, aquela a quem conhecia havia mais tempo, era louca. Isso não era ruim e, no caso de Nádia, era definitivamente um tipo de loucura iluminada, como uma força benéfica. Nádia nasceu para liderar, mas isso também significava que ela era convencida por natureza, o que cansava Serafima. A amiga se levava tão a sério como ela mesma só fora capaz de fazer com a religião.

Serafima havia sido uma ortodoxa devota por cerca de dois anos, tempos atrás, e acreditava que essa era a razão pela qual tinha uma visão tão clara de como a ação planejada iria terminar: terminaria na cadeia. Algumas vezes ela suspeitava de que Nádia e Kat realmente queriam ser presas. Pelo menos elas pareciam desejar ser o tipo de pessoa que já estivera atrás das grades. Mesmo assim, Serafima gostava de Kat. Talvez faltasse a Kat imaginação para ver como seria: provavelmente, ela era capaz de visualizar soluções para equações matemáticas com muito mais facilidade do que imaginar as reações das pessoas que ficariam profundamente magoadas com suas ações e que tinham o poder de fazer algo a respeito.

E então havia Maria. Ela era nova e ninguém sabia muito sobre ela. As duas costumavam ir juntas para o ponto de ônibus, e Serafima se pegou pensando: *como uma garota dessas acabou se unindo a pessoas como nós?* Havia algo de extraordinariamente puro a respeito de Maria. Ela provavelmente também não tinha ideia de onde estava se metendo.

Nádia, Kat e, ocasionalmente, algumas das outras pessoas, incluindo Piêtia, começaram a se preparar para a ação. Estudaram a catedral. Descobriram que a segurança via homens e mulheres de maneiras diferentes: se uma mulher entrasse carregando o estojo de uma guitarra, era detida; no caso de um homem, seria apenas um hippie ou um cara esquisito com uma guitarra entrando na igreja. Elas definiram algumas regras básicas. Uma delas é que não iriam perturbar nenhuma celebração. Mostrar tamanho desrespeito com os paroquianos prejudicaria a mensagem de Pussy Riot e iria expô-las a um risco desnecessário. Elas poderiam ser acusadas como foram os curadores e não queriam correr o risco de acabarem presas; na verdade, já estavam consideravelmente cansadas das detenções. É claro que seria espetacular interromper uma celebração religiosa com uma ação de Pussy Riot, mas as pessoas simplesmente não entenderiam. Mas se o grupo profanasse o espaço no período em que era usado exclusivamente para as atividades de sua fundação corrupta (e para a lavagem de carros) – ou seja, quando já estava sendo profanado –, a mensagem seria clara.

É certo que isso iria exigir comprometimento. As luzes da catedral só iluminavam bastante – o suficiente para permitir a filmagem – durante as celebrações; o resto do tempo, a iluminação era fraca. Mas elas foram inflexíveis na questão de não correr riscos excessivos, por isso pediram aos cinegrafistas e fotógrafos para verificarem o lugar antecipadamente e se lembrarem de trazer equipamentos de iluminação adequados. Elas escolheram os profissionais de filmagem com cuidado. A ação tinha de ser mantida em segredo.

Havia um local na catedral que parecia ter sido criado especialmente para Pussy Riot. Não tinham ideia de como era chamado ou para que servia, mas era bem semelhante a um pequeno palco inusitado no meio da igreja. Ficava em frente e um pouco abaixo do altar – era possível enxergá-lo com uma parte integrante de sua base –, mas não parecia ser tão protegido quanto o altar propriamente dito. Este tinha portões bem altos que eram trancados entre as celebrações, e Pussy Riot notou que ali ninguém entrava fortuitamente. A plataforma era rodeada por uma cerca baixa e ornamentada, fácil de saltar, que não parecia inspirar a menor reverência: a faxineira se dirigia para lá todos os dias com seus utensílios. Além disso, a plataforma tinha um pedestal e microfone ligado a amplificadores facilmente visíveis. Provavelmente, Pussy Riot não conseguiria usar aquele equipamento, mas todo o cenário parecia ter sido a ideia de alguém de um púlpito parlamentar inspirado pela televisão sobreposta à ideia de outra pessoa de uma grande igreja oficial, também inspirada pela televisão. O grupo riu enquanto discutia o assunto. A segurança da catedral gesticulou para que elas parassem de rir.

O fato era que havia seguranças demais, rapazes corpulentos, a maioria sem uniforme, mas agindo como se estivessem no parlamento, na cola de qualquer um que parecesse estranho:

afinal, era a igreja oficial. Levando isso em conta, Kat sugeriu que a ação não iria funcionar: a segurança entraria em cena tão rapidamente que elas não teriam tempo sequer de se prepararem.

A solução, depois que chegaram a ela, pareceu bastante simples: gravariam a música com antecedência, daí iriam para outra igreja, menos central, e filmariam lá, e apenas depois disso tentariam realizar uma ação na Catedral do Cristo Salvador. O que conseguissem fazer na catedral – mesmo que fosse apenas um minuto de filmagem – seria associado ao material gravado anteriormente para criar o clipe da ação na catedral, ainda que a maior parte da própria ação existisse apenas na imaginação delas.

Lembraram-se de uma igreja próxima ao centro de arte contemporânea que frequentavam. Era suficientemente grande e, ao mesmo tempo, tranquila e quase desconhecida. Na verdade, a Catedral da Epifania era a igreja ortodoxa mais antiga de Moscou, e o patriarca fazia ocasionalmente celebrações importantes no local, mas Pussy Riot não sabia disso. Sabiam que o ouro e a opulência dentro da igreja eram suficientes para que, no caso de um clipe rápido e com cenas intercaladas, o lugar se passasse facilmente pela Catedral do Cristo Salvador, só que filmada de um ângulo diferente.

Seis integrantes da banda pegaram um microfone de pedestal, um holofote – tiveram a ideia de criar um efeito de palco iluminado – e dois cinegrafistas, e seguiram para a Catedral da Epifania. Montaram os equipamentos, só então descobrindo que a bateria do holofote era absurdamente pesada. Realizaram os movimentos da coreografia planejada e ensaiada para a canção: dança frenética, com pontapés e movimentos de boxe para as partes rápidas; genuflexão e reverências furiosas nas partes de canto litúrgico. Uma mulher apareceu do nada e agarrou o holofote: parecia acreditar que retirá-lo iria fazer que Pussy Riot parasse. Elas lutaram para manter a luz. O grupo venceu e saiu.

Não ficaram animadas; não havia a alegria que sentiram durante as sessões de filmagem anteriores. Disseram umas às outras que aquele fora um dia de gravações técnicas e que tinham conseguido o que precisavam.

Morj não conseguiu dormir. Tinha a sensação de que estavam passando da conta.

– Eu tinha sentimentos conflitantes sobre isso desde o início – disse-me ela um ano depois, referindo-se a Pussy Riot como um todo. – Era o projeto de Nádia. Eu não estava produzindo ideias, era apenas uma participante, mas as consequências podiam ser sérias.

O grupo exigia comprometimento total: para ser Pussy Riot era preciso realmente viver Pussy Riot. Caso contrário, você se sentiria como um figurante no show de Nádia.

Além disso, ela não compreendia aquela ação. Parecia demasiadamente simples, mais uma brincadeira do que arte e, ao mesmo tempo, era como se estivessem protestando contra a própria Igreja. Nas primeiras reuniões para debater sugestões, falaram sobre agitar uma bandeira do arco-íris durante a ação – para Morj, pareceu apropriado, espetacular e multiestratificado –, mas Nádia vetou a ideia. Então, do que se tratava? Nádia não apresentou boas justificativas para a necessidade de explicar o óbvio: a relação entre a Igreja e Pútin. Às oito horas da manhã, sem ter pregado o olho, Morj enviou uma mensagem de texto para Nádia: "Não posso fazer isso". Nádia respondeu: "Ok".

As cinco integrantes remanescentes se reuniram em um café não muito longe da catedral, tomaram café e tiveram uma conversa com longas e desconfortáveis pausas. Kat fez o que sempre fazia, fosse inverno ou verão: pediu uma xícara de café gelado e comeu o sorvete, deixando o café com leite frio. Por nenhuma razão que pudessem identificar, elas conversaram sobre cancelar a ação. Mas, como não conseguiam explicar tal decisão nem para si mesmas, ao se aproximarem as onze horas, pagaram a conta e seguiram em direção à Catedral do Cristo Salvador.

Um som estridente as saudou quando entraram: iiiiiiiiiii. Todas se voltaram em direção à fonte do som, que estava logo atrás de Nádia.

– Não importa – disse Nádia e, indiferente, tirou a mochila, abriu-a e desligou o amplificador que havia se ligado sozinho. Voltou a colocar a mochila nas costas e todas as Pussy Riot viraram a cabeça para inspecionar a catedral. Algo estava errado.

No centro do espaço vasto, uma pequena multidão estava parada: cerca de vinte pessoas, a maioria com câmeras. Cinegrafistas. Mas o grupo havia revelado a apenas três ou quatro documentaristas de confiança que fariam a ação e deram a eles instruções rígidas para manterem suas câmeras escondidas até que a performance começasse. Não eram cinegrafistas, mas jornalistas. Houve um vazamento.

A boa notícia era que a guitarra estava dentro da catedral. Já que tinha descoberto que mulheres não podiam entrar na igreja carregando estojos de guitarra, Pussy Riot pedira a um amigo para carregá-la e deixá-la sobre um banco. Estava esperando por elas. Ao pegá-la, Kat descobriu que a pessoa que a empacotara havia feito de tudo para disfarçar o fato de que o pacote continha uma guitarra: levaria algum tempo para desembrulhá-la. Ainda assim, quando Kat a apanhou, a contagem regressiva começou. Havia agora cinco mulheres com uma guitarra, e elas não tinham muito tempo para agir.

Pussy Riot se aproximou da plataforma elevada. Dois homens surgiram repentinamente de trás do altar e começaram a enrolar os tapetes que cobriam a plataforma. Um segurança observava. Algo decididamente estava errado.

– Será que devemos cancelar? – cochichou uma integrante do grupo.

– O que vamos fazer? – cochichou outra, alguns segundos depois.

E então a catedral se esvaziou. Os homens com os tapetes desapareceram. O segurança se afastou. Os jornalistas não pareciam tantos agora. A luz era suave e o local, bastante silencioso. Pussy Riot se aproximou.

Nádia ordenou que Kat fosse primeiro, porque ela tinha de desempacotar a guitarra. Ela fez o que lhe mandaram e pendurou o instrumento no ombro, e então sentiu que alguém a agarrava. Ele puxou a balaclava vermelha e ela ergueu os olhos: era o segurança de alguns minutos antes. Ele a levou para fora da catedral e a deixou plantada junto à porta. Ao saírem, Kat ouviu a música começar:

Virgem Maria, Mãe de Deus, livre-nos de Pútin,
Livre-nos de Pútin, livre-nos de Pútin.

Veste negra, dragonas douradas
Todos os paroquianos rastejando em reverência
O fantasma da liberdade está no céu
O orgulho gay está sendo mandado para a Sibéria acorrentado

O chefe da KGB, sua mais alta Santidade,
Manda os manifestantes para a prisão
Para não ofender a divindade,
As mulheres devem parir e amar

[ORAÇÃO E RESPOSTA]

Merda, merda, merda santa!
Merda, merda, merda santa!

Virgem Maria, Mãe de Deus, vire feminista
Vire feminista, vire feminista
A Igreja reverencia ditadores podres
Limusines pretas formam a procissão da Cruz
Um missionário virá à nossa escola
Vá à aula e traga seu dinheiro!

O patriarca Gundiaiev[9] acredita em Pútin
Puta, melhor seria acreditar em Deus
O Santo Cinto de Nossa Senhora não pode substituir as manifestações
A própria Virgem está protestando conosco!

Virgem Maria, Mãe de Deus, livre-nos de Pútin,
Livre-nos de Pútin, livre-nos de Pútin.

O verso "merda santa" fora sugerido por Andrei quando a filha lhe disse que iriam realizar uma ação na Catedral do Cristo Salvador. Ele ficaria muito orgulhoso por causa disso nos anos seguintes.

---

9 Sobrenome secular do patriarca Kirill.

SETE
DESMASCARADA

Essa ação exigiu um período mais longo para que as coisas se acalmassem. Kat permanecera próximo à entrada da catedral e, quando ouviu os guardas chamando a polícia pelo rádio, ela achou melhor ir embora. Viu uma das outras mulheres saindo e a acompanhou, seguida pelas outras. Elas cruzaram a praça em frente à catedral, desceram alguns degraus até a calçada, e então apertaram o passo, atravessaram a rua correndo e continuaram assim até o metrô. Na estação seguinte, encontraram dois dos cinegrafistas, que lhes entregaram os cartões de memória. Eles seguiram com elas por mais uma ou duas paradas, em seguida todos saíram e foram para um café. Reclamaram que a ação tinha sido muito fraca. Nádia xingava. Dois fotógrafos apareceram, deixando as mulheres tensas. Se as coisas tivessem funcionado, os fotógrafos não teriam conseguido encontrá-las naquele momento.

Aí alguém viu um tweet: "Pussy Riot realizou uma ação hoje, intitulada 'Merda santa'". Isso nunca havia acontecido: elas nunca haviam sido expostas antes de estarem prontas, nunca perderam o controle sobre o momento oportuno e a orquestração de suas ações. Era particularmente perturbador porque já estava claro que elas não tinham gravações de qualidade suficientes para montar um videoclipe. Para tentar retomar o controle, elas chamaram Mítia Alechkóvski, um fotógrafo ativista que dissera ter bons instantâneos, apesar da luz ruim, e

[ORAÇÃO E RESPOSTA]

pediram a ele que publicasse as fotografias com o título correto da peça: Mãe de Deus, livre-nos de Pútin. E, como estava claro que precisavam continuar controlando os danos, Nádia, Kat e Maria foram para um apartamento – um flat semiabandonado que elas começaram a considerar seu quartel-general – para ver o que podiam salvar das gravações. E talvez porque também sentissem que precisavam ficar juntas. Parecia haver algo errado no ninho, e todas sentiram isso, como sentem os parceiros de um relacionamento amoroso quando este começa a se desfazer, mesmo que ninguém saiba dizer o que deu errado nem quando isso aconteceu. Fosse lá o que experimentaram durante a ação na Praça Vermelha – aquela sensação de leveza e justiça –, já havia desaparecido: uma espécie de ansiedade ácida se instalara. E como os amantes normalmente fazem quando percebem que está para acabar, ansiosas, elas se apegavam ainda mais.

Assistir às filmagens não fez que elas se sentissem melhor. Dois cinegrafistas violaram uma regra fundamental de Pussy Riot: continuaram filmando depois que a balaclava de Kat foi arrancada, o que deveria ter sido o sinal para afastarem suas câmeras dela. Além do fato de que Kat poderia ser identificada se uma cópia não editada do vídeo escapasse das mãos de Pussy Riot, aquilo também significava que os operadores não filmaram as outras quatro mulheres enquanto suas câmeras seguiam a moça sem a máscara, perdendo um bom pedaço da performance demasiadamente curta. Nádia foi ficando cada vez mais zangada e xingava sem parar. Maria engatou o modo de operação "vamos conseguir" e obrigou-as a terminar de editar o vídeo. Elas precisavam de cerca de dois minutos de gravação para inserir a canção na íntegra e, mesmo com o material produzido na Catedral da Epifania, elas tiveram de usar as mesmas sequências diversas vezes e inserir os trechos em que eram abordadas pelos guardas ou os funcionários da igreja agitavam as mãos diante da câmera. Todas concordaram que aquele era o pior vídeo que já haviam publicado.

Apesar disso, elas o publicaram, com algumas notas explicativas. "Domingo passado, Serafima voltou da igreja e exigiu que todas as solistas de Pussy Riot aprendessem urgentemente o canto bizantino *znamenni*", elas escreveram, referindo-se a uma parte da tradição litúrgica da Igreja Ortodoxa Russa. "'Hoje, durante a oração da manhã, percebi o que precisávamos pedir à Mãe de Deus e como fazê-lo, de maneira que algo possa finalmente mudar em nossa terra espiritualmente desolada', Serafima nos disse [...]." Uma explicação detalhada da letra da música vinha em seguida. "'Uma vez que as manifestações pacíficas não produzem resultados imediatos apesar de contar com centenas ou milhares de pessoas, pediremos diretamente à Mãe de Deus antes da Páscoa que ela nos livre de Pútin o mais rápido possível', Serafima, a mais religiosa das feministas punks, disse para o resto do grupo enquanto nos dirigíamos à catedral numa manhã fria de fevereiro."

O vídeo foi publicado pouco depois das sete da noite. Elas esperaram pela tempestade. Moskovski Komsomolets, um tabloide popular, foi o primeiro a ligar. Pussy Riot respondeu algumas perguntas e em seguida o jornalista disse:

– Vocês fizeram bem, meninas! Todos irão criticá-las agora, mas nós as apoiaremos.

E, por algum tempo, elas se sentiram melhor. Outros jornalistas ligaram. Pussy Riot foi até a esquina vestir as balaclavas e dar algumas entrevistas em frente às câmeras, sem fornecer a localização exata de seu quartel-general. Aí elas se ocuparam em recuperar o equipamento apreendido: um amplificador, uma guitarra e um microfone. Foi levado pelos guardas de segurança quando interromperam o show e agora, aparentemente, estava nas mãos da polícia. Pussy Riot criou um plano insano. Falsifi-

[ORAÇÃO E RESPOSTA]

caram alguns contratos de empréstimo e enviaram um amigo à delegacia para contar a seguinte história: ele havia emprestado o equipamento a um total desconhecido, alguém que o havia procurado no metrô.

Por mais absurdo que parecesse, o plano funcionou. A polícia tirou as impressões digitais do homem e, em seguida, devolveu-lhe o equipamento. Ele o levou de volta ao quartel-general, e elas comemoraram.

– Estávamos eufóricas – disse-me Kat. – Apesar de o clipe não ter funcionado, a sensação era de vitória. E nós decidimos até marcar algumas entrevistas para o dia seguinte.

No dia seguinte, elas marcaram entrevistas no Centro Zverev de Arte Contemporânea, um espaço compartilhado de trabalho e exposição fora dos circuitos habituais. Os jornalistas pareciam interessados no grupo como um todo, fazendo apenas algumas perguntas, cada um, sobre a última ação. Só três delas estavam presentes: Maria, Nádia e Kat. Kat levara comida. Maria, um fogareiro, o que divertiu os jornalistas. Elas falaram com eles e uma com a outra enquanto tomavam chá, sem tirar as balaclavas. Pareceu tudo normal, para quem acha que usar um fogareiro em ambiente fechado é normal. Na parte da tarde, elas foram para casa.

Maria foi buscar Philip, que estava com Nikita, e o levou para um parque infantil na vizinhança. Era final de fevereiro e ainda escurecia cedo, por isso não ficaram mais tempo. Eles mal tinham saído do minúsculo e ruidoso elevador quando viram nove homens se acotovelando no corredor do seu andar, oito deles à paisana e o nono, um policial do bairro, que parecia apavorado.

– Por favor, venha conosco. Precisamos falar com você – disse um dos homens de terno.

– Eu não vou a lugar nenhum – respondeu Maria com sua voz estridente. – Meu filho está comigo. Vocês terão que me apresentar uma intimação. – E, de costas eretas, ela entrou marchando em seu apartamento.

Nikita tinha ido trabalhar. Fazia algo que adorava agora, trabalhando com predadores no Centro Durov, um circo de animais. Ele não devia usar o celular quando estivesse alimentando os tigres – ou seja, se não quisesse ser comido –, mas ele deu uma olhada na mensagem de Maria ao recebê-la, e desejou não tê-lo feito. A mensagem dizia que ela precisava se esconder "talvez por um mês" e que ele teria de cuidar de Philip.

———

Nádia, Kat, Maria, Piétia e uma das outras participantes da ação na catedral se reuniram tarde naquela noite. Piétia disse que conhecia um advogado. Nikolai Polozov havia lhe dado seu cartão no final de dezembro, quando as autoridades tentaram recrutar Piétia à força. Polozov aparecera no gabinete de recrutamento onde despejaram Piétia, mas não obteve permissão para entrar e ajudar. Piétia lutou por conta própria para escapar do serviço militar obrigatório. Dessa vez, Polozov entrou. Ele era um homem barrigudo e careca de óculos e barba – em outras palavras, parecia um advogado e também falava como um. Ele recomendou que ficassem quietos. Disse que aparentemente nenhuma queixa fora apresentada. Falou que, caso isso acontecesse, ele iria ajudar. Enquanto isso, o grupo deixou a cidade.

De certa forma. Saíram dos limites da cidade de Moscou. Sabiam que outras pessoas geralmente deixavam o país quando se escondiam da polícia: Kiev era o destino favorito, pois não precisavam de visto, era possível ir até lá de trem e o povo

[ORAÇÃO E RESPOSTA]

falava russo. Mas aquilo era para pessoas com problemas realmente graves, e não para intelectuais que pregavam peças apresentando-se como mocinhas inocentes. Para elas, o subúrbio de Moscou – atavicamente rural, estranhamente tranquilo e aparentemente isolado da civilização – seria o bastante. Em outras palavras, bolaram um plano de fuga que deslocava Pussy Riot, mas não necessariamente iria tirá-las do campo de visão da polícia e dos serviços de segurança.

Que levou a uma busca no alojamento de Nádia naquela noite. Ela não vivia lá desde antes de Guiera nascer, e o quarto se tornara aos poucos um depósito para tudo, desde adereços e faixas com palavras de ordem de Voiná até cds e roupas íntimas. Nas aproximadamente sete horas em que a equipe de busca esteve lá, eles conseguiram revirar tudo, formando uma pilha confusa no meio do quarto.

Piêtia só viria a saber disso sete meses mais tarde, quando finalmente tivesse acesso ao local, que ficaria lacrado como prova até então. Por enquanto, os cinco se encontravam na vastidão branca dos subúrbios de Moscou. Piêtia estava focado na situação e começou a apresentar milhões de ideias: ele havia falado com alguém que disse que poderia arranjar um abrigo seguro para as integrantes de Pussy Riot na região de Perm, nos Urais. As mulheres o repudiaram e ficaram ainda mais irritadas. Faziam longas caminhadas. E se revezavam descendo de trenó um morro coberto de neve. Semiadotaram um cão de rua. Se estavam tentando se sentir como jovens despreocupadas, não conseguiram: se sentiram ridículas. Não havia indícios de que alguém estivesse realmente procurando por elas. Tudo o que fizeram foi falhar na apresentação na Catedral do Cristo Salvador. Por que continuar se enganando quanto a precisarem ficar ali no meio do nada, perdendo tempo?

Especialmente quando coisas andavam acontecendo em Moscou. A eleição presidencial aconteceria em menos de duas semanas. No domingo, 26 de fevereiro, os manifestantes planejavam ir para o Anel de Jardins – avenida que contorna o centro de Moscou – e formar um "anel branco" ininterrupto para simbolizar sua reivindicação por eleições justas. As integrantes de Pussy Riot deviam estar entre eles, e não naquela brancura insípida e tranquila de neve.

―――

Foi na madrugada de 26 de fevereiro, o dia conhecido na tradição ortodoxa como o Domingo do Perdão, que queixas foram apresentadas no caso das mulheres anônimas que tentaram realizar uma performance na Catedral do Cristo Salvador e, então, agrediram a sensibilidade dos fiéis ortodoxos.

Maria enviou uma mensagem de texto para Nikita a partir de um número desconhecido, instruindo-o a ligar para Polozov e obter informações. Nikita ligou e perguntou o que estava acontecendo.

– Quem é você? – perguntou Polozov.

– Sou o Nikita, cacete – respondeu ele.

– Como vou saber se você não é do serviço de segurança? – perguntou Polozov, o que não deixava de ser razoável.

Nikita enviou uma mensagem de texto para Maria. Maria atualizou Polozov. Ele ligou de volta para Nikita e contou a ele sobre as queixas.

– O que devemos fazer? – perguntou Nikita, referindo-se a si mesmo e a Philip e querendo de fato que alguém lhe dissesse o que fazer.

– Rezar – respondeu Polozov.

―――

Mudaram-se para outro lugar nos subúrbios. Perceberam que tinham de fazê-lo, porque uma delas tinha se esquecido de

[ORAÇÃO E RESPOSTA]

usar o Tor, um protocolo de anonimato, ao fazer login em uma rede social russa. Ou talvez porque sentissem que deviam fazer algo em resposta à notícia das queixas. Aí a outra participante que estava com elas foi embora, e ficaram apenas Nádia, Maria e Kat. Piêtia ia e voltava.

Depois de dois dias, decidiram entrar novamente na cidade. Agora era uma cidade estranha onde não podiam voltar para casa. Oscilavam entre os sentimentos de pavor, paranoia, vigor e pura bobeira. Quem poderia ainda estar procurando por elas uma semana depois da ação na catedral? Se ainda estivessem, por quanto tempo isso continuaria? Mais uma semana? Um mês? Mais tempo? Polozov havia dito que elas deveriam ficar quietas até a eleição presidencial que estava marcada para 4 de março, dez dias depois de elas terem se escondido.

Os jornalistas continuavam mandando e-mails para Pussy Riot, pedindo para que lhes concedessem entrevistas. As três iam aos cafés no centro de Moscou com seus laptops, respondiam e-mails e configuravam uma conexão segura do Skype. Em seguida, iam para o banheiro, com o laptop e três balaclavas nas mãos, se amontoavam em torno do vaso sanitário, cobriam os rostos e respondiam às perguntas.

– Qual é o objetivo final de vocês?

– Temos vários. Por exemplo, exigimos liberdade para os presos políticos. Ouvimos dizer que algumas autoridades pediram nossa prisão depois da performance na Catedral do Cristo Salvador. Mas nós apenas queríamos enfatizar que há uma comunicação excessiva entre a Igreja e o governo. Nosso patriarca não se envergonha de usar um relógio de 40 mil dólares, e isso é intolerável quando tantas famílias na Rússia estão no limite da pobreza.

– O que vocês acham que precisa ser mudado imediatamente na Rússia?

— Primeiramente, precisamos reformar o sistema judicial. A democracia é impossível sem um judiciário independente. As reformas educacional e cultural também são necessárias. Pútin dá atenção a qualquer coisa, exceto à cultura: museus, bibliotecas e centros culturais estão em péssimas condições.

Soavam menos como punks e mais como milhares de outros membros do movimento de protesto. Parecia ser o caminho certo a seguir, faltando menos de uma semana para a eleição e com a expectativa de mudança pairando teimosamente no ar.

Certa vez, uma garçonete correu atrás delas quando deixavam um café. Em suas mãos, ela segurava uma balaclava que elas deixaram no banheiro.

As noites eram o período mais difícil. Eram a família umas das outras agora e precisavam negociar quando se mudar e para onde. As aparições frequentes de Piêtia irritavam Kat, que tinha a impressão de que ele era descuidado com a segurança: ele mantinha seu iPhone ligado o tempo todo, enquanto as mulheres tinham a preocupação religiosa de nunca usar seus telefones antigos e trocar os aparelhos baratos e descartáveis a cada dois dias. Mas se separarem também parecia pouco seguro, mesmo que esse medo em si parecesse absurdo e, pelo jeito, fosse ilógico. Certa noite, Maria foi a uma sessão de leitura ao vivo de um de seus instrutores do instituto, um poeta neorromântico. Seus amigos já sabiam que ela não estava morando em casa nem usando seu telefone. Saíram para tomar um café depois da leitura, e Maria disse a eles para não se preocuparem com ela. Não se preocuparam: sabiam que ela podia lidar com qualquer tipo de situação assustadora, como pegar carona sozinha, por exemplo.

As três foram para o apartamento de N, ou Morj. Discutiram se seria inteligente hospedarem-se com um participante de Pussy Riot e decidiram que, como ela não estivera na cate-

[ORAÇÃO E RESPOSTA]

dral, estava tudo bem. Talvez estivessem apenas cansadas de ficar entre estranhos e em casas estranhas: na casa de N, elas poderiam fingir que estavam apenas hospedadas com uma amiga. Era um lugar fora do tempo e espaço. No oitavo andar de um bloco de apartamentos comum da periferia de Moscou, fora reformado com pisos texturizados e zebrados, dividido em áreas distintas por tubulações. Um canto forrado com peles em um dos quartos tinha uma cama de formato irregular embutida. N disse a Nádia que ela e Piêtia poderiam ficar com a cama, e Kat e Maria dormiriam no chão do mesmo quarto, enquanto ela mesma e o namorado ficariam no cômodo menor, com o estúdio de som e todas as bicicletas antigas.

Piêtia ainda não estava lá, e N colocou um filme de Aleksandr Sokúrov, um diretor russo complexo: ela ainda estava tentando modificar o gosto de Maria para filmes. Na metade da exibição, Piêtia chegou com notícias de que o editor de uma estação de rádio que levara ao ar uma entrevista com Pussy Riot fora procurado por investigadores que tentaram persuadi-lo e forçá-lo a revelar o que sabia sobre a localização do grupo. Aquilo era assustador. Sério. Aquele era o primeiro sinal realmente assustador desde que os policiais à paisana abordaram Maria oito dias antes (ainda não sabiam que o alojamento de Nádia havia sido revirado nem que a polícia também estivera na casa de Kat; a jovem tinha tentado ligar para casa uma vez, mas ninguém atendera ao telefone). Elas se perguntaram se deviam fugir. Mas, em seguida, Piêtia disse que havia trazido um bolo mil-folhas e todos se reuniram em torno da mesa de fórmica na minúscula cozinha, olhando para a vastidão negra do céu noturno de inverno pontilhada por pequenos retângulos de janelas iluminadas, e se sentiram melhor.

Elas deixaram a casa de N no dia seguinte. Piêtia lhes dera as chaves do apartamento de um amigo, não muito distante do centro da cidade. De todos os lugares estranhos em que ficaram na semana que se passara, aquele foi o campeão. Ficava em um pomposo prédio de sete andares, construído na era stalinista, com janelas salientes que davam para uma avenida movimentada no Hipódromo de Moscou, um antro de jogos de azar, corrupção e mania por corridas de cavalo que milagrosamente sobrevivera ali por quase dois séculos, através de uma sucessão de czares e outros tiranos. Com uma quadriga no topo do edifício principal e uma rosa dos ventos encimada por um cavalo sobre uma torre, parecia um castelo de conto de fadas ligeiramente surrado. O interior do apartamento, cujo dono aparentemente vivia no exterior, era algo que Nádia, Maria ou Kat jamais haviam visto antes. Parecia ter um número infinito de quartos, dois banheiros e hidromassagem. Elas passaram a noite lá, sentindo-se perdidas em todo aquele espaço.

No dia seguinte, Piêtia chegou. A presença dele voltou a deixar Kat nervosa: o telefone dele estava ligado, e ele falava alguma besteira sobre comemorar o aniversário de quatro anos de Guiera no dia seguinte e talvez trazê-la ali ou levar Nádia até ela, e estava claro para Kat que ele iria acabar fazendo que elas fossem capturadas. Isso era ainda mais perturbador porque, se Polozov tivesse razão, aquele poderia ser o último dia em que Pussy Riot precisaria ficar escondida: a eleição seria no dia seguinte. Eles brigaram, e então tentaram encontrar consolo em seus laptops. Mas houve um problema com um dos discos rígidos externos, e, para o alívio de todos, Piêtia e Nádia resolveram ir a um mercado de eletrônicos para tentar consertá-lo.

Eles saíram. A rua Biegovaia ("Corrida"), normalmente uma das mais congestionadas de Moscou, estava quase vazia na tar-

[ORAÇÃO E RESPOSTA]

de de sábado. Eles olharam para a esquerda: a torre de televisão, a quilômetros de distância, era claramente visível, mas, fora isso, não havia uma alma sequer nem veículos suspeitos à vista. Olharam para a direita: também estava livre. Eles seguiram para a direita, na direção do centro financeiro, cinco arranha-céus em vários estágios de construção, um deles em forma de escada e cor de cobre, destacando-se acima dos demais.

Passaram por um banco que financiava imóveis; uma assistência técnica autorizada de computadores Apple; uma galeria de arte antiquada de estilo soviético, com uma miscelânea de esculturas e objetos de decoração chamativos na vitrine, como pratos, penteadeiras, abajures e bonecas (as luminárias baratas estilo anos 1980 que se viam atrás da confusão de objetos davam ao local um ar ridiculamente bagunçado). Passaram por uma loja de celulares à direita e, à esquerda, por uma floricultura e um sex shop com um luminoso vermelho em forma de coração indicando "24 horas". Um prédio de escritórios recém-construído no final do quarteirão, onde a rua dava lugar a uma rodovia. Eles entraram em uma passagem estreita que separava o prédio da estrada. A rodovia subia, formando uma barreira à esquerda, barras de aço isolavam o prédio do lado direito, e uma cobertura em arco e semitransparente fechava quase completamente a passagem. O caminho era semicircular, por isso Piêtia e Nádia não enxergavam mais do que 4,5 metros à frente ou atrás deles: pareciam estar totalmente sozinhos.

Eles ouviram o tumulto antes de avistarem as pessoas. Era como se uma tropa de cavalos tivesse escapado do hipódromo. Acabou sendo uma tropa de homens vestindo ternos e casacos. Piêtia teve tempo suficiente para pensar que a cena teria ficado ótima em um filme de espionagem antes que uma dúzia de homens o agarrasse e o levasse. Enquanto quatro deles o levantavam do chão, os outros dois forçavam sua cabeça para baixo, de maneira que ele não podia ver o que estava acontecendo com Nádia, embora adivinhasse que era o mesmo que acontecia com ele.

Os dois grupos de homens correram cerca de cem metros, segurando Piêtia e Nádia no alto, e entraram em uma passagem subterrânea que levava ao metrô. Os dois foram arremessados e pressionados contra uma parede de mármore por alguns minutos antes de serem levados novamente, dessa vez para dentro de uma estrutura de vidro no saguão do metrô. Nela havia a palavra polícia escrita em letras amarelas sobre fundo azul, e dois guardas de trânsito estavam em seu interior. Os homens de terno enfiaram seus crachás no nariz dos policiais, e estes se retiraram.

Havia uma escrivaninha de laminado cinza em um canto, com dois monitores de vídeo; três poltronas de escritório que não combinavam; e um banco curto, mas extraordinariamente profundo, aparafusado ao chão. Piêtia e Nádia foram colocados no banco, e os homens de terno se acotovelaram no espaço que era grande o bastante para acomodar confortavelmente talvez seis pessoas.

Ficaram sentados em silêncio por cerca de vinte minutos. Um homem apareceu, deu uma olhada neles e pronunciou seu veredicto:

– Verzílov e Tolokônnikova. – E saiu.

Os demais ficaram mais duas ou três horas. Fora do vidro, algumas pessoas entravam e saíam do metrô. Depois das catracas, via-se um painel decorativo: dois cavalos de cobre e seus jóqueis, um grupo de espectadores e um locutor de corridas com uma aparência inadequadamente heroica a segurar uma bandeira que mais parecia uma pá em sua mão.

Esse novo período na vida de Piêtia e Nádia – assim como na de Maria, Kat e suas famílias – seria caracterizado por esperas

[ORAÇÃO E RESPOSTA]

intermináveis, impotentes e muitas vezes inúteis. Esperaram dentro de uma viatura de polícia por cerca de quatro horas. Mais homens de terno apareciam de vez em quando, olhavam para o casal e balançavam afirmativamente a cabeça. Era meia-noite quando foram levados para uma delegacia no centro de Moscou, onde foram conduzidos para um conjunto de escritórios no subsolo. O lugar estava cheio, como se fosse uma tarde de dia útil, e não as primeiras horas de uma manhã de domingo. Polozov chegou trazendo Violetta Vôlkova consigo. Aparecia um número cada vez maior de investigadores de polícia. Piêtia e Nádia foram colocados em cômodos separados, depois em locais separados e diferentes dos primeiros, passando um pelo outro no corredor algumas vezes. As mesmas perguntas estúpidas eram feitas por uma sequência de homens.

– Quem é o diretor do grupo?
– Quem é o produtor do grupo?
– Quem é o estilista?
E eles continuavam respondendo:
– Eu não sei.
Perguntaram a Piêtia:
– De que tipo de música sua mulher gosta? Você a ouviu cantar recentemente?

Piêtia invocou o artigo 51 da constituição russa, que garante o direito de não produzir prova contra si mesmo ou contra parentes próximos. Sobre uma das mesas em um dos escritórios, ele viu uma pilha espessa de documentos mostrando que ele tinha cidadania canadense.

Por volta das seis da manhã, a polícia conduziu ambos, Piêtia e Nádia, para o corredor. Kat e Maria estavam lá. Um dos homens de terno disse que Nádia e Maria estavam presas, mas Piêtia e Kat podiam ir "por ora".

Kat e Maria saíram do apartamento sem nenhuma razão em particular. Elas costumavam simplesmente fazê-lo: pegavam o metrô e percorriam uma ou duas estações até o centro da cidade e então uma delas sugeria que fossem para um café e a outra concordava. Quando foram empurradas contra a grade de aço na mesma passagem onde Piêtia e Nádia foram apanhados duas horas antes, os homens perguntaram a Kat quem ela era. Ao que parecia, eles tinham a identificação visual de Maria, mas não a dela. Coincidentemente, Maria estava com seu passaporte interno na bolsa e Kat não. Por isso, Kat se identificou como Irina Loktina, nome que havia usado em suas detenções anteriores, e decidiu fingir que não conhecia Maria. Ela manteve sua história na delegacia, até mesmo quando um investigador descobriu uma pasta em seu laptop chamada "Canções de Pussy Riot". E manteve sua história quando um dos investigadores ameaçou estuprá-la e, mais tarde, quando ele começou a torcer seus braços. Ele parou logo, como se tivesse percebido que a manobra era absurda, e voltou a ameaçá-la de estupro. Aí ele pegou no sono, e ela e Maria ficaram sentadas lado a lado no corredor do subsolo da delegacia, ouvindo o homem roncar.

No fim das contas, a polícia apreendeu o laptop e disse a Kat que ela podia ir... por ora. Polozov a levou de carro até o apartamento em frente ao hipódromo.

– Você tem uma opção – disse Polozov ao deixá-la sair do carro na manhã ainda escura. – Pode se esconder ou não.

– Não vou me esconder – disse Kat. – Não faz mais sentido.

– Tudo bem – disse ele. – Mas, se fosse você, eu me esconderia.

Os locais de votação começavam a abrir as portas por toda Moscou. Pútin seria reeleito presidente. Kat subiu até o apartamento mais opulento que ela já vira, pegou a toalha e a muda de roupas que havia deixado lá, enfiou-as na mochila e foi para casa. Não é que não fizesse mais sentido se esconder; mais do que qualquer coisa, aquela era a hora certa de ficar longe da residência dos Samutsiévitch. Era só que ela não tinha ninguém com quem se esconder. Seriam as duas semanas mais solitárias de sua vida.

OITO
PRISÃO

Sem data (início de março)

Ôlia,

Ainda não vi sua carta, embora saiba que há uma.

Meu advogado virá amanhã e a trará para mim, e irei entregar a ele esta resposta que estou escrevendo quase às escuras.

Maria queria dizer que estava escrevendo a resposta sem ter visto a carta original da amiga.

Passei os três últimos dias na quarentena, uma cela muito fria onde todas ficam ao chegar à detenção provisória. É um museu de arte conceitual. As janelas são calafetadas com migalhas de pão: há uma enorme quantidade delas e não estou certa do que as mantêm ali. São doze camas, todas soldadas no chão.

As seis mesinhas de cabeceira também são soldadas. Faz frio o tempo todo. Dormíamos com nossos sobretudos e casacos de pele e, ainda assim, o frio nos fazia acordar.

Você se lembra do museu em Vílnius?

Elas foram juntas ao Museu das Vítimas de Genocídio em Vílnius. O prédio abrigara uma sucessão de tribunais e sedes de departamentos de polícia de governos dedicados ao extermínio – russos, alemães, soviéticos, nazistas, os soviéticos mais uma vez, e havia uma prisão da KGB no subsolo. As dezenove celas

[ORAÇÃO E RESPOSTA]

intactas são parte da mostra permanente. Entre elas, há uma cela cujo chão é uma piscina de água gelada. Os prisioneiros tinham de se equilibrar em uma minúscula plataforma redonda no centro desse espaço, até que cochilavam e caíam na água.

> Este lugar é como aquele museu, apenas mais assustador. Mas esse medo se mistura a uma beleza incrível – caso você consiga se manter atenta o tempo todo e se deixe envolver por tudo –, é possível sentir uma força capaz de arrebentar todas as janelas de vidro, torcer as grades enferrujadas, transformar em pó o piso de concreto do pátio interno, para onde somos levadas [e ficamos] uma hora todos os dias e onde a neve brilha por alguns segundos, depois de cair através dos vãos da grade de cobertura e se misturar com a massa marrom acinzentada do chão, coberta de bitucas de cigarro.
>
> Estou lendo um livro de Kuprin. Era o único que havia aqui. Não podemos ter nossos próprios livros na detenção provisória, e a biblioteca é um mito: para tirar qualquer coisa lá de dentro, é preciso passar por um verdadeiro inferno. É exatamente o que estou planejando fazer nos próximos dias, e espero ser bem-sucedida.
>
> Me perdoe por esta carta tão apolítica. Havia muitas que eram boas. Sério, sério mesmo. Acredito que outra pessoa esteja fadada a receber uma carta cheia de alegria e apelos à ação. Sinto sua falta. Sinto muito sua falta. Muito.

As detentas tinham o direito de se corresponder por e-mail – desde que as famílias ou os amigos iniciassem a comunicação escrita e pagassem por suas próprias mensagens e por aquelas que receberiam como resposta: a taxa era de cinquenta rublos por página (pouco menos de dois dólares). O e-mail era lido pelos censores da prisão. Outra forma de se corresponder era usar o advogado de defesa para a troca de cartas: isso era oficialmente proibido, mas tolerado em segredo na maioria dos casos. Maria usava essa via livre de censura para se corresponder intensamente com Ôlia Vinográdova, sua amiga do instituto.

28 de março de 2012

Querida Ôlia,

Em primeiro lugar, me perdoe por escrever tanto sobre comida em minhas cartas anteriores. A questão é que eu estava envergonhada porque as meninas, minhas companheiras de cela, sempre me ofereciam guloseimas e eu nunca tinha nada para elas. Ontem, voluntários enviaram tanta comida que todas nós nesta cela estamos supridas por pelo menos duas semanas. Muito obrigada!

Logo que se espalhou a notícia de que Nádia e Maria haviam sido presas, um grupo de apoio se formou espontaneamente. Continuaria assim durante a maior parte dos dois anos seguintes. Amigos e desconhecidos arrecadavam dinheiro, comida e documentos para ajudá-las. Assim que os amigos publicaram a lista de alimentos necessários para as detentas, houve uma corrida à loja on-line do centro de detenção provisória, e as pessoas encomendaram comida para ser entregue nas celas de Maria e Nádia. No caso de Maria, isso era particularmente importante, uma vez que ela é vegetariana e não podia comer a maioria das coisas que a cozinha da cadeia servia.

Eu realmente me sinto bem aqui e acho que, se tiver de passar seis meses ou um ano atrás das grades, isso apenas me tornará mais forte. Foram muitos mal-entendidos no início, mas agora as pessoas me apoiam, mesmo que acreditem que eu seja meio doidinha. Entre outras coisas, as meninas na cela têm me ensinado a não ser ingênua e não acreditar em todas as histórias que ouço aqui. Mas eu ainda acredito em todo mundo. Sempre pensei que

[ORAÇÃO E RESPOSTA]

todas as pessoas são boas e que temos de separar o que elas fazem (geralmente coisas não muito boas) do que elas são. Colocando de forma mais simples, todos têm o direito de cometer erros. Sei que nada é tão simples e tosco, mas aqui, repetindo centenas de vezes coisas básicas, acabo aprendendo.

"Seis meses ou um ano" pareciam inimagináveis para Ôlia. A primeira ordem de prisão de Maria foi de duas semanas, e já pareceu uma eternidade. Aí houve uma audiência e o prazo de detenção foi estendido em um mês, e isso foi um choque. Em abril, um juiz ordenou que Pussy Riot continuasse detida por mais quatro meses, e Ôlia começou a se acostumar com a ideia de que era possível calcular o tempo atrás das grades em meses. Àquela altura, a acusação já falava em anos.

A primavera chegou ontem. Os pombos estão arrulhando em nossa janela. O céu está ligeiramente nublado agora, mas, quando o sol aparece, seus raios pintam uma grade no chão, iluminando de laranja brilhante os quadrados do assoalho gasto. Temos tantas laranjas agora! Um balde enorme e outro menorzinho, ambos cheios! Também temos muitas peras. E uma caixa de maçãs e kiwis, e um monte de queijo. As prateleiras de metal estão vergando com o peso de todos os bolos.

Continuação de 29 de março de 2012:

Hoje é a Quinta Pelada. As detentas devem sair para o corredor enroladas apenas em lençóis ou roupões e fazer fila para que a médica examine cada uma delas, procurando por lesões. A cela no 210 é diferente porque estou ali, e tudo o que a equipe faz conosco deve ser gravado em vídeo: a câmera é presa ao bolso da camisa de uma das funcionárias ou carregada nas mãos, mas fica sempre apontada para mim. Por esse motivo, não saímos nuas para o corredor. Em vez disso, a médica entra e faz anota-

VISÃO EXTENA

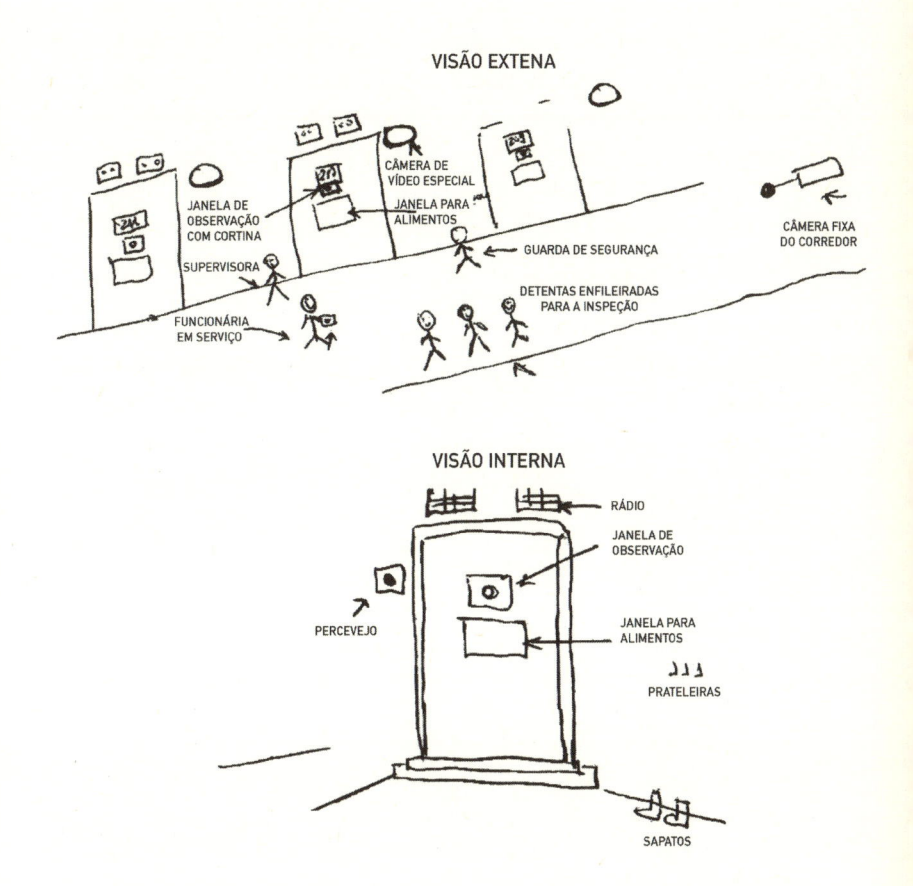

- JANELA DE OBSERVAÇÃO COM CORTINA
- SUPERVISORA
- FUNCIONÁRIA EM SERVIÇO
- CÂMERA DE VÍDEO ESPECIAL
- JANELA PARA ALIMENTOS
- GUARDA DE SEGURANÇA
- DETENTAS ENFILEIRADAS PARA A INSPEÇÃO
- CÂMERA FIXA DO CORREDOR

VISÃO INTERNA

- RÁDIO
- JANELA DE OBSERVAÇÃO
- PERCEVEJO
- JANELA PARA ALIMENTOS
- PRATELEIRAS
- SAPATOS

ções em um pedaço de papel, indicando que nenhuma lesão foi encontrada em qualquer detenta.

Essas câmeras foram uma invenção espontânea e forçada: surgiram depois de eu receber minha primeira visita da Comissão de Monitoramento da Comunidade, quando então reclamei que havia sido maltratada pela equipe. As gravações em vídeo se destinam a "monitorar o comportamento dos funcionários", mas a câmera está sempre apontada na minha direção, como se não fosse a equipe, mas eu quem precisasse ser "monitorada". Ugh. Vou tentar fazer um esboço.

A comunicação entre detentas e funcionárias se dá principalmente através da janela para alimentos. A comida é entregue três vezes ao dia; a correspondência, uma vez ao dia; uma lâmina de tesoura para cortar pão, hortaliças ou frutas também são entregues através dessa janela. Se quiser fazer alguma pergunta, você terá de "apertar o percevejo", ou seja, pressionar um botão preto e bem gasto que acende uma luz que uma funcionária talvez veja se estiver passando pelo corredor, aí ela abrirá a janela para alimentos e perguntará: "O que quer?". A porta é grossa e resistente, feita de metal e pintada com um estranho tom de bege. A janela de observação possui uma cortina na parte externa, para que as presas não possam ver o que se passa no corredor; já as funcionárias devem monitorar o que acontece no interior da cela com regularidade, olhando por essa abertura.

Ôlia, acho que você já sabe, mas, em todo caso: você não pode publicar essas descrições na internet, senão coisas ruins vão acontecer comigo. As regras da instituição permitem que abram a janela para alimentos a qualquer momento para me dizer que tenho quinze minutos para recolher minhas coisas – e isso vale para qualquer uma de nós aqui. Podem me transferir de uma cela para outra uma vez por semana, obrigando-me a tentar me adaptar a pessoas diferentes todas as vezes. Cama mal arrumada manda a gente para a solitária. Guardar cartas também. E assim por diante. Por isso, eu estava pensando que talvez alguém pudesse fazer desenhos baseados nas minhas descrições e acabaríamos com material suficiente para mostrar (se houver necessidade). As regras aqui proíbem não apenas tintas, mas canetas que não sejam azuis (supostamente, poderíamos usá-las para fazer tatuagens, como se não fosse possível fazê-las com as canetas azuis). Quando me escrever de volta, me diga se quer descrições detalhadas de tudo (mas apenas quando usar esta maneira de mandar e receber a correspondência: não fale nada a respeito disso por e-mail!).

Estava almoçando agora há pouco e pensando que, já que escrevi tanto sobre comida, eu devia escrever sobre o que faço agora que tenho acesso a ela [...]. Faço sopa. Até agora, não fiz sopa mais do que uma vez. Claro que isso é proibido e passível de punição com a solitária, mas é só um pequeno detalhe. Nas celas comuns, todas fazem sopas. É mais difícil aqui nas specs [celas especiais], pois elas são menores e é mais fácil ver o que estamos fazendo. Vou tentar desenhar.

Droga, não parece correto. Os aquecedores de água por imersão são perigosos, mas eu quase superei o medo que tenho deles.

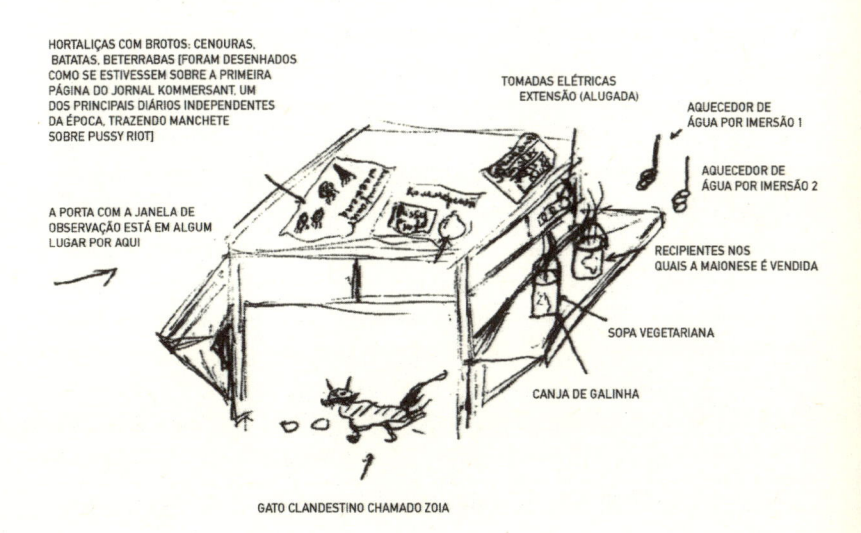

HORTALIÇAS COM BROTOS: CENOURAS, BATATAS, BETERRABAS [FORAM DESENHADOS COMO SE ESTIVESSEM SOBRE A PRIMEIRA PÁGINA DO JORNAL KOMMERSANT, UM DOS PRINCIPAIS DIÁRIOS INDEPENDENTES DA ÉPOCA, TRAZENDO MANCHETE SOBRE PUSSY RIOT]

TOMADAS ELÉTRICAS EXTENSÃO (ALUGADA)

AQUECEDOR DE ÁGUA POR IMERSÃO 1

AQUECEDOR DE ÁGUA POR IMERSÃO 2

A PORTA COM A JANELA DE OBSERVAÇÃO ESTÁ EM ALGUM LUGAR POR AQUI

RECIPIENTES NOS QUAIS A MAIONESE É VENDIDA

SOPA VEGETARIANA

CANJA DE GALINHA

GATO CLANDESTINO CHAMADO ZOIA

[ORAÇÃO E RESPOSTA]

São permitidos aqui, mas apenas para aquecer: cozinhar com eles é proibido. Eu ainda não entendi em que momento aquecer se torna cozinhar. Por isso, oficialmente, nós aquecemos as hortaliças em água com óleo. Mas temos de guardar silêncio sobre isso. Não sei como continuar esta carta. Ôlia. Ôlia.

Continuação de 30 de março de 2012:

Noite passada, fiquei sabendo de uma coisa que me deixou incapaz de continuar escrevendo. Eu disse a você que há quatro de nós na cela especial. Para explicar o que aconteceu, terei de voltar lá para trás e escrever alguns detalhes que irão permitir que você entenda tudo, espero. A maioria das celas aqui são "gerais", para trinta pessoas; outras são semiespeciais, para doze; e há as especiais para quatro pessoas. As condições de vida das specs são consideradas as melhores da instituição. Não entendo completamente como as pessoas vêm parar aqui; algumas – e agora acredito que sejam muitas – vêm para cá depois de assinar documentos prometendo trabalhar para a administração: para delatar outras presas, em outras palavras. Quando fui transferida de uma cela geral para esta, as três mulheres que já estavam aqui haviam sido "preparadas", todas elas. Disseram-lhes que eu tinha agido como provocadora na cela geral. É por isso que os primeiros dias aqui foram tão difíceis para mim, enquanto elas me estudavam para ver se eu era tão má quanto haviam lhes dito que eu era. O que é pior, sempre que me tiravam da cela para encontrar meu advogado ou o investigador, elas eram chamadas e comunicadas que eu saía para delatá-las, e que eu estava dizendo que elas eram más e me intimidavam. Aí nos tornamos amigas e, aos poucos, fiquei sabendo de todas essas coisas ruins e comecei a entender as estratégias sujas e baixas que algumas funcionárias usam em seu trabalho.

Isso tudo foi só um prólogo. Há três de nós na cela agora porque uma das garotas foi transferida para uma geral. Quando me tornei amiga das outras duas mulheres da cela, essa garota pediu por escrito e em segredo para ser transferida e, depois que saiu, ela me entregou. Informou que eu tinha cartas – as suas cartas –, que eu trouxera clandestinamente para a cela, e disse coisas ruins sobre mim. Que eu coloquei as outras mulheres contra ela, que agora a cela inteira blasfemava o tempo todo e que ela não suportava escutar aquilo tudo. Passei a noite de ontem inteira sem conseguir acreditar. Quando falavam dessa garota, eu era a única que afirmava que ela era boa. Eu a defendi, acredita? Sinto muito, não deve ser interessante para você ler essas coisas, Ôlia, mas eu simplesmente não consigo aceitar o que aconteceu. De qualquer maneira, agora você conhece um pouco mais sobre este lugar.

Vou fazer todo o possível para que você receba esta carta, mas não poderei mais trazer sua resposta para a cela comigo: é muito perigoso. Vou lê-la na presença do meu advogado e tentar memorizá-la, por isso não deixe de escrever, por favor. E, por favor, me perdoe se esqueci ou não tive tempo de escrever sobre alguma coisa. Essa obscenidade cotidiana me impediu de colocar no papel boa parte do que tenho pensado. No entanto, acabei de escrever um grande artigo sobre tudo isso e espero que ele saia daqui, e então você poderá lê-lo. Obrigada mais uma vez por tudo, tudo mesmo. Por favor, fiquem unidos, todos vocês. Espero vê-los em breve.

Maria

Saudações a todos aqui do Centro de Detenção Provisória no 6! Este é o centro de detenção onde eles mantêm as mulheres e

[ORAÇÃO E RESPOSTA]

ex-policiais, entre eles o major Ievsiukov[10]. Mas não somos criminosas. Somos intérpretes punk, ativistas, artistas e cidadãs. Por isso nos sentimos bem, até mesmo estando aqui. Os inocentes e os políticos sempre passam muito bem atrás das grades. Mandei uns salves para Maria e Kat no pátio de exercício, e elas também estão bem.

Fui informada de que haverá uma audiência sobre nossa prisão em 19 de abril. O resultado já está claro de antemão. Mas, aqueles que nos colocaram aqui podem tentar quanto quiserem, não vamos cometer o pecado do desânimo. Eles não podem nos tirar de nós mesmas, e por isso continuamos a entender o mundo e a aprender sobre ele aqui, como aconteceria em qualquer outro lugar.

Estou escrevendo às pressas, porque meus bilhetes são recolhidos. Minhas cartas não chegam às pessoas, eu não recebo cartas. Estão descaradamente nos silenciando, nos negando o direito de tomar parte no debate público e tentar chegar a um consenso com nossos oponentes.

Esperamos que aquelas de vocês que estão aí fora continuem sua atividade política e a nossa.

Punk's not dead. ["O punk não morreu", escrito em inglês.]

Nádia

11 de abril de 2012

Nádia andara lendo o Novo Testamento, que por acaso estava disponível para ela e as companheiras de cela. Ela descobriu que isso a ajudava a falar com as pessoas. Algo que sempre foi fácil para ela. Até mesmo quando os professores e outras figuras de autoridade se faziam de surdos, ela deixava todos

---

10 Denis Ievsiukov é um major da polícia que, embriagado, abriu fogo dentro de um supermercado de Moscou, matando duas pessoas e ferindo outras 22 em abril de 2009.

curiosos e receptivos, e eles se esforçavam para entendê-la. Foi apenas na cadeia que ela encontrou pessoas para quem seu linguajar era estranho e ameaçador, assim como ela mesma. Mas, um dia, ela estava sentada em sua cama lendo o Novo Testamento e uma de suas companheiras de cela sentou-se na cama logo em frente lendo o mesmo livro, e elas começaram a dizer versículos uma para a outra. E aparentemente se entenderam. Além disso, "o pecado do desânimo" acabou sendo um conceito útil.

―――

Kat não dormiu a noite toda, pois as mulheres estavam conversando. Eram dez delas na cela provisória para onde todas as quatro pessoas da cela de quarentena de Kat foram transferidas repentinamente. A quarentena não era nada confortável, mas, com exceção de uma mulher que estava grávida e que falava sem parar sobre como ela pagara o pato por todo o seu clã cigano, as outras não abriram muito a boca. Na cela provisória, todas falavam. Uma muçulmana orava a toda hora, ajoelhada em sua cama. O resto conversava sem parar sobre como as coisas funcionavam atrás das grades e, de maneira mais genérica, em seu próprio mundo. Uma delas tinha café em pó, mas, como se tratava de uma cela provisória, não havia chaleira elétrica nem aquecedor de água portátil, e elas acabavam preparando a bebida com água quente da torneira e falavam o tempo todo sobre isso. Aí duas delas começaram a brindar as outras com o relato de um crime em que uma jovem era estuprada diversas vezes durante a noite e, apenas à luz do dia, ficava claro que a vítima estava no estágio final da AIDS.

– Aí o estuprador ficou bem magrinho – terminou uma das narradoras, e a plateia caiu na gargalhada.

Acho que isso deve ser engraçado, pensou Kat, e foi a pri-

[ORAÇÃO E RESPOSTA]

meira vez que sentiu o desespero se abater sobre ela. Tentou se desligar das mulheres que continuavam conversando e se concentrar em pensar no que acontecera a ela e o que aconteceria então.

Pensar no que já havia passado era mais fácil. Quando foi solta em 4 de março, com Nádia e Maria ainda atrás das grades, ela recebeu uma intimação para se apresentar a um investigador daí a alguns dias. A intimação estava em nome de Irina Loktina, o nome falso que ela fornecera. Naquele dia, ela foi para casa e a primeira coisa que seu pai lhe disse foi:

– Suas amigas foram presas. O que vocês estavam fazendo na catedral?

– Acredito que você já tenha visto o vídeo. E sabe o que estávamos fazendo lá.

– O patriarca é desprezível – disse Stanislav. – Mas ainda assim vocês não deviam ter feito o que fizeram.

Kat não estava com disposição para discutir. Ela apenas disse ao pai que ele deveria invocar o artigo 51 quando os investigadores viessem e foi dormir.

Acordou ciente de que precisava se preparar para ser presa. Enviou mensagens às outras integrantes de Pussy Riot: ela queria encontrá-las e entregar as senhas do blogue, e-mail e contas de redes sociais, pois ela era a única ainda em liberdade que as possuía. Ninguém quis encontrá-la. Ela se apresentou ao investigador na hora determinada, acompanhada de Violetta Vôlkova. Piêtia também estava lá – ele havia sido convocado para o mesmo dia –, mas não o investigador. Um assistente entregou-lhes intimações para voltarem a se apresentar em 15 de março.

Nem mesmo uma semana foi suficiente para garantir que mais de uma das outras integrantes de Pussy Riot tivessem todas as senhas necessárias.

Vôlkova, Piêtia e Kat se encontraram novamente. Vôlkova disse que seu carro acabara de ser revistado. Ao levá-los para a delegacia de polícia, eles telefonaram para seus contatos na mídia para falarem sobre a revista. Piêtia estava agitado e aparentemente feliz, como sempre ficava quando algo dramático acontecia e ele tinha a oportunidade de falar a respeito com os meios de comunicação. Para Kat, foi como se o mundo caísse.

Piêtia foi o primeiro a entrar no escritório do investigador. Ele saiu alguns minutos depois – "outro adiamento, não se preocupe" –, e desceu rapidamente as escadas, segurando o celular. Kat entrou. Artiom Rantchiénkov, o principal investigador do caso, estava à sua mesa. Aos 34 anos, ele já era tenente-coronel. Tinha um rosto cheio e nada memorável que ostentava constante descontentamento. Vôlkova estava sentada em uma das cadeiras para visitantes na frente dele.

– Qual é seu nome? – perguntou Rantchiénkov.
– Irina Loktina.
– Tem certeza? Vou perguntar novamente.
– Sim, tenho certeza.
– Não quer me dizer seu verdadeiro nome?
– Esse é meu nome verdadeiro.
– Está bem, vamos precisar fazer um procedimento de identificação.

Dois guardas de segurança da catedral vieram para levar Kat para fora.

Vôlkova e Rantchiénkov passaram um bom tempo negociando a identificação. Vôlkova fez objeção às outras mulheres escolhidas para o procedimento: vestiam trajes sociais, tinham as unhas bem feitas e os cabelos penteados. Foram horas até que todas as mulheres se arrumassem de uma maneira que satisfizesse Vôlkova, com as pernas, meias-calças e sapatos de salto alto escondidos atrás de mesas, as roupas cobertas

[ORAÇÃO E RESPOSTA]

por jaquetas policiais idênticas, mãos nos bolsos, e cabelos puxados para trás e presos em rabos de cavalo, como Kat se apresentara no dia da oração punk. Já era noite quando Rantchiénkov disse a Kat que ela estava presa. Ele ainda a chamava de "Irina Loktina". Kat e Vôlkova saíram para o corredor.

– Diga-me seu nome – falou a advogada.
– Iekaterina Samutsiévitch.
– Onde estão seus documentos?

Kat havia deixado seu passaporte interno com um amigo para que não pudesse ser identificada em sua própria casa. Ela deu a Vôlkova o endereço do amigo. Agentes penitenciários apareceram e a levaram. No dia seguinte, na audiência de detenção, Vôlkova revelou a identidade de Kat.

A transferência da cela provisória no subsolo para a cela especial no primeiro andar foi tão repentina como a primeira transferência de Kat. O trote na spec durou um mês inteiro. As três companheiras de cela não falavam com Kat, exceto para berrar com ela por causa de alguma transgressão, como deixar uma migalha de pão sobre a mesa. A monotonia infernal era praticamente constante: Vôlkova veio vê-la uma vez, Polozov, duas, e um advogado desconhecido, do qual ela nunca ouvira falar, veio uma vez, dizendo que seu pai queria que ela mudasse de advogados — Kat o mandou embora –, e seu pai veio. Além disso, toda segunda-feira, Stanislav mandava-lhe comida por meio do agente penitenciário. Ela disse ao pai que não gostara dos doces, mas, mesmo assim, ele os continuava mandando. Apoiadores anônimos de Pussy Riot enviavam as coisas que Kat pedia, como queijo cottage e leite, algo de que só então ela descobrira que gostava. Ela tinha de admitir que gostava da comida da prisão. Ninguém cozinhava em sua casa desde que sua mãe morrera onze anos antes, e a comida ali era cozida – até demais – e caseira. Mingau pela manhã, sopa

– ela gostava especialmente da sopa de ervilhas – e cevada ou purê de ervilhas com conserva de presunto no almoço. Também gostava das caminhadas no pátio, apesar de causarem mais altercações na spec: as companheiras de cela de Kat normalmente não gostavam de sair para caminhar, e os guardas se opunham a separar as presas de uma cela. Ainda assim, ela quase sempre conseguia exercer seu direito de passar uma hora "ao ar livre". No mais, a vida era incessante e aborrecidamente terrível.

Ela decidiu acabar com isso declarando uma greve de fome. Soubera que as detentas em greve de fome eram transferidas para a solitária. Ela queria isso. No mais, não tinha exigências específicas a fazer. Ou seja, ela pedia a atenção de outro ser humano, fosse seu advogado ou seu pai, que nem sequer acertava o doce de que ela gostava; poderia até se contentar com a atenção das funcionárias da cadeia, mas não podia colocar aquilo como exigência, por isso apenas declarou greve de fome. Conseguiu ir para a solitária e recebeu atenção.

O pai foi até lá na segunda-feira para encomendar comida para a filha, e um agente lhe disse:

– Ela está em greve de fome, você não pode lhe enviar comida.

Stanislav ligou para os advogados. Vôlkova veio, trazendo Mark Feiguin, que havia se juntado à equipe de defesa como advogado de Nádia e imediatamente reivindicou a posição de líder.

– Você devia ter nos comunicado – os advogados a repreenderam.

– Como eu poderia ter comunicado alguma coisa se vocês não vêm aqui me ver? – respondeu Kat, repreendendo os advogados.

Ela interrompeu a greve depois de cinco dias. Sentiu-se

[ORAÇÃO E RESPOSTA]

revigorada: tinha valido a pena. De volta à cela especial, as outras detentas pareciam até mais simpáticas.

━━━

MARIA E NÁDIA ENTRARAM EM greve de fome ao serem detidas pela primeira vez e a mantiveram por dez dias quando o Tribunal de Justiça da Cidade de Moscou rejeitou o pedido de recurso. A segunda greve de fome foi em grupo. Em 20 de junho, elas foram levadas, uma de cada vez, para o tribunal – primeiro Nádia, aí foi a vez de Kat (depois que Nádia saiu) e, finalmente, Maria. Usando algemas, uma a uma elas foram colocadas em uma gaiola de metal, onde, uma a uma, alegaram que precisavam de mais tempo para ler o caso contra elas. E ouviram a juíza, uma loira impressionante de trinta e poucos anos, indeferir a apelação. Aí elas declararam greve de fome.

Estavam se "familiarizando" com o caso, como o processo era oficialmente chamado, havia duas semanas. O caso consistia em sete volumes: pilhas de sulfites costurados com um grosso barbante branco. Continham cartas, transcrições, fotografias e até mesmo discos, embora estivessem lacrados dentro de capas brancas e, aparentemente, era esperado que as acusadas se familiarizassem com seu conteúdo lendo as descrições: "O disco contém imagens em vídeo de moças dançando [...]. Uma jovem que, em aparência, movimentos e voz, se assemelha a Tolokônnikova [...]". Kat ficou fascinada com o fato de os investigadores terem registrado as sessões em que assistiram aos vídeos como teriam registrado a condução de uma busca em um apartamento: "Na presença das testemunhas Fulano de Tal e Beltrano de Tal, o investigador clicou em um link [...]".

O caso nem sequer era uma narrativa coerente, mas a complicação da leitura aumentava porque as funcionárias embaralhavam os volumes a seu bel-prazer, e não havia como ter certeza de que a leitura seria retomada do ponto onde havia parado. Os advogados disseram a elas para levarem o tempo necessário e deram a entender que talvez fosse até melhor esticar o processo de "familiarização", por isso elas não se apressaram. Em certos dias, Kat se recusava a deixar a cela, embora, em geral, agradecesse o fato de os sete volumes terem finalmente rompido a monotonia de sua existência. Agora, todos os dias por volta do horário do almoço, um agente ia buscá-la para acompanhá-la ao bloco de investigações, onde ela seria colocada em uma sala com uma pilha de papéis costurados com barbante branco.

Um dos volumes continha o testemunho de seu pai. Kat descobriu que Stanislav havia falado com Rantchiénkov poucos dias depois de sua prisão. Ele disse coisas que ela sabia que podiam prejudicá-las. Pior ainda: ele havia citado Nádia. Kat engasgou de vergonha e fúria.

Quando perguntei a Stanislav sobre isso quase um ano mais tarde, ele me disse que não percebera que estava testemunhando. Tentara dizer a Rantchiénkov que Kat mal havia participado da ação. Além disso, sabia que precisava da assinatura de Rantchiénkov para conseguir a autorização para ver Kat na cadeia, por isso queria ter uma conversa boa e amigável com o investigador. E ficara com a impressão de que conseguira.

– Eu disse a ele que ela sempre havia sido uma boa aluna e que, de qualquer maneira, ela não tinha posto os pés no altar. Eu falei: "Vamos assistir ao vídeo, e você verá que ela mal pisou na *soleas*[11] e dois guardas de segurança, vestidos de preto, a agarraram. Enquanto as outras dançavam". Mas ele respondeu:

---

[11] Nas igrejas ortodoxas, a *soleas* é o espaço que se eleva do piso da nave por meio de degraus e fica exatamente em frente à iconóstase do altar. (N. T.)

[ORAÇÃO E RESPOSTA]

"Mas é uma igreja ortodoxa! Recebi 150 cartas de fiéis". Mas ele percebeu que eu sou um homem conservador, antiquado, e por isso fui o primeiro dos pais a obter o direito de visitação. Os outros tiveram de esperar mais um mês. Mas, no final de nossa conversa, ele me pediu para assinar o documento, verificando se relatara tudo corretamente. Mas eu não havia dito nada do que as pessoas geralmente dizem quando são interrogadas. Então eu assinei, afirmando que ele tinha relatado tudo certo. Daí eles me transformaram em testemunha de acusação. E sim, eu disse a ele que eu havia me desentendido com Nádia porque achava que elas podiam acabar na cadeia se continuassem com aquilo.

Quase seis meses mais tarde, durante o julgamento, Stanislav Samutsiévitch renegou seu testemunho anterior, alegando que tinha mudado de opinião sobre a ação e não queria depor a favor da acusação. Mas, se todos os testemunhos foram importantes no julgamento, o dele foi importantíssimo: essencialmente, ele dissera que as acusadas estavam envolvidas em uma conspiração que ele havia percebido como criminosa.

———

NÁDIA E MARIA NÃO COMERAM nada por dezenove dias. Maria ficou tão fraca que não conseguia mais andar; Nádia desenvolveu dores de cabeça debilitantes. Elas desistiram da greve no dia 10 de junho. Kat a estendeu por mais três dias. Ela se sentia bem. Havia recuperado o fôlego, algo que ouvira as outras detentas comentar: a fraqueza dava lugar a uma espécie de energia leve e renovada. Ela não era sequer incomodada por suas companheiras de cela – não foi levada para a solitária dessa vez – nem pelo aroma da comida da qual gostava tanto. Mas parecia não haver sentido em manter a greve se Nádia e Maria tinham desistido. Depois disso, talvez para acelerar o processo, as três foram levadas ao fórum para lerem o caso juntas. Passaram dias inteiros na companhia umas das outras. Leram o que havia para ler sobre si mesmas. Leram, sobretudo, seu próprio blogue, que os investigadores diligentemente imprimiram. Morreram de rir. Haviam escrito coisas muito engraçadas.

NOVE
O JULGAMENTO

Dois dias antes do início do julgamento, o jornal britânico The Guardian saiu com uma grande matéria. "As integrantes de Pussy Riot não são apenas as revolucionárias mais legais que se possa encontrar. São também as mais simpáticas", explodiu a autora, Carole Cadwalladr, que cobrira a história durante dois dias intensos em Moscou. Seu editor a despachara em um súbito ataque de inspiração, depois de perceber que algo muito grande e muito bizarro estava prestes a se desenrolar naquela cidade.

> Elas são as filhas que qualquer pai ou mãe teria orgulho de ter. Inteligentes, engraçadas, sensíveis e sem medo de lutar por suas convicções. Uma delas fez questão de me dizer como a "gentileza" é uma parte importante da ideologia do grupo. Elas também fizeram muito mais para expor a falência moral do regime de Pútin do que qualquer outra pessoa. Nenhum político, jornalista, figura de oposição ou personalidade pública criou tamanha agitação. Tampouco inflamou um debate potencialmente tão significativo. Talvez o mais incrível de tudo – mais incrível até do que se autodenominarem feministas numa terra esquecida pelos direitos das mulheres – tenha sido que o fizeram com arte.

Piêtia telefonou para todo mundo. Ele corria de um lado para outro segurando o jornal, que estampava uma enorme e linda foto da ação na Praça Vermelha. Ele tinha a impressão – correta, por sinal – de que aquele seria o primeiro gostinho da verdadeira fama.

═══

Moscou estava quente, ensolarada e vazia como sempre ficava durante as férias, que sugavam as multidões e os engarrafamentos da cidade. Era melhor conduzir os julgamentos políticos sem ninguém por perto, e era melhor emitir vereditos políticos em agosto ou um pouco antes do ano-novo – como fora o caso no segundo veredicto de culpado de Mikhail Khodorkóvski. Tudo parecia ficar mais lento e irreal naqueles períodos do ano. Os moscovitas os chamavam de "estações mortas". No entanto, para chegar a um veredito antes do final da "estação morta", aquele julgamento teria de ser acelerado.

═══

A polícia isolou o Tribunal Khamovnitcheski. O local já tivera sua cota de vigílias – o segundo julgamento de Khodorkóvski acontecera ali –, por isso a polícia sabia como manter a multidão dispersa, espremida e desconfortável, tudo ao mesmo tempo. Apenas os jornalistas foram autorizados a se aproximar do tribunal, embora poucos deles coubessem na sala de audiências lotada. O transporte das prisioneiras estacionou nos fundos do prédio, e o povo atrás do cordão de isolamento da polícia gritou tão alto que foi ouvido a meia quadra de distância: "Svobodu!". "Liberdade!". Pussy Riot ouviu: parecia ser uma multidão enorme.

Tinham uma parte do extenso prédio de quatro andares só para elas. Antes e depois da audiência e durante os intervalos, elas eram mantidas em salas isoladas no subsolo; para chegar à sala de audiências no segundo andar, elas tinham de ser levadas pela escada de serviço até o último andar, que fora completamente fechado para a ocasião, atravessar o corredor vazio e descer dois andares. Lá, eram colocadas dentro de algo que todos chamavam de aquário – uma cabine de acrílico equipada com microfones para que se comunicassem com o tribunal e uma pequena janela horizontal para a troca de documentos com os advogados. A defesa sentava-se em volta de duas mesas em frente à cabine, de costas para as clientes. A acusação e os advogados das vítimas do suposto crime de Pussy Riot ficavam sentados de frente para a defesa. Essa disposição deixava espaço para bancos que acomodavam apenas cerca de vinte e poucos membros do público, incluindo os parentes e os jornalistas. Piêtia se sentou na fileira da frente e mais próximo à cabine. Ele vestia uma camisa Ralph Lauren xadrez, vermelha e branca; Nádia estava com uma camisa Ralph Lauren xadrez, roxa e branca que parecia pertencer ao marido. Vários amigos se sentaram também na primeira fileira, assim como Natália Aliôkhina, mãe de Maria; Stanislav Samutsiévitch sentou-se logo atrás dela.

Depois de alguns minutos, Violetta Vôlkova opôs-se à presença de testemunhas na sala de audiências. A juíza, uma senhora de cinquenta e poucos anos, com cabelos tingidos de castanho, lábios finos e óculos, quis saber se havia testemunhas no local, e nenhuma se identificou. Então, ela leu uma lista de nomes, e quando chegou ao de Stanislav Samutsiévitch, ele se levantou e disse que não estava ciente de ser uma testemunha.

– Você é testemunha de acusação – disse a juíza. – Saia da sala. Você será chamado.

Ele disse algo baixinho.

– Saia – repetiu ela. Parecia irritada.

Nove pessoas se identificaram como vítimas do suposto ato de vandalismo de Pussy Riot. Nádia, Maria e Kat haviam visto todas elas na audiência preliminar e reconheceram algumas da

[ORAÇÃO E RESPOSTA]

catedral. Entre elas estavam os guardas de segurança e a mulher das velas, que parecera muito chocada com a performance. Nádia, Maria e Kat se lembravam de seus rostos e também de suas mãos, uma vez que as três foram arrastadas e colocadas para fora da catedral por aquela gente. Pensar naquelas pessoas como vítimas era engraçado. As três acusadas estudaram suas pretensas vítimas ali detrás do acrílico que, aparentemente, se destinava a proteger o público delas, e elas do público, e riram.

O promotor, um homem gorducho, ruivo e prematuramente calvo vestindo uniforme de verão – uma camisa azul-claro com dragonas de capitão azul-escuro – se encolheu, demonstrando que o público, ele insistiu, realmente tinha medo delas.

– À luz da intensa atenção pública que o caso desperta, acreditamos que a vida de testemunhas, membros do tribunal e das acusadas pode estar em risco – disse ele.

Ele requereu que as câmeras parassem de filmar quando as vítimas e as testemunhas estivessem depondo, aparentemente para protegê-las do ataque de seguidores enlouquecidos de Pussy Riot. A juíza concordou.

A juíza deu uma volta pelo recinto coletando outros requerimentos preliminares. Maria pediu para ter acesso às gravações em áudio e vídeo que foram descritas na peça de acusação, mas não incluídas no processo. Ela também pediu um adiamento, uma vez que as acusadas não tiveram tempo para consultar seus advogados. Haviam prometido que elas teriam uma reunião confidencial com eles na sexta-feira anterior, mas isso nunca aconteceu. Em vez disso, elas foram levadas para o tribunal, circularam pela cidade e voltaram para a cadeia, já terminado o horário de visitas. Maria falou com toda a confiança, fazendo referências claras a leis e regulamentos relevantes: ela passara a maior parte dos últimos meses estudando livros de direito e estava quase se tornando a clássica advogada autodidata de prisão. Nádia e Kat endossavam tudo que ela dizia.

Aí as coisas ficaram estranhas.

Vôlkova pediu que fossem convocadas testemunhas de uma extensa lista que incluía até mesmo o patriarca, "para lançar luz sobre questões econômicas da ortodoxia russa". Ela diria a palavra *ekonomicheski* (econômica) muitas vezes ao ler seus requerimentos; provavelmente, ela estava cometendo um erro ao pronunciar a palavra *ekumenitcheski* (ecumênica). Disse também que queria ler em voz alta – e para que fossem registrados nos autos – os comentários das acusadas sobre as denúncias. Por um segundo, a juíza pareceu mais surpresa do que aborrecida: as acusações ainda não haviam sido lidas pelo promotor. Vôlkova atacou:

– Há algum fundamento para que meu requerimento seja negado? – E, como a juíza se atrapalhou, ela continuou: – Nesse caso, vou começar a lê-las para que constem nos autos.

Ela começou com a declaração de Nádia:

> Acreditamos que a arte deva ser acessível ao público, e, por essa razão, nós nos apresentamos em uma variedade de locais. Nunca tivemos a intenção de desrespeitar o público em nossos concertos [...]. A canção "Mãe de Deus, livre-nos de Pútin" reflete a reação de muitos de nossos concidadãos ao apelo do patriarca para que os fiéis votassem em Pútin nas eleições de 4 de março. Compartilhamos o desagrado de nossos compatriotas com a perfídia, traição, hipocrisia e corrupção que as autoridades atuais têm cometido [...]. Nossa ação não foi motivada por ódio pela ortodoxia russa, que valoriza as mesmas qualidades que nós: caridade, misericórdia, perdão. Nós estimamos a opinião dos fiéis e queremos que fiquem do nosso lado, opondo-se ao regime autoritário [...]. Se nossa performance pareceu ofensiva a alguém, lamentamos muito [...]. Acreditamos que fomos vítimas de um mal-entendido.

[ORAÇÃO E RESPOSTA]

Vôlkova havia se apressado em ler as declarações porque temia que a juíza cortasse a gravação a qualquer momento. Agora, as dezenas e, possivelmente, centenas de milhares de pessoas que estavam assistindo à transmissão ao vivo pelo menos ouviriam a posição de Pussy Riot. Mas ouviriam fora de ordem: as palavras às quais Nádia respondia em suas declarações ainda não haviam sido ditas no tribunal. E Vôlkova parecia e soava tão diferente de Nádia quanto possível. Obesa e usando um vestido marrom, colante e florido, além de uma enorme cruz de ouro, ela lia de maneira monótona e tropeçava em tantas palavras – pedindo algumas vezes ajuda a seus colegas para decifrar a letra das acusadas –, que parecia não entender completamente o que lia.

Ela continuou:

> Eu insisto em que os aspectos éticos e legais de nosso caso sejam separados uns dos outros. A avaliação ética que eu mesma faço de nossa ação é a seguinte: cometemos um erro levando o gênero que temos desenvolvido, uma performance punk política, para a catedral. Mas, naquela ocasião, não pensamos que nossa ação poderia ser ofensiva para alguém. Vínhamos nos apresentando em diversos locais de Moscou desde setembro de 2011: no teto de um ônibus, no metrô, em frente ao Centro de Detenções Especiais Número Um, em lojas de roupas... E fomos recebidas com bom humor em todos os lugares. Se alguém se ofendeu com nossa performance na Catedral do Cristo Salvador, estou preparada para admitir que cometemos um erro ético. Mas foi isso, um erro: não tínhamos a intenção de ofender [...]. E peço desculpas por isso. Mas não há sanção penal para erros éticos do tipo que cometemos [...]. Estremeço toda vez que leio nos autos palavras que nos acusam de ter ido à catedral por ódio e desdém pelos fiéis ortodoxos. São palavras terrivelmente pesadas e acusações muito graves [...]. Pensem no que são o ódio e a

inimizade. Não tínhamos esses sentimentos em nossos corações. Alegar que tivéssemos é dar falso testemunho. Estamos sendo caluniadas, e não posso dizer que tem sido fácil suportar ser criticada assim, tendo sentimentos como o ódio atribuídos a mim, sentimentos que eu nunca nutri contra criatura viva alguma deste planeta. A acusação alega que ocultamos nossos verdadeiros motivos. Mas nós não mentimos: esse é um dos princípios de Pussy Riot [...]. Os investigadores nos disseram, repetidas vezes, que, se admitíssemos nossa culpa, seríamos libertadas, e ainda assim nos recusamos a dizer essa mentira sobre nós mesmas. A verdade é ainda mais importante para nós do que a liberdade.

Depois de uma pequena pausa, Vôlkova começou a ler as declarações de Maria, da mesma maneira monótona:

Eu sou uma ortodoxa russa [...]. Sempre acreditei que a igreja amasse seus filhos, mas parece que só ama os filhos que acreditam em Pútin [...]. Não vejo sentido nas acusações, uma vez que sou cidadã de um estado secular, que é onde acreditava que vivia [...]. Peço ao tribunal independente para conduzir uma investigação imparcial e tirar suas conclusões. Nunca tive ódio algum por fiéis ortodoxos, e não o sinto agora.

As declarações de Kat tentaram desconstruir a lógica das acusações, pois indicavam que a culpa de Pussy Riot ficava demonstrada pelo fato de que elas ensaiavam suas performances. Mas esse fato provaria a existência de um sentimento de ódio? Provava apenas a intenção de fazer uma apresentação, e não a de realizar um ato criminoso. "A acusação sabe que o principal tema da obra de nosso grupo não é a religião ortodoxa, mas o parlamento eleito de maneira ilegítima e o regime autoritário do presidente Pútin."

Vôlkova levou quase uma hora para ler as três declarações. Quando a advogada terminou, a juíza leu em voz alta uma petição que Maria havia apresentado, pedindo que o caso voltasse para os investigadores em razão das inúmeras imprecisões e omissões nos documentos. Os advogados de defesa demonstraram surpresa: pareciam não ter conhecimento da petição ou até mesmo da extensão do conhecimento das leis que Maria tinha adquirido por conta própria. Ela estava fazendo o papel de advogada no tribunal, enquanto os advogados propriamente ditos faziam discursos políticos. Nada daquilo parecia intencional: ao contrário, parecia uma produção amadora em que os atores misturavam as falas ou foram mal dirigidos.

O promotor não tardou a ridicularizar as irregularidades processuais de Vôlkova, tachando-as de ignorância e violação dos direitos tanto das acusadas como das vítimas ao devido processo legal.

– Talvez elas estejam dizendo todas essas coisas para que sejam publicadas na internet neste exato momento – disse ele, sugerindo o óbvio. E, em seguida, salientou o que poderia ser considerada uma grande falha se a defesa estivesse realmente planejando estruturar uma defesa: – De qualquer maneira, está claro agora que as mulheres sentadas no banco dos réus se consideram integrantes desse grupo.

A juíza indeferiu todos os requerimentos apresentados pela defesa.

O promotor leu rapidamente as acusações, em voz alta. Em algum momento antes de 17 de fevereiro de 2012, Nádia começou uma conspiração com Maria, Kat

> e outras pessoas desconhecidas dos investigadores, com o objetivo de perturbar bruscamente a ordem social de maneira a expressar uma clara falta de respeito pelas normas sociais, motivadas por ódio e inimizade, ódio por um grupo social específico, realizando ações ofensivas dentro de uma instituição religiosa com o objetivo de atrair a atenção de um amplo leque de cidadãos devotos.

As conspiradoras "distribuíram papéis entre si e adquiriram propositalmente roupas para usar, itens de vestuário que claramente contradiziam as normas, a disciplina, as regras e os regulamentos da igreja". Estando cientes da ofensividade de seus trajes "aos olhos de todo o mundo ortodoxo russo" e "do caráter criminoso de suas intenções e do nível de ofensa que planejavam infligir", elas usaram balaclavas para esconder sua identidade e dificultar as coisas para a acusação. "Isso aumenta a gravidade de seus atos e faz que tudo pareça uma ação bem planejada de intenção maliciosa, destinada a denegrir os sentimentos e as crenças de numerosos discípulos da fé ortodoxa e diminuir o alicerce espiritual do Estado".

– Você compreende as acusações? – perguntou a juíza, dirigindo-se a Nádia.

– Sim.

– Você compreende as acusações? – perguntou a Maria.

– Não.

– O que você não entende?

– Gostaria de deixar claro que...

– O que você não compreende sobre as acusações? – A juíza estava começando a soar agressiva.

– Eu não entendo o aspecto ideológico. – Maria soou estridente.

A juíza ficou em silêncio por um momento.

– Não compreendo quais são os fundamentos da promotoria para fazer declarações acerca das minhas razões. E não entendo por que não estou autorizada a explicar isso.

– Não apresse as coisas.

– Não estou apressando as coisas.

– Você terá sua oportunidade. Neste momento estou lhe perguntando se você entende as acusações.

– Eu não entendo.

[ORAÇÃO E RESPOSTA]

– O promotor acabou de ler as acusações que estão sendo feitas contra você.
– Eu não entendo.
– O que você não entende? Por favor, esclareça-nos.
– Acabei de fazê-lo.
– Faça novamente.
– Eu não compreendo o aspecto ideológico das acusações. No que diz respeito aos meus... aos nossos motivos.
– Está bem. Sente-se. Samutsiévitch, você entende as acusações?
– Não, não entendo.
– O que você não entende?
– Não entendo nenhuma das acusações. Elas me parecem fracas e sem fundamento. Não ficou explicado com base no que essas afirmações foram feitas.
– Promotor, o senhor pode explicar a elas?
– Meritíssima, as acusações são claras.
Ele prometeu que os fundamentos das acusações seriam expostos claramente no decorrer da audiência. Então, ele repetiu a parte sobre a perturbação brusca da ordem social e o ódio e inimizade por um grupo social específico.
– Agora você entende? – perguntou a juíza a Maria.
– Não, eu não entendo, porque o promotor apenas leu em voz alta um pequeno trecho de um processo de mais de 140 páginas.
– O promotor simplesmente resumiu as acusações. Todas as provas serão revistas no decurso da audiência.
– Eu ainda não entendo. Insisto em que a acusação inteira seja lida.
– O promotor resumiu as acusações. Ele não precisa apresentar as provas nesta etapa.
– Mas eu não entendo no que as acusações foram fundamentadas.

– Ele irá explicar no que elas foram fundamentadas no decorrer da audiência.

– Isso não me ajuda a entender.

Os advogados riram. Pareciam muito satisfeitos consigo mesmos e com as acusadas. Feiguin apertou o nó da gravata.

– O promotor resumiu as acusações – repetiu a juíza.

– Eu disse tudo o que tinha a dizer. Não tenho nada a acrescentar, sinto muito.

– As acusações não foram totalmente formuladas – disse Kat, levantando-se.

– Está bem, é o que vocês pensam. Vocês se declaram culpadas? Tolokônnikova?

– Não, não me declaro culpada. Posso explicar?

– Você vai explicar mais tarde.

– Mas quero que todos entendam.

– Você se declarou inocente. Sente-se. Samutsiévitch, você se declara culpada? Levante-se e responda.

– Não, eu não me declaro culpada.

– Aliôkhina, você se declara culpada das acusações?

– Não posso fazer essa declaração, não entendo as acusações.

Pausa.

– Você tem formação superior! E fala russo.

– Em primeiro lugar, ainda não terminei a faculdade. Em segundo, estou recebendo formação como jornalista. Não sou advogada. Não entendo do que estou sendo acusada. Não posso me declarar culpada ou inocente. Eu não compreendo.

– Promotor, faça-nos o favor de resumir as acusações novamente. Elas não entenderam.

– As rés estão sendo acusadas de realizar um ato de vandalismo, que é uma perturbação brusca da ordem social, mostrando claro desrespeito pela sociedade, um ato cometido por ódio religioso e inimizade, por ódio a um grupo social específico, cometido por um grupo de pessoas como resultado de uma conspiração [...].

— O promotor mencionou que tenho três advogados de defesa para me ajudar a entender as acusações. Mas me foi negada a oportunidade de me reunir com eles antes do julgamento. Como resultado disso, eu não entendo. Insisto em que eles sejam autorizados a me explicar as acusações.

— Acalme-se, estamos falando sobre outra coisa.

— É muito importante que eu diga isso.

— Você se declara culpada das acusações? — gritou a juíza.

— Eu não entendo as acusações.

— As acusações foram clara e perfeitamente... hã, é... traduzidas. Está bem, por favor, Tolokônnikova, você quer comentar as acusações?

Nádia rapidamente resumiu as declarações que Vôlkova havia lido e foram registradas duas horas antes. Afirmou que não sentia ódio por ninguém. Também admitiu que se apresentou na catedral, mas que aquilo não tinha nenhuma relação com ódio.

— Eu realmente não entendo o que estou fazendo em um tribunal, diante de acusações criminais.

Kat seguiu o exemplo, do seu jeito indireto característico:

— Eu admito as ocorrências na catedral e minha participação — disse ela, mas afirmou nunca ter sentido ódio nem inimizade por uma religião ou grupo social ou étnico.

Quando a juíza perguntou a Maria se ela queria comentar as acusações, a jovem finalmente se pronunciou:

— Eu me declaro inocente dos crimes descritos no Artigo 213, Parte 2. Também acredito que, na revisão de um caso com base nesse artigo, os aspectos ideológicos são tão importantes quanto os fatos, pois os argumentos se apoiam na motivação, e os motivos de nossas ações são resultado de nossas ideologias. A promotoria está tentando minimizar os componentes político e criativo, que, na verdade, são os principais fatos. Também sou grata a nossos advogados por garantirem que nossas declarações fossem apresentadas aqui hoje. Ao contrário do que já fomos acusadas de ter feito, elas não foram escritas para a mídia. Foram escritas para que os fiéis, incluindo aqueles que se identificaram como vítimas aqui, nos ouvissem. Sei que isso é difícil no âmbito de uma audiência, mas existe algo maior, e nesse espaço maior, onde não há servos nem livres, haveremos de ouvir uns aos outros.

A juíza certamente não ouviu Maria citar Gálatas, mas entendeu que a ré livrava a cara do tribunal ao se declarar inocente – não das acusações que ela alegava não entender, mas do crime descrito no artigo do código penal que a mantinha ali: vandalismo.

Os advogados mostraram-se bem menos articulados. Polozov disse que as acusações eram absurdas. Feiguin começou dizendo que as acusações caracterizavam a incompetência de seu autor. A juíza o interrompeu, pedindo-lhe para se manter no assunto em questão.

– Não me diga o que fazer – disse Feiguin.

Eram quatro horas da tarde do primeiro dia de audiências, e o tom e o padrão do julgamento já estavam estabelecidos: um julgamento político soviético que se repetiria como farsa. Aconteceram uns dez ou doze julgamentos de dissidentes soviéticos desde o início da década de 1960 até meados dos anos 1980. Suas transcrições formam uma parte importante do cânone literário dissidente, e a experiência resultante deles foi, por muito tempo, a única memória viva, na União Soviética, de algo que se assemelhava a um debate político público.

Cada participante de um julgamento político soviético

tinha um papel claramente definido. Era tarefa do promotor apresentar a posição do Estado, que equivalia a criar um pretexto legal para prender pessoas por se valerem de direitos garantidos pela constituição soviética. Por exemplo, quando sete pessoas foram julgadas por promover uma manifestação na Praça Vermelha (exatamente no mesmo lugar onde Pussy Riot se apresentaria 44 anos mais tarde), elas foram acusadas não de fazer uma manifestação – pois o direito a reuniões públicas era garantido aos cidadãos soviéticos –, mas de interromper o tráfego. E não importava que tivesse sido num domingo e não houvesse tráfego, uma vez que a Praça Vermelha estava fechada para carros naquele dia, para facilitar o acesso dos pedestres ao Mausoléu de Lênin. Assim como Pussy Riot foi acusada não de rezar ou mesmo dançar em uma igreja, mas de cometer um ato de vandalismo e ódio contra os fiéis ortodoxos.

Em um julgamento político soviético, o juiz desempenhava o papel de um burocrata empunhando um carimbo: seu trabalho era tornar a audiência tranquila e rápida, rejeitando a maioria dos requerimentos apresentados pela defesa e emitindo um veredicto predeterminado quando chegasse o momento. Havia julgamentos que a KGB queria que terminassem rapidamente e, nesses casos, era tarefa do juiz prolongar o expediente, comprimir os interrogatórios e eliminar o máximo possível de procedimentos dentro de sua concepção de processo. Depois de meio século, o papel do juiz não havia mudado.

Se não quisessem perder o direito de advogar, os advogados de defesa em um julgamento político soviético tinham de se distanciar de seus clientes. Tradicionalmente, em suas alegações finais, eles afirmavam não compartilhar da visão política dos acusados e os condenavam como antissoviéticos e imaturos ao mesmo tempo que pediam sua absolvição e libertação. Para isso, eles estudavam profundamente todas as provas e criavam argumentos jurídicos meticulosos, embora soubessem que a sentença fora redigida antes mesmo de o julgamento começar. Entretanto, os acusados tinham uma escolha a fazer: podiam combater o tribunal, debatendo e ajudando seus advogados a abrir lacunas inúteis, mas momentaneamente satisfatórias, nos argumentos da acusação, ou podiam se recusar a reconhecer a autoridade do tribunal e usar a audiência apenas para tentar fazer um discurso político. Anatoli (Natan) Scharanski, diante da oportunidade de fazer uma declaração final em um tribunal de Moscou, virou-se para seu irmão e ditou um discurso para ser distribuído em *samizdat*; em seguida, voltou-se novamente para o tribunal e disse: "E quanto a este tribunal, não tenho nada a declarar".

A motivação de Pussy Riot e seus advogados era exatamente igual à de seus antecessores meio século antes: por um lado, eles pretendiam agir como seria esperado de uma pessoa em uma sala de audiências em um país onde as leis fossem importantes e respeitadas, e por outro, queriam usar o fórum para fazer declarações políticas que seriam ouvidas. Só que, como se tivessem ouvido apenas um relato distorcido da tradicional divisão de tarefas em julgamentos políticos soviéticos, os advogados e as rés trocaram os papéis. Por acidente e como resultado da falta de comunicação, e não por um acordo prévio, foram os advogados que claramente se recusaram a reconhecer o tribunal, enquanto Maria se dedicava a detalhar argumentos jurídicos requintados, porém inúteis.

———

SE AQUELE FOSSE UM JULGAMENTO normal, a juíza, terminadas as preliminares às quatro horas da tarde, teria interrompido os trabalhos até a manhã seguinte. Mas aquele não era um julgamento normal: era um julgamento rápido. A juíza anunciou uma pausa de trinta minutos. Os depoimentos das vítimas viriam em seguida.

A primeira foi Liubov Sokologorskaia, uma mulher de 52 anos, rosto cansado e expressão de quem pede desculpas. Depois de pedir suas informações pessoais, a juíza começou a questioná-la, em vez de deixar que a promotoria prosseguisse.

– Diga-me, por favor, você é ortodoxa, uma cristã ortodoxa? – perguntou ela.

– Sim – respondeu Sokologorskaia, desculpando-se. – Procuro cumprir todos os rituais. Tenho feito jejum há vários anos, como prescrito.

– Diga-me, o que, em seu entendimento e no de sua religião, é Deus?

As acusadas arfaram. Tendo lido os argumentos da promotoria, elas perceberam que o julgamento não iria focar em suas ações, mas em suas atitudes em relação à religião. E, depois da audiência preliminar, tinham um mau pressentimento acerca da provável trajetória do processo e do grau de competência de seus advogados. Mas nada poderia tê-las preparado para aquela introdução.

– Na minha religião, Deus é tudo que existe, e somos todos feitos à Sua imagem e semelhança – respondeu a vítima. – Não são pensamentos vãos da minha parte. Tenho observado a mim mesma e aprendi que uma pessoa pode mudar para melhor, caso se esforce. Estou profundamente convencida de que Deus, o Senhor, é a fonte de toda mudança.

– A fonte de toda mudança? – repetiu a juíza.

– Deus é o Senhor. Eu posso explicar. – Ela limpou a garganta. – No que se refere à nossa religião ortodoxa, a misericórdia de Deus está no sacramento da penitência por todos os pecados que cometemos. É exatamente o oposto do amor-próprio. Em outras palavras, é sermos libertados de todas as paixões com as quais somos contaminados.

— Diga-me, o que o local onde o sacramento acontece significa para você? — Agora, a pergunta vinha do promotor. — Não me refiro apenas à Catedral do Cristo Salvador.

— Não conseguimos ouvir nada do que o promotor diz! — gritou Maria. — Estamos atrás de vidro à prova de balas.

Ninguém pareceu escutar o que ela disse, embora suas palavras, saídas da cabine através do microfone, fossem audíveis para todos que estavam na sala.

— O que a catedral significa para você? — continuou o promotor. — O que aquelas paredes significam para você como fiel ortodoxa?

— Na verdade, eu gostaria de começar afirmando que a Igreja, segundo a nossa religião, é a união inspirada por Jesus Cristo quando Ele esteve neste mundo como Deus personificado na imagem humana. Essa é a essência da fé ortodoxa.

O que ela queria dizer não ficou inteiramente claro, mas isso não desencorajou a juíza a prosseguir com as perguntas.

Depois de mais algumas trapalhadas teológicas, a juíza finalmente pediu a Sokologorskaia para descrever o que acontecera em 21 de fevereiro. A mulher disse que chegou ao trabalho naquela manhã, realizou seus deveres habituais de acender as lamparinas a óleo, limpar os candelabros e outros objetos ritualísticos, e viu visitantes entrarem na catedral por volta das dez da manhã em diante. Aqueles que chegaram uma hora mais tarde deixaram-na desconfiada. Ela contou que viu Nádia, Kat e alguém que não conseguiu identificar abrindo à força a cancela da *soleas*, a plataforma elevada que circunda o santuário.

— Particularmente, eu gostaria de sublinhar que, para abrir essa cancela, elas tiveram de usar seus corpos — vou mostrar como foi usando o banco das testemunhas. Assim. Elas tiveram de empurrar para o lado a arca que abriga parte do manto do Senhor. Foi provavelmente a primeira dor que senti. Essa arca não estava em exposição há muito tempo, e todos se aproximavam dela com reverência, um a um, e as pessoas faziam fila para ter a chance de lhe prestar homenagens. Por isso, aquela foi uma demonstração de desdém, pelo menos para os falantes de russo. E todas as vezes que penso nisso, sinto muita amargura.

Hesitante, Sokologorskaia contou que viu o grupo forçar a segunda cancela e subir rapidamente na *soleas*.

— Finalmente, fui até a barreira e subi os dois primeiros degraus... E então não consegui dar mais um passo; não podia pisar na *soleas*. Pode não significar nada para outras pessoas, mas eu parecia um pilar sobre aqueles degraus.

— Deus não a deixou subir – explicou o coro de murmúrios que tomou a sala.

— Diga-me, por favor, você tentou explicar a elas que paroquianos do sexo feminino não podem subir na soleas? – perguntou solícita a juíza.

— Eu disse a elas, eu implorei, supliquei.

— Elas ouviram ou ignoraram você?

A defesa poderia ter objetado que a testemunha estava sendo conduzida, mas o questionamento era feito pela juíza.

— Elas me ignoraram completamente. Mais do que isso, as ações que realizaram depois disso mostraram o quanto elas me ignoraram.

— Você tentou detê-las fisicamente? Tentou usar as mãos ou o corpo para proteger o santuário?

— Tentei fazê-lo na primeira cancela, mas elas a fecharam na minha frente. Tentei agarrá-las, não deixar que entrassem, mas uma delas escapou, acenou para que eu me afastasse, era astuta.

— Diga-me, por favor, depois que esse grupo de jovens subiu na *soleas*, no púlpito, como se desenvolveram os acontecimentos e qual foi a reação das outras pessoas presentes na catedral?

A juíza continuou calmamente e com grande cuidado ao orientar sua testemunha apreensiva.

– No primeiro momento, minha reação interna foi pensar: "O que elas planejam fazer depois disso?". [...] A parte mais assustadora e desagradável da situação foi sentir, sim, que eu era imobilizada pelo Senhor e não podia levantar meu pé e dar um único passo [...]. A coisa mais aterrorizante teria sido se, Deus nos livre, elas tivessem entrado à força no santuário. Bem, aí eu não teria ficado parada ali! Deixe-me explicar uma coisa. O portão do Senhor, o portão para o Reino do Senhor, é a entrada que leva ao santuário. Quando uma catedral é construída, o santuário é abençoado primeiro, junto com tudo que está dentro dele. Na verdade, aquele é o local onde Cristo está presente. E, na compreensão dos cristãos ortodoxos, Cristo ressuscitou [...]. Além disso, naquele momento, o santuário abrigava um cravo que foi usado para pregar Cristo à cruz. E, quando as pessoas vêm à catedral, conto-lhes isso com temor, digo que é um sinal da passagem de Deus pela terra. Aquele cravo foi usado para pregar o Filho de Deus, que é tudo para nós, fiéis ortodoxos. Era mais uma relíquia. Além dela, havia o manto do Senhor, que nos foi dado por um membro da fé muçulmana. Ele o havia adquirido em suas batalhas, muito antigamente, e o deu para nós no século XVII, quando a dinastia Romanov ascendeu ao trono.

A defesa parecia estar entorpecida enquanto Sokologorskaia continuava a citar episódios aleatórios da história russa, voltando periodicamente ao sofrimento incessante causado pela ação de Pussy Riot. Por fim, quando a vítima aparentemente ficou sem fôlego, a juíza pediu-lhe que voltasse à história do que acontecera na catedral em 21 de fevereiro. Sokologorskaia pareceu confusa.

– O que elas estavam vestindo? – perguntou o promotor. – Suas roupas eram do tipo que seria admissível em uma igreja?

[ORAÇÃO E RESPOSTA]

Sokologorskaia respondeu dizendo ao tribunal que o grupo aparentemente tinha uma líder e que ela acreditava que essa líder fosse Tolokônnikova.

– As roupas que elas vestiam, como você as descreveria? – A juíza não media esforços para obter o testemunho de que precisava. – Eram modestas, vulgares, admissíveis em uma igreja?

– As roupas que usavam não eram admissíveis em uma igreja. Eram vulgares. Uma das pessoas não identificadas tinha até mesmo um dos ombros nu. Pensei rapidamente: "Meu Deus, não permita que elas fiquem nuas!".

– Por favor, diga-nos o que elas fizeram em seguida – pediu a juíza.

– Elas começaram a colocar máscaras com fendas para os olhos e a boca. Fiquei ainda mais ansiosa porque começaram a desempacotar uma guitarra.

– Um violão comum?

– Não, não, não era um violão. Era uma guitarra elétrica.

– Elas ficaram paradas?

– Elas começaram a fazer movimentos com o corpo e a gritar.

– Por favor, descreva os movimentos corporais.

– Não vou tentar descrevê-los. Para mim, eram estertores demoníacos.

– Elas estavam pulando e saltando? – perguntou a juíza.

– Elas estavam pulando, saltando e fazendo movimentos com os braços e os punhos cerrados. Levantavam as pernas tão alto que era possível ver praticamente tudo abaixo da cintura. Fazer aquilo em frente ao santuário, no portão do Senhor, no púlpito, aqueles pulos... Como alguém pode afirmar que foi apenas uma pequena transgressão ética? E tive a impressão de que estavam se exibindo umas para as outras, para ver quem conseguia levantar mais a perna.

— Diga-nos, as ações foram acompanhadas de gritos de natureza ofensiva e sacrílega em relação à fé ortodoxa, a Jesus Cristo, à Virgem Maria, à Igreja Ortodoxa Russa e aos santos russos?

— Foi essa mesma a natureza do que fizeram. Foi ofensivo. Não há outra natureza que defina aquelas ações.

— Diga-nos, as ações das acusadas e das pessoas não identificadas causaram danos morais a você?

— Elas me causaram grandes danos morais. A dor não vai embora.

— Na sua opinião, o vídeo que elas fizeram ofendeu os sentimentos e a alma dos fiéis? Fez que retribuíssem na mesma moeda e fez, além disso, que os não ortodoxos passassem a ver a igreja ortodoxa de forma negativa?

Pela lei russa, a testemunha ou vítima de um suposto crime pode testemunhar apenas fatos; suas opiniões devem ser anuladas quando oferecidas e nunca solicitadas. Mas aquelas que testemunhavam contra os dissidentes soviéticos geralmente eram convidadas a emitir suas opiniões sobre ações ou materiais de natureza antissoviética atribuídos aos acusados. E suas opiniões, documentadas pela KGB, muitas vezes acabavam *ipsis litteris* nos veredictos do tribunal.

— As duas coisas — concedeu Sokologorskaia, acrescentando que o impacto foi agravado pelo sincronismo: tinha sido na semana anterior à Quaresma.

— E, se nos abstrairmos do que aconteceu na catedral, na sua opinião, esse tipo de comportamento seria aceitável do ponto de vista moral em qualquer outro espaço público ou seriam atos imorais de vandalismo? — perguntou a juíza à senhora das velas.

— Naturalmente e sem dúvida alguma, esse tipo de comportamento seria inaceitável em qualquer lugar. Do meu ponto de vista, é simplesmente imoral.

[ORAÇÃO E RESPOSTA]

Por fim, a juíza, tendo se apropriado do papel da promotoria, convidou a defesa a interrogar a testemunha.

– A senhora disse que ouviu o que as participantes disseram, mas que não podia repeti-lo aqui por causa de suas convicções religiosas – disse Mark Feiguin. – Está correto?

– Sim.

– Nesse caso, vou ler algumas frases em voz alta e a senhora me diga se as ouviu. Ouviu quando cantaram: "Mãe de Deus, livre-nos de Pútin"?

– Não.

– Está bem. Elas disseram: "Mãe de Deus, vire feminista"?

– Está tudo misturado com o vídeo agora. Veja bem, eu não me lembro.

– Elas mencionaram o sobrenome do patriarca Kirill?

– Eu estava lá, de pé, rezando com todas as forças para não ouvir essas palavras. Eu definitivamente ouvi a palavra "patriarca". E nós temos apenas um patriarca.

– A senhora afirmou que estava rezando. Quando reza, ouve o que as outras pessoas estão lhe dizendo? Absorve as informações na íntegra ou em parte?

– Eu não disse isso e não o farei. Quero dizer que rezar em condições normais e naquela situação são coisas diferentes. Foi o suficiente ter ouvido a palavra "patriarca". Não vou lhe dizer em que contexto gramatical ela foi usada.

– Então a senhora não sabe dizer exatamente o que ouviu?

– Não.

– Então a senhora não ouviu nada!

– Claro que não!

– O senhor está repetindo a mesma pergunta para a vítima – disse a juíza. – Ela já a respondeu. Está vetada.

– A senhora quer dizer que o tribunal não precisa saber o que a vítima ouviu? – perguntou Vôlkova.

– Eu disse: questão vetada! – gritou a juíza.

– Diga-me, então, por qual tipo de sofrimento moral a senhora passou ao escutar a apresentação delas – disse Feiguin.

– Questão vetada! – gritou a juíza novamente. – Já foi respondida pela vítima. O senhor devia ter prestado atenção.

– Eu não recebi uma resposta.

– Mas todos os demais receberam – disse a juíza.

– Está bem. Quem disse à senhora que as jovens que viu na Catedral do Cristo Salvador e as mulheres que a senhora viu no vídeo são as mesmas pessoas? Elas estavam usando balaclavas.

– Eu sei somar dois mais dois – disse Sokologorskaia. – Não sou a pessoa mais idiota da face da terra.

– A senhora disse que as acusadas realizaram movimentos com o corpo, que a senhora definiu como "estertores demoníacos". Pode explicar o que são estertores demoníacos?

– Pergunta vetada.

– Por quê? – Vôlkova se levantou novamente. – A corte está cerceando nossos direitos?

– Ninguém está cerceando nada – disse a juíza.

– A declaração da vítima é parte dos autos – insistiu Vôlkova. – Gostaríamos de saber o que são "estertores demoníacos". Como a vítima sabe de que maneira o demônio se sacode? Ela já o viu?

– Exijo respeito pela vítima – disse a juíza. – A senhora está sendo repreendida.

– Gostaríamos de saber por que a corte está vetando nossas questões. Com base em quê?

– Prossiga com o interrogatório – ordenou a juíza.

Os advogados não tinham mais perguntas. As acusadas entraram em ação.

– Nós estamos sendo acusadas de expressar publicamen-

[ORAÇÃO E RESPOSTA]

te ódio e inimizade aos fiéis ortodoxos – disse Maria. – Quero entender a diferença entre um insulto pessoal e expressão pública de ódio por fiéis da igreja.

– Eu disse que o que aconteceu na Catedral do Cristo Salvador foi um insulto pessoal para todos que foram lá em profundo sofrimento – respondeu Sokologorskaia. – Seu comportamento mostrou que vocês só querem publicidade.

– Você acredita que um insulto pessoal desse tipo é um crime que deve ser punido por lei? – perguntou Kat.

– Pergunta vetada – disse a juíza.

– Minhas roupas eram inapropriadas para uma igreja? – perguntou Kat.

– Você usava o vestido mais longo e seus ombros estavam cobertos – admitiu Sokologorskaia. – Mas usava listras e uma máscara de cores berrantes.

– Estou ciente de que as regras internas da catedral determinam que as mulheres cubram a cabeça – disse Vôlkova –, mas não sei se proíbem máscaras. Existe essa proibição?

– Pergunta vetada – disse a juíza, visivelmente zangada. – Parem com essa zombaria!

– Que zombaria? Eu insisto em que, se essas coisas são parte das acusações, então precisamos conhecer as regras que as proíbem.

– Prossiga com o interrogatório.

Kat voltou a se levantar.

– Eu gostaria de saber o que a senhora me ouviu dizer na ocasião, se é que eu disse algo.

– Sua sorte foi ter sido detida pela segurança antes que tivesse tempo de dizer alguma coisa!

– Ah, meu Deus! – disse Nikolai Polozov.

– Então, Samutsiévitch disse alguma coisa ou não? – perguntou Vôlkova.

— No início, todas elas estavam dizendo coisas e depois eu não me lembro — respondeu a vítima.

— Por que razão a senhora acredita que, se eu infringi as regras internas de comportamento da catedral, isso significa que o fiz por ódio e inimizade aos fiéis? — insistiu Kat. — O que a leva a afirmar isso?

— Pergunta vetada! — disse a juíza.

— Ainda assim, eu gostaria de saber o que a senhora me ouviu dizer, se acredita que eu estava expressando ódio pelos fiéis.

— Você está me forçando a dizer palavrões e xingamentos. Não vou fazer isso.

— A lei não permite que sejam ditos no tribunal — acrescentou a juíza.

— Mas palavras impublicáveis e "palavrões" são duas coisas diferentes — disse Vôlkova. — Se não sabemos o que ela disse, não podemos afirmar que as acusações são justificadas.

— A vítima já nos informou de que suas convicções religiosas a impedem de dizer essas palavras — falou a juíza. — Ela tem esse direito. Eu vetei a pergunta. Continue o interrogatório.

— Não farei mais perguntas até obter as respostas para as que já fiz — disse Kat.

— As acusadas são as únicas que não têm permissão para estar na catedral vestidas daquela maneira? — perguntou Vôlkova. — Considerando-se as partes do corpo que as mulheres costumam cobrir, estavam cobertas. E o comprimento dos vestidos estava abaixo do joelho.

— Mas foi por isso que elas tentaram levantar as pernas o mais alto possível, porque suas saias não eram curtas o bastante. Além disso, eu gostaria de ressaltar que o comprimento do vestido não é o único critério de adequação.

— As saias não eram curtas o bastante? — repetiu Vôlkova.

[ORAÇÃO E RESPOSTA]

– Com o devido respeito à corte, eu estudei lógica na faculdade, e as respostas que estamos recebendo hoje me parecem inteiramente desconectadas das perguntas. Quero conhecer todos os critérios de adequação e também gostaria de entender se outras mulheres, mulheres que não estão sendo julgadas hoje, têm permissão de entrar na Catedral do Cristo Salvador usando vestidos de cores vivas. Estou usando um vestido neste momento, e é florido. Eu poderia entrar na igreja vestida assim?

– Agora que você mencionou, seu vestido também é daquela mesma cor.

O vestido de Vôlkova era marrom: aquela troca de perguntas e respostas já tinha ultrapassado os limites do absurdo.

– Estamos pedindo que a senhora defina os critérios de adequação do vestuário – disse Polozov.

– Quero que discorra sobre o comprimento de cada um dos vestidos – disse Vôlkova. – A senhora não está respondendo nossas perguntas.

– A adequação dos trajes é determinada por um conjunto de critérios, incluindo o comprimento e a extensão do corpo que fica exposta. Percebi que o vestido de Aliôkhina também era um pouco longo, e deve ser por isso que ela tentava levantar as pernas tão alto.

– Mais alguma pergunta? – fez a juíza.

A defesa conferenciou por um minuto.

– Não temos mais perguntas – disse Feiguin –, porque nossas clientes precisam de uma pausa.

– Elas estão sem comida e água desde as cinco da manhã – acrescentou Vôlkova.

– De acordo com as leis internacionais, isso constitui tortura – disse Polozov.

Os jornalistas presentes puseram-se a escrever furiosamente: fora o primeiro comentário da defesa digno de citação durante toda a tarde. A juíza pediu uma pausa.

O JULGAMENTO

========

Chamar de "tortura" não era exagero. Elas já estavam de pé às cinco da manhã; nos dias de audiência, as detentas tinham de estar vestidas e prontas antes do café da manhã, pois a ordem para que se apresentassem na entrada poderia vir a qualquer momento.

Em certos dias, o chamado vinha antes do café da manhã, e isso significava que não comeriam nada. Uma vez fora do prédio, elas eram colocadas em um transporte de prisioneiros equipado com o que chamavam de "vitrines", cabines verticais com cerca de um metro quadrado de área e 1,60 metro de altura (ou seja, altas o bastante para Kat e Maria, mas não para que Nádia pudesse ficar em pé sem se curvar) e que serviam para isolá-las umas das outras. Havia assentos desconfortáveis nas vitrines. Nádia, Maria e Kat levavam comida consigo, se aquilo podia ser chamado assim. Era uma caixa de plástico que continha diversas embalagens de sopa, saquinhos de chá, bolachas salgadas e vários copinhos de plástico. Durante as pausas, elas podiam pedir água quente para os guardas de segurança. E o fizeram, tomaram a sopa, mas esta era absurdamente salgada, e elas pensaram em pedir água, mas, levando-se em conta que os agentes penitenciários nem sempre atendiam seus pedidos para usar o banheiro, acharam melhor não beber nada. Por isso, no período da tarde, estavam desidratadas e ainda com fome.

O aquário era uma baia mal ventilada que havia sido criada como retaliação depois que os advogados de Khodorkóvski obtiveram uma decisão do Tribunal Europeu de Direitos Humanos que considerava desumano manter os réus em gaiolas de aço dentro das salas de audiência. No segundo julgamento, Khodorkóvski e seu corréu receberam um cubo de acrílico novinho e sem ventilação. Era a mesma cabine em que Pussy Riot estava. Parecia um pesadelo a envolvê-las: ora a imagem era clara, ora era obscurecida pelas paredes embaçadas do aquário, o ar pesado em seu interior, o torpor da fome e da falta de sono, e a sensação generalizada de que nada daquilo era real.

A juíza recusou o pedido de intervalo.

– Ficaremos aqui até de manhã se for preciso – declarou ela, e chamou Denis Istomin para depor.

Ele era um rapaz bonito, alto, loiro, com o corpo em forma. Um ativista do movimento nacionalista da ortodoxia russa que havia testemunhado, dois anos antes, no julgamento de um curador acusado de organizar uma mostra que ofendia os fiéis. Istomin vira Nádia protestar durante aquele julgamento, e seu testemunho havia sido fundamental para a detenção das mulheres. Agora ele dizia que o que vira em 21 de fevereiro o havia magoado de tal maneira que ele chegara a chorar. Disse que tinha ido à catedral naquela manhã para comprar um anel na loja de presentes, mas, presenciando o tumulto, ajudara a retirar Maria da igreja.

– Você disse que ficou em estado de choque por causa de nossa performance. Diga-me, o que você fez depois que me entregou para a polícia? – disse Maria, provavelmente se referindo à segurança.

– Voltei para dentro da catedral. Eu queria ir embora, porque havia feito uma boa ação, ajudara a limpar a catedral, por isso podia ir embora, mas uma força me puxou de volta. Daí entrei e me dirigi à loja.

– Você estava em estado de choque e foi para a loja. Entendo, obrigada. Mais uma pergunta. Você ouviu falar que hoje, depois do almoço, eu pedi desculpas por nossa transgressão ética?

– Sim, eu ouvi – suspirou Istomin. – Mas todas as coisas devem ser feitas em seu devido tempo. Como Stanislavski costumava dizer, não acredito em você. Não acredito que tenha se arrependido.

— Vamos discutir os pedidos de desculpas mais tarde – disse a juíza. – Talvez elas encontrem uma maneira mais contrita de se desculpar.

Depois que Istomin afirmou que considerava as palavras "merda santa" ofensivas e sacrílegas, Vôlkova perguntou a ele o que mais havia lhe dado a mesma impressão.

— A frase "Mãe de Deus, vire feminista". Acredito que seja uma calúnia inaceitável.

— Caluniar Jesus Cristo?

— Caluniar Jesus Cristo.

Passava das oito da noite quando Istomin terminou de testemunhar. A juíza pediu um intervalo de dez minutos, o suficiente para ir ao banheiro, mas não para comer alguma coisa.

ÀS OITO E MEIA, A juíza estava lívida.

— Eu especifiquei que era um intervalo de dez minutos! Dez minutos! Por que todos estão aqui, exceto os advogados de defesa? Do que eles precisam, de um convite especial?

— Meritíssima, esse tipo de mau comportamento se chama desacato ao tribunal – sugeriu o prestativo promotor.

— Não venha me falar de mau comportamento – disse Vôlkova, a única advogada de defesa no recinto. – Estamos vendo quem é mal comportado aqui.

— Onde estão seus colegas? – a juíza exigiu saber.

— E estamos de volta ao palco de nossa desgraça – disse Polozov a Feiguin quando os dois entraram na sala.

— Estou repreendendo a defesa – disse a juíza. – Quem vocês vão interrogar agora?

— Não vamos interrogar ninguém – respondeu Vôlkova. – Exigimos que a juíza se declare impedida. Ela é claramente parcial contra as acusadas.

[ORAÇÃO E RESPOSTA]

Uma hora mais tarde, depois de todos opinarem sobre a requisição de Vôlkova, a juíza se recusou a se declarar impedida e chamou a próxima vítima, Vassíli Tsiganiuk, um coroinha. Ele vestia uma camiseta preta estampada com um grande logotipo da Dolce & Gabbana. Também testemunhou que ficara profundamente magoado por causa da performance e que não ouvira declaração política alguma, somente frases sacrílegas e odiosas. Seu depoimento acabou às dez horas, horário depois do qual a lei russa proíbe a realização de audiências no tribunal.

Com a espera nas salas isoladas do subsolo, as revistas de praxe e as rotas tortuosas que o transporte de prisioneiros sempre parecia fazer, Nádia, Maria e Kat estariam de volta em suas celas às duas da manhã. Três horas depois, elas precisariam estar prontas para começar um novo dia de julgamento.

Todos os dias seriam semelhantes ao primeiro. Intermináveis. Os advogados passavam das declarações desastrosas aos discursos enfadonhos, e não havia oportunidade de discutir, muito menos de mudar a estratégia de defesa. Feiguin, Polozov e Vôlkova decidiram que iriam concentrar seus esforços apenas em chamar a atenção para os ultrajes cometidos no julgamento e não falariam à corte nos termos do tribunal. Na verdade, algumas vezes iriam agir de maneira a exacerbar a farsa para torná-la ainda mais evidente. Meses mais tarde, depois que as coisas já haviam dado errado, muito errado, eles ainda acreditariam que haviam escolhido o caminho certo: afinal, não havia como travar batalha com uma juíza que estava claramente deliciada em conduzir uma caça às bruxas. Os advogados acreditavam que suas declarações públicas, as intermináveis mensagens no Twitter e o incansável trabalho junto aos meios de comunicação haviam mobilizado um apoio sem precedentes às mulheres que estavam sendo julgadas, e isso, por sua vez, era a melhor chance que elas tinham de serem libertadas.

— Mas o que fez vocês acreditarem que as autoridades russas ouviriam essas pessoas? — perguntei a eles tempos depois. — Vocês os viram mandar Khodorkóvski para a cadeia por dez anos, embora tenha havido uma grande campanha internacional a apoiá-lo.

— Era diferente neste caso — disse Polozov. — Eram as mesmas pessoas que eles convidavam para cantar em suas festas!

Não era um argumento inteiramente ilógico. A elite russa, pelo menos, escutava o que aquelas pessoas cantavam.

A banda Faith No More havia convidado integrantes do Pussy Riot para se juntarem a eles no palco durante um show em Moscou, em julho: cinco mulheres usando balaclavas o fizeram, acenderam velas faiscantes e gritaram: "Pútin mijou nas calças". O Red Hot Chili Peppers se pronunciou quando esteve na cidade três semanas mais tarde. Franz Ferdinand e Sting emitiram declarações de apoio. E então foi a vez de Radiohead, Paul McCartney, Bruce Springsteen, U2, Arcade Fire, Portishead, Björk e centenas de outros. Nunca antes a indústria da música mundial se mobilizara naquela escala e com tamanha rapidez para apoiar colegas, especialmente colegas que não eram, de fato, músicos no sentido tradicional.

A corte da juíza Sirova seguia adiante como um trator. Uma pequena multidão continuava a vigília em frente ao tribunal. Um homem de meia-idade, usando óculos, ficava na entrada com uma faixa que dizia: MERITÍSSIMA, CADÊ O SEU MÉRITO?. Sempre que Nádia, Maria e Kat eram levadas ao tribunal, a multidão dava um jeito de mostrar que estava ali. Quando as vítimas entravam e saíam do prédio, a multidão gritava: "Vergonha!". Algumas delas respondiam fazendo o sinal da cruz na direção do povo.

No segundo dia, o coroinha Tsiganiuk testemunhou que as integrantes de Pussy Riot se comportaram como se estivessem possuídas.

[ORAÇÃO E RESPOSTA]

– Os possuídos podem se comportar de diversas formas – explicou ele. – Podem gritar, debater-se no chão e, algumas vezes, pular.

– Eles dançam? – perguntou Polozov.

– Bem, não.

– Já chega dessa conversa sobre possuídos – disse a juíza. – Tsiganiuk não é médico, portanto não está qualificado a fazer diagnósticos.

O segurança Serguei Beloglázov testemunhou ter ficado tão traumatizado com a performance que não foi capaz de trabalhar nos últimos dois meses (quase seis meses já haviam se passado desde a ação na catedral).

– Mas, no que me diz respeito, eu as perdoo – disse ele. – Não guardo rancor. Mas, quanto a Deus, ao santuário e aos outros fiéis, não está em minhas mãos decidir: fica a cargo da vontade de Deus e da decisão do tribunal.

A corte conseguiu encaixar todas as vítimas nos primeiros dois dias de audiência. O segundo dia até terminou às nove da noite, o que significava que Nádia, Maria e Kat estariam em suas celas até a meia-noite.

O terceiro dia começou com uma ambulância. A audiência estava marcada para começar à uma da tarde, mas Nádia, Maria e Kat foram instaladas nas salas do subsolo pela manhã; os transportes da prisão funcionavam um pouco como pequenos ônibus, entregando os presos de diversas cadeias em diferentes tribunais pela manhã e levando-os de volta à noite. Por volta do meio-dia, todas as três estavam perto de desmaiar. Para Nádia, já era o terceiro dia de dores de cabeça debilitantes. Maria, abaixo do peso, estava simplesmente esgotada, assim como Kat. Elas exigiram a visita de um médico diversas vezes, até que uma ambulância finalmente foi chamada. Os médicos as examinaram e disseram que elas estavam aptas a participar do julgamento. Duas horas mais tarde, Nádia pediu um adiamento porque se sentia muito mal para continuar. A juíza bateu seu martelo furiosamente e disse que os médicos da ambulância haviam liberado as três para o julgamento. A sala do tribunal estava tão quente e abafada naquele dia que, em determinado momento, Vôlkova saiu para tomar ar. No final da tarde, ambulâncias foram chamadas novamente, dessa vez para Vôlkova e as três acusadas. Antes disso, diversas testemunhas da promotoria disseram ter visto as acusadas pularem, se sacudirem e insultarem a fé ortodoxa.

No quarto dia, houve uma ameaça de bomba. O prédio foi evacuado enquanto o esquadrão antibombas vasculhava o local, mas Nádia, Maria e Kat passaram todo esse tempo nas salas de isolamento do subsolo. Depois de constatado que não havia bomba, o tribunal ouviu a responsável pela limpeza da catedral, que testemunhou que Pussy Riot dançara ao som de uma música que não era "clássica nem ortodoxa". Pressionada pela defesa, ela admitiu que limpava a *soleas* apesar de ser mulher. O promotor segurou a cabeça com as mãos. A juíza ordenou que os guardas de segurança retirassem do recinto todos os que rissem.

Como sua última testemunha, o promotor chamou Stanislav Samutsiévitch.

– Eu me recuso a responder perguntas sobre minha filha – disse ele imediatamente, mas a juíza não permitiu que ele deixasse o banco das testemunhas.

O promotor o assediou.

– Ela frequentou a Escola Ródtchenko? Ela conheceu artistas contemporâneos lá? Ela compartilhava de suas opiniões? Tolokônnikova a envolveu com diversos grupos?

Stanislav parecia aflito e se recusou a responder. O promotor leu em voz alta o testemunho que Stanislav dera em março:

— "Tolokônnikova a envolveu com o movimento feminista. Eu disse a Kátia que as mulheres já tinham todos os direitos, mas ela não me ouvia [...]. Eu proibi a presença de Tolokônnikova em nossa casa. Acredito que seja culpa de Tolokônnikova o fato de Kátia ter participado da ação na Catedral do Cristo Salvador [...]. Às vezes me parecia que ela estava enfeitiçada. Ela não queria ouvir argumentos lógicos, vivia em um mundo inventado. Mas tenho certeza de que minha filha não usou drogas nem álcool: ela estava sob a influência de Tolokônnikova".

— Eu estava aborrecido — disse Stanislav. — Eu queria ajudar minha filha... Eu disse muitas coisas que não são verdadeiras. Por favor, não levem meu testemunho em consideração.

Naquela noite, a juíza leu em voz alta as conclusões do comitê de psiquiatras e psicólogos que haviam examinado as acusadas. Elas foram consideradas sãs e aptas para o julgamento, mas, ainda assim, cada uma fora diagnosticada com um transtorno de personalidade. Maria, eles disseram, sofria de desgaste emocional causado por seu desejo de protestar. Nádia e Kat foram ambas classificadas como portadoras de algo chamado "transtorno misto de personalidade". Os sintomas de Nádia eram sua "posição ativa na vida" e "ambição elevada", enquanto Kat apresentava uma "insistência anormal em seu próprio ponto de vista".

Elas deixaram o tribunal às dez horas.

O presidente Pútin passou aquele dia na cidade de Londres, em reunião com o primeiro-ministro britânico, e confrontou perguntas, protestos e cartas de apoio a Pussy Riot em todos os lugares onde esteve. Finalmente, ele fez uma declaração:

— Se essas garotas tivessem profanado algo em Israel, elas teriam de lidar com os brutamontes de lá — disse ele melancolicamente. — Elas não teriam saído de lá vivas. Ou, se tivessem ido para o Cáucaso, tão perto de nosso país natal, não teríamos tido tempo sequer de prendê-las. Mas ainda acho que elas não devem ser julgadas muito severamente. Espero que elas tirem suas próprias conclusões.

Os mais otimistas entre os ouvintes de Pútin concluíram que Pussy Riot teria a pena suspensa; para os mais realistas, isso significava que elas pegariam menos do que a possível pena máxima de sete anos.

———

No quinto dia, o promotor começou a abrir as caixas de provas. Tirou de lá um vestido amarelo e uma balaclava azul e, em seguida, uma preta. Para mostrar ao tribunal que as máscaras tinham aberturas, ele enfiou uma delas em sua mão coberta com uma luva de borracha. Um jornalista foi retirado da sala por sorrir.

Naquela tarde, três homens usando balaclavas apareceram no telhado de uma loja do outro lado da rua, que ficava à mesma altura da janela da sala do tribunal. Eles gritavam: "Libertem Pussy Riot!". Três policiais subiram lá, mas o telhado era muito pequeno para que se arriscassem na tentativa de fazer os homens descerem. Enquanto os policiais se amontoavam em uma ponta do telhado tentando descobrir o que fazer, os mascarados começaram a cantar: "Mãe de Deus, livre-nos de Pútin". Todos os presentes na sala do tribunal ficaram paralisados olhando para aquela cena.

— Se quiserem olhar, saiam da sala — vociferou um agente penitenciário.

Mas Nádia, Maria e Kat se esticaram para ver melhor: ninguém iria chutá-las para fora da sala por xeretar. E também estavam sorrindo.

Uma hora e meia mais tarde, um guindaste finalmente conseguiu descer os homens.

[ORAÇÃO E RESPOSTA]

Naquele dia, a defesa chamou os professores de Maria e Kat para testemunharem sobre o caráter delas. Ambos disseram que eram jovens maravilhosas que não alimentavam qualquer ódio à religião ortodoxa russa. A defesa chamou Ôlia Vinográdova ao banco das testemunhas.

– Frequentávamos a mesma escola – afirmou Ôlia. – Estamos juntas há três anos. – Ela sorriu para a amiga que estava atrás do acrílico.

– Deixe para rir quando estiver fora daqui! – gritou a juíza. – Não estamos em um circo nem no cinema.

– Não pressione a testemunha – disse Vôlkova.

– Estou lhe dando uma reprimenda – disse a juíza.

– Também quero uma! – falou Feiguin.

– Reprimendas para todos os advogados de defesa – ordenou a juíza. – Que constem dos autos.

Maria pediu à amiga que descrevesse suas opiniões políticas:

– Qual é minha postura em relação ao regime de Pútin?

– Pergunta vetada – disse a juíza.

– Por quê? – perguntou Maria.

– Estamos analisando o seu caráter.

– E o meu caráter não pode ter uma postura em relação a Pútin?

– Pode, mas... – respondeu a juíza, deixando a coisa por dizer.

– Eu fiz alguma declaração sobre qualquer figura política e, caso tenha feito, o que foi que eu disse?

– Agora, sim – disse a juíza.

– Acredito que você tenha feito declarações bem negativas a respeito de Vladímir Vladímirovitch Pútin – respondeu Ôlia.

Esse foi o único ponto do julgamento em que a defesa conseguiu, por um momento, chamar a atenção para a natureza política de Pussy Riot, se não para a natureza política da ação propriamente dita. O resto do tempo, a corte escondeu o conteúdo da música, como se Pussy Riot tivesse realmente profanado a catedral pedindo à Virgem Maria para se tornar feminista. Aqueles que conheciam o grupo apenas do julgamento ou da televisão estatal podiam ser perdoados por não saberem que aquela havia sido uma ação contra Vladímir Pútin: o tribunal conseguiu até mesmo reproduzir a gravação de tal maneira que o refrão fosse pulado todas as vezes, como se não tivessem pedido à Mãe de Deus para livrarem-nas do presidente.

Elas deixaram a sala do tribunal depois das dez horas naquela noite.

O sábado e o domingo na detenção provisória foram quase como tirar férias. A rotina foi retomada na segunda-feira, o sexto dia de julgamento: de pé às cinco horas, no tribunal às dez da manhã, saída às dez da noite, de volta às celas às duas da manhã. Na manhã de segunda, Vôlkova tentou envolver o tribunal em uma discussão sobre o termo ombro. O promotor alegou que os ombros das integrantes de Pussy Riot haviam sido expostos, mas isso só valeria no caso dos ombros no sentido anatômico, ou seja, a parte de cima do braço, e não os ombros no sentido literal, ou seja, a articulação do *ombro*, anatomicamente falando.

— Se olhar para mim, meritíssima, irei lhe mostrar o que quero dizer.

— Não vou olhar para você! — gritou a juíza, que perderia a compostura repetidas vezes naquele dia. Parecia que, enquanto as acusadas recuperavam o fôlego, os nervos da juíza estavam em frangalhos, desgastados pelo regime intensivo de audiências.

A defesa continuou a apresentar requerimentos para convocar testemunhas, e a juíza continuou a indeferi-los. Por volta das oito da noite, quando mais um requerimento entrou em discussão, Maria atacou a juíza:

[ORAÇÃO E RESPOSTA]

– Parece-me que a senhora está se esquecendo de que isso nos diz respeito pessoalmente. Fomos trazidas para cá à força. E eu tenho apenas um desejo: quero descansar e quero ter uma reunião particular com meu advogado, e tenho tentado repetidamente pedir isso há uma semana e meia. Eu não consigo me concentrar, a fim de escrever minha declaração de encerramento. Tenho de escrever meu testemunho durante a noite. Quero chamar a atenção para isso!

– Você terminou? – perguntou a juíza.

– Não! Também quero acrescentar que as coisas que o promotor diz me fazem suspeitar que ele seja um agitador. E não posso sequer responder a ele, porque não tenho esse direito.

– Você quer falar a respeito disso? – perguntou a juíza.

– Sim! – disse Maria. – É doloroso não poder falar coisa alguma!

A juíza afirmou que era a vez de Kat falar.

―――

No sétimo dia, o promotor fez seu pronunciamento final.

– A alegação das acusadas de que sua ação teve motivação política é falaciosa. O nome de nenhum político foi pronunciado na catedral. Uma análise da canção mostrou que a frase "Mãe de Deus, livre-nos de Pútin!" foi acrescentada de maneira artificial e que o verdadeiro objetivo da letra foi o de ferir a sensibilidade dos fiéis ortodoxos. O sobrenome de Pútin foi incluído com o único propósito de criar um pretexto para divulgar a ação como um protesto contra as autoridades.

Ele pediu três anos de prisão para cada uma delas.

– Sinto uma vergonha inacreditável ao ouvir o discurso do promotor – disse Vôlkova em seu próprio pronunciamento. – É como se não estivéssemos na Rússia do século XXI, mas do outro lado do espelho. É como se tudo isso fosse desmoronar e as três garotas presas voltassem para casa. Em qual código legal o promotor encontrou termos como "blasfêmia", "sacrilégio" e "pernas levantadas de maneira vulgar"? [...] As garotas já estão na prisão há meses. Não têm visto suas famílias, seus filhos, não têm visto a luz do dia e têm sido torturadas. E do que elas são acusadas? De estar no lugar errado, rezar da maneira errada, de fazer o sinal da cruz muito rápido e na direção errada, de terem mostrado o traseiro para o santo cravo... E de terem arruinado a fundação das fundações!

– Pediram a elas não somente para se desculparem, porque isso elas fizeram – disse Feiguin. – Mandaram-lhes lamber as botas da juíza, humilhar-se, chorar, dar ao Estado a oportunidade de fazê-las em pedaços. Nada mudou desde o período soviético: o réu só pode esperar perdão e humanidade depois de ser completamente destruído.

Polozov explicou a constituição russa para o tribunal, listando os artigos que foram violados durante o julgamento, a começar pelo Artigo 13 – que garante a diversidade ideológica e proíbe uma ideologia única, imposta pelo Estado – e finalizando com o Artigo 123, que garante tratamento igual para ambos os lados em uma audiência.

Naquela noite, Madonna se apresentou em Moscou. Em determinado momento, ela se virou de costas para o público e tirou a jaqueta, mostrando a palavra pussy escrita sobre o elástico preto do sutiã e a palavra riot embaixo dele. Em seguida, ela vestiu uma balaclava. Piêtia e Tássia tinham assentos VIP no show. Tássia estava filmando.

– Imagine se elas realmente pegarem cadeia depois disto – disse Piêtia. – Imagine só!

Os dois riram tanto que a câmera balançou.

[ORAÇÃO E RESPOSTA]

Elas conversaram sobre seus pronunciamentos finais. Melhor, Nádia e Maria conversaram... e escreveram. A primeira passara várias de suas noites curtas escrevendo. Ela mostrou a Maria cadernos inteiros que havia enchido de teses e passagens que copiara do Novo Testamento. Maria escrevia logo depois de voltar do tribunal, mas ainda tentava dormir um pouco. Perguntou a Kat se ela havia escrito muita coisa, e esta respondeu:

– Não, apenas algumas palavras.

Ela dissera a si mesma que não iria se matar para preparar seu pronunciamento final. Ela o escreveria à noite, se sentisse vontade e até que o sono a dominasse, ou pela manhã, durante aquele período incerto entre ser retirada da cela e pouco antes de ser colocada no transporte.

Uma vez, Kat ouviu Nádia ensaiar seu discurso. Ela considerou aquilo estranho e um pouco irritante: reagir àquele ritual fraudulento e vazio com tanta veemência não iria apenas validá-lo? Travar um debate religioso não iria legitimar a ideia de que essas questões poderiam ser levadas ao tribunal? Mas Nádia estava determinada a conseguir uma coisa que antes ela nunca havia se esforçado para obter: queria desesperadamente ser compreendida.

No oitavo dia, Nádia foi a primeira a fazer seu pronunciamento[12]. Ela vestia uma camiseta azul estampada com um punho amarelo e as palavras NO PASARÁN.

---

12 Ao contrário de algumas versões dos pronunciamentos finais de Pussy Riot, estes são os discursos feitos durante o julgamento, da maneira como foram pronunciados, e não escritos. Eu os traduzi diretamente das transcrições elaboradas por Ielena Kostiutchenko para o jornal Novaia Gazeta. Mantive intencionalmente as ocasionais repetições, sentenças incompletas e afirmações ambíguas ou factualmente incorretas (por exemplo, Pútin não realiza reuniões internacionais todo dia nem mesmo toda semana). São os pronunciamentos tais quais Kat, Maria e Nádia os fizeram, sem dormir, esgotadas e quase completamente privadas da contribuição intelectual ou editorial umas das outras.

No cenário geral, não são as três cantoras de Pussy Riot que estão sendo julgadas aqui. Se fosse, o que acontece aqui não teria consequência alguma. Mas é todo o sistema estatal russo que está em julgamento, um sistema que, em prejuízo próprio, se deleita imensamente em citar sua própria crueldade contra o ser humano, sua indiferença à honra e integridade da pessoa: tudo de ruim que já aconteceu na história da Rússia. O processo de imitar a justiça está começando a se assemelhar muito com as *troikas* stalinistas, lamento muito dizer. Vemos o mesmo aqui: o investigador, o juiz e o promotor compõem o tribunal. E ainda por cima e sobretudo, ergue-se a exigência política da repressão que determina as palavras e ações de todos os três.

Quem é responsável pela ação na Catedral do Cristo Salvador ter ocorrido e pelo fato de este julgamento ter se seguido aos shows? É o sistema político autoritário. Pussy Riot faz arte de oposição. Em outras palavras, é política utilizando formas criadas por artistas. Em todo caso, ela é uma atividade civil que ocorre em condições de repressão dos direitos humanos básicos e da liberdade civil e política por um sistema corporativo de poder estatal. Muitas pessoas esfoladas pela destruição sistemática das liberdades desde o início dos anos 2000 estão começando a se rebelar. Buscávamos sinceridade e simplicidade genuínas e as encontramos na estética da loucura sagrada da performance punk. Paixão, franqueza e ingenuidade existem em um nível mais elevado do que o da hipocrisia, mentira e falsa compaixão usadas para mascarar crimes. Funcionários de alto escalão do Estado vão à igreja com a expressão facial certa, mas mentem e, com isso, pecam mais do que nós fizemos.

Fizemos nossas performances punk políticas, porque o sistema estatal russo é tão rígido, tão fechado, tão baseado em castas, e sua política é tão subserviente a interesses corporativos tacanhos que dói respirar o ar deste país. Não podemos suportar isso de maneira alguma, o que nos força a agir e a viver politicamente. O uso de força e coerção para controlar os processos sociais. Uma situação em que as principais instituições políticas, as estruturas disciplinares – as forças uniformizadas, o exército, a polícia, a polícia secreta e as formas correspondentes de assegurar estabilidade política: prisões, detenções preventivas, as ferramentas para exercer um controle rígido sobre o comportamento dos cidadãos.

Também não podemos suportar a passividade civil forçada da maior parte da população, assim como o domínio total do poder executivo sobre o legislativo e o judiciário.

Além disso, ficamos sinceramente irritadas com algo que se baseia no medo e num nível escandalosamente baixo de cultura política, que é mantido de maneira intencional pelo sistema estatal e seus colaboradores. Vejam o que o patriarca Kirill disse: "A ortodoxia russa não vai a manifestações". Estamos irritadas com a fraqueza absurda das relações horizontais na sociedade.

Opomo-nos à manipulação da opinião pública, realizada com facilidade, porque o Estado controla a maioria dos meios de comunicação. Um bom exemplo é a campanha descarada contra Pussy Riot, baseada na perversão dos fatos, empreendida pela grande mídia, com exceção dos poucos meios que conseguiram manter sua independência neste sistema político.

Entretanto, estou afirmando que esta é uma situação autoritária: este sistema político é autoritário. No entanto, estou observando uma espécie de colapso desse sistema no que se refere às três participantes de Pussy Riot. Porque o resultado que o sistema esperava não veio a acontecer, infelizmente para o sistema. A Rússia não nos condenou. A cada dia, mais e mais pessoas começam a acreditar em nós, a depositar sua fé em nós e a pensar que devíamos estar soltas, e não atrás das grades. Vejo isso nas pessoas que encontro. Encontro pessoas que representam o sistema, que trabalham para ele. Vejo pessoas que estão cumprindo pena. E, a cada dia que passa, há mais delas que nos desejam sorte e liberdade e dizem que nosso ato político foi justificado. Elas dizem: "No início, tínhamos dúvidas se vocês deveriam ter feito o que fizeram". Mas, a cada dia que passa, há mais e mais pessoas que nos dizem: "O tempo mostrou que seu ato político estava certo. Vocês expuseram as feridas deste sistema político. Atingiram o ninho da serpente que agora se volta para atacá-las". Essas pessoas estão tentando fazer o que podem para tornar nossas vidas mais fáceis, e somos muito gratas por isso. Somos gratas às pessoas que estão falando em nossa defesa do outro lado da cerca. Há um número enorme delas. Sei disso. Sei que neste momento um grande número de fiéis ortodoxos está falando a nosso favor, inclusive rezando por nós, rezando pelas integrantes de Pussy Riot que estão atrás das grades. Vimos o livrinho que esses ortodoxos estão distribuindo, um pequeno livro que contém uma prece para aquelas que estão presas. Esse exemplo é suficiente para mostrar que não há um grupo unificado de fiéis ortodoxos, como o promotor está tentando mostrar. Isso não existe. E mais e mais fiéis agora estão se colocando do lado de Pussy Riot. Eles acreditam que o que fizemos não devia ter-nos levado a passar cinco meses na detenção provisória e certamente não devia nos manter presas durante três anos, como quer o sr. Promotor.

A cada dia que passa, as pessoas entendem mais e mais claramente que, se o sistema político volta todo seu poder contra três garotas que passaram meros trinta segundos se apresentando na Catedral do Cristo Salvador, isso significa apenas que esse sistema político tem medo da verdade, tem medo da sinceridade e da franqueza que trazemos. Nós não mentimos sequer por um segundo, não mentimos em momento algum durante este julgamento. Enquanto o lado oposto mente excessivamente, e o povo percebe isso. O povo percebe a verdade. A verdade tem realmente uma vantagem existencial e ontológica sobre a mentira. A Bíblia aborda isso. No Antigo Testamento, por exemplo,

[ORAÇÃO E RESPOSTA]

o caminho da verdade sempre triunfa sobre o da mentira. E, a cada dia que passa, o caminho da verdade triunfa mais e mais, apesar do fato de estarmos atrás das grades e de provavelmente ficarmos aqui por um longo tempo ainda.

Madonna fez um show ontem, e ela se apresentou com as palavras PUSSY RIOT escritas em suas costas. Mais e mais pessoas estão se dando conta de que estamos sendo mantidas aqui ilegalmente e com base em acusações completamente falsas. Estou impressionada com isso. Estou impressionada com o fato de a verdade estar realmente triunfando sobre a mentira, mesmo que fisicamente estejamos aqui. Somos mais livres do que as pessoas sentadas à nossa frente, no lado dos acusadores, porque podemos dizer o que quisermos e dizemos o que queremos. Enquanto aquelas pessoas [Nádia apontou para o promotor] falam apenas aquilo que a censura política permite. Elas não podem dizer as palavras "'Mãe de Deus, livre-nos de Pútin', uma oração punk", elas não podem pronunciar esses versos da oração punk que têm a ver com o sistema político. Talvez pensem que seria bom nos mandar para a cadeia porque falamos abertamente contra Pútin e seu sistema. Mas elas não podem dizer isso porque foram proibidas. Suas bocas foram costuradas, e aqui elas não passam de fantoches, infelizmente. Espero que elas percebam isso e que acabem escolhendo o caminho da verdade, o caminho da sinceridade e da liberdade, porque ele existe em um nível mais alto do que a rigidez, a falsa compaixão e a hipocrisia.

A rigidez é sempre o oposto da busca pela verdade. E, neste caso, neste tribunal, vemos pessoas que estão tentando encontrar algum tipo de verdade de um lado e, do outro lado, pessoas que querem algemar aqueles que buscam a verdade. Errar é humano: os seres humanos são imperfeitos. Os seres humanos estão sempre se esforçando para alcançar a sabedoria, mas ela sempre se esquiva. Foi exatamente assim que surgiu a filosofia. Por isso, o filósofo é a pessoa que ama a sabedoria e se esforça para atingi-la, mas nunca poderá possuí-la. É exatamente isso que o faz agir e pensar da maneira como o faz. Foi exatamente isso que nos fez entrar na Catedral do Cristo Salvador. E eu acredito que o cristianismo, como o entendo depois de estudar o Antigo Testamento, mas especialmente o Novo Testamento, apoia a busca pela verdade e a superação constante de si mesmo, daquilo que fomos antes. Há uma razão para Cristo andar com as pecadoras. Ele disse: "É preciso ajudar aqueles que cometeram erros, e eu os perdoo". Mas não vejo nada disso em nosso julgamento, que pretende representar o cristianismo. Eu acho que é a promotoria quem está afrontando o cristianismo!

Os advogados das vítimas passaram a renegá-las. É dessa forma que vejo. Há dois dias, o advogado Taratukhin fez um discurso neste tribunal no qual afirmou que as pessoas devem entender que em hipótese alguma o advogado se solidariza com as pessoas que representa. Aparentemente, o advogado não se sente eticamente à vontade ao representar pessoas que querem ver três participantes de Pussy Riot na prisão. Não sei por que elas querem nos ver na prisão, mas é um direito delas. Estou apenas apontando o fato de que o advogado parece sentir vergonha. Ouvir as pessoas gritarem "Vergonha!" e "Carrascos!" para ele acabou tocando seus sentimentos, afinal. Um advogado sempre tem de defender o bem e a verdade, para que triunfem sobre o mal e a mentira. Também me parece que uma força maior pode estar dirigindo os discursos de nossos adversários: os advogados vivem tropeçando nas palavras ou cometendo erros. Vivem nos chamando de "vítimas". Todos eles o fizeram, inclusive a advogada Pavlova, que tem uma visão muito negativa de nós. Mas algum tipo de poder superior a obriga a se referir a nós como "vítimas", e não às pessoas que ela representa. A nós.

Mas eu não queria rotular. Não acredito que qualquer um dos presentes esteja ganhando ou perdendo: não há vítimas nem acusados. Precisamos encontrar, enfim, um ponto de conta-

[ORAÇÃO E RESPOSTA]

to, começar um diálogo e uma busca conjunta pela verdade. Esforçarmo-nos para encontrar a sabedoria juntos, sermos filósofos juntos, em vez de simplesmente estigmatizar e rotular as pessoas. É a última coisa que alguém deveria fazer, e Cristo condenou isso.

Aqui e agora, neste tribunal, estamos sendo profanadas. Quem pensaria que um homem e o sistema estatal que ele controla poderia cometer tantos males absolutos e arbitrários repetidas vezes? Quem poderia supor que a história, incluindo a experiência recente e assustadora do Grande Expurgo stalinista, não nos ensinou nada? Tenho vontade de chorar quando vejo como métodos da inquisição medieval ocupam o centro do palco nos sistemas policiais e judiciários da Federação Russa, de meu país. Mas, desde que fomos presas, perdemos a capacidade de chorar. Voltando ao tempo em que podíamos realizar nossas performances punk, gritávamos o mais alto que podíamos e sabíamos como fazer isso, sobre a ilegalidade do regime. Mas roubaram nossas vozes.

Durante todo este julgamento, eles se recusaram a nos ouvir. Quero dizer, escutar. Escutar significa ouvir e pensar, lutar por sabedoria, ser filósofo. Acredito que toda pessoa devia, em seu coração, lutar por isso, não apenas aquelas que se especializaram em algum tipo de filosofia. Isso não significa nada. A educação formal por si só não significa nada, embora a advogada Pavlova viva tentando nos acusar de termos pouca instrução. Acredito que lutar é o mais importante, lutar por saber e compreender. Isso é algo que a pessoa pode conseguir sozinha, sem a ajuda de uma instituição educacional. Nenhum diploma, por mais avançado que seja, pode assegurar essa qualidade. Um ser humano pode ter muito conhecimento, mas não conseguir ser humano. Pitágoras afirmou que muito conhecimento não produz sabedoria.

Lamento termos de afirmar isso aqui. Servimos meramente

como decoração, objetos inanimados, como corpos entregues na sala de audiências. Quando nossos requerimentos são levados em consideração – e isso só depois de dias de solicitações, argumentos e luta –, são invariavelmente indeferidos. Mas, infelizmente, para nós e para este país, o tribunal ouve o promotor, que deturpa nossas palavras e declarações repetidas vezes, com impunidade, tornando-as sem sentido. O princípio básico da igualdade da justiça é abertamente violado; na verdade, esse parece ser o intuito.

Em 30 de julho, no primeiro dia de julgamento, apresentamos nossa reação às acusações. Nossas palavras foram lidas em voz alta pela advogada Vôlkova, pois a corte não deixaria que falássemos na ocasião. Foi nossa primeira oportunidade de falar depois de cinco meses de cativeiro. Ficamos no cativeiro, ficamos atrás das grades, incapazes de fazer o que quer que seja: não podíamos dar declarações, não podíamos fazer filmes, não tínhamos acesso à internet e não podíamos sequer entregar um pedaço de papel para um de nossos advogados, porque isso não é permitido. Em 30 de julho, falamos pela primeira vez. Pedimos contato e diálogo, em vez de confrontação. Nós estendemos a mão para aqueles que escolheram nos ver como inimigas. Riram de nós, cuspiram na mão que estendemos. Fomos sinceras no que dissemos, como sempre somos. Podemos ser infantilmente ingênuas em insistir em nossa verdade, mas, mesmo assim, não nos arrependemos de nada do que dissemos, nem do que foi dito naquele dia. E, mesmo que falem mal de nós, não faremos o mesmo como resposta. Nossas circunstâncias são desesperadoras, mas não nos desesperamos. Somos perseguidas, mas não fomos abandonadas. Aqueles que se expõem são fáceis de humilhar e destruir, mas "quando sou fraco, então é que sou forte".

[ORAÇÃO E RESPOSTA]

Ouçam-nos. Ouçam-nos, e não a Arkadi Mamontov[13], quando ele fala sobre nós. Não distorçam cada palavra que dizemos, e vamos buscar um diálogo, um ponto de contato com o país, que é o nosso país também, e não apenas o de Pútin e do patriarca. Como Soljenítsin, eu acredito que, no final, palavras quebrarão cimento. Soljenítsin escreveu: "Então a palavra é mais sincera do que o concreto? Então a palavra não é uma insignificância? Que a nobreza possa então começar a crescer, e palavras quebrarão cimento".

Kat, Maria e eu estamos na prisão. Nós estamos em uma gaiola. Mas não acho que fomos derrotadas. Assim como os dissidentes não foram derrotados. Perderam-se em enfermarias psiquiátricas e em prisões, mas foram eles que pronunciaram o veredicto do regime. A arte de criar a imagem de uma era não conhece vencedores e perdedores. Da mesma maneira que os poetas da *oberiu*[14] continuaram artistas, verdadeiramente inexplicáveis e incompreensíveis, mesmo depois de terem sido expurgados em 1937. [O poeta] Aleksandr Vvedenski escreveu: "O inexplicável nos agrada, e o incompreensível é nosso amigo". De acordo com sua certidão de óbito oficial, Vvedenski morreu em 20 de dezembro de 1941. A causa da morte é desconhecida. Ele provavelmente pegou disenteria no transporte da prisão ou pode ter levado uma bala de um dos guardas. Aconteceu em algum lugar da linha ferroviária de Vorónej a Kazan. Pussy Riot são as alunas e discípulas de Vvedenski. Consideramos nosso seu princípio da rima ruim. Ele escreveu: "Acontece que duas possíveis rimas vêm à mente, uma boa e outra ruim. Eu escolho a ruim. Com certeza é a certa".

---

13 Proeminente jornalista de TV que fez três filmes consecutivos sobre as integrantes de Pussy Riot com o objetivo de mostrá-las como hereges e inimigas do Estado russo. Os filmes foram apresentados na televisão estatal em horário nobre.

14 A Associação de Arte Real, um coletivo de artistas, escritores e músicos futuristas nas décadas de 1920 e 1930.

"O incompreensível é nosso amigo." As atividades elevadas e refinadas da *oberiu*, sua procura pelo pensamento no limiar do sentido, em última instância, lhes custou a vida, tomada pelo absurdo e verdadeiramente inexplicável Grande Expurgo. Eles pagaram com suas vidas para mostrar que estavam certos em acreditar que a insensatez e a falta de lógica expressavam melhor sua era. Transformaram arte em história. O preço de fazer parte da construção da história é sempre desproporcionalmente alto para o indivíduo e sua vida. Mas é também o sentido da existência humana. "Ser pobre, mas enriquecer muitos. Não ter nada, mas possuir tudo." Consideram-se mortos os dissidentes da *oberiu*, mas estão vivos. Eles foram punidos, mas não mortos.

Vocês por acaso se lembram por que o jovem Dostoiévski foi sentenciado à morte? Ele era culpado apenas de ter mergulhado na teoria socialista. Um grupo de livres-pensadores que se reuniam no apartamento de Petrachévski às sextas discutia a obra de George Sand. Mais para o final desses encontros de sexta-feira, Dostoiévski recitava as cartas de Belínski[15] a Gógol, cheias, de acordo com a conclusão do tribunal, de – e aqui quero que prestem atenção – "declarações insolentes contra a igreja ortodoxa e o poder executivo". Dostoiévski se preparou para a morte. Ele passou, como escreveria mais tarde, dez "terríveis e infinitamente assustadores" minutos esperando para ser executado. Aí sua sentença foi trocada por quatro anos de trabalhos forçados, seguidos pelo serviço militar.

Sócrates foi acusado de exercer má influência sobre os jovens com suas discussões filosóficas e por não reconhecer os deuses de Atenas. Sócrates atentava bastante para uma voz divina interior e não era, de maneira nenhuma, inimigo dos deuses, como declarou várias vezes. Mas que importância tinha isso, uma vez que ele incomodava os cidadãos influentes de Atenas com seu

---

15 O crítico literário Vissarion Belínski.

pensamento crítico, dialético e imparcial? Sócrates foi condenado à morte. Ele recusou a oferta de seus alunos para ajudá-lo a escapar e bebeu tranquilamente o veneno, a cicuta, e morreu.

E talvez vocês tenham esquecido como Estevão, o discípulo dos apóstolos, terminou sua vida terrena? "Então, eles secretamente subornaram homens para dizer: 'Nós o ouvimos proferir blasfêmias contra Moisés e contra Deus'. E incitaram o povo, os anciãos e os escribas, e foram até ele e o arrastaram para longe e levaram-no até o Conselho. Apresentaram falsas testemunhas que disseram: 'Este homem fala incessantemente contra este local sagrado e a Lei'." Ele foi considerado culpado e apedrejado até a morte.

Também espero que todos se lembrem bem de como os judeus responderam a Cristo: "Não é pelas boas obras que iremos apedrejá-lo, mas por sua blasfêmia". E, finalmente, faria bem termos em mente a seguinte caracterização de Cristo: "Ele está endemoniado e delirante".

Acredito que, se os czares, os anciãos, os presidentes, os primeiros-ministros, o povo e os juízes deste mundo conhecessem bem e entendessem o significado da frase "desejo misericórdia, e não sacrifício", eles não iriam julgar os inocentes. Mas nossos governantes têm pressa em julgar, e não para mostrar misericórdia. Aliás, deveríamos agradecer Dmítri Anatólievitch Medviédev por mais uma de uma série de máximas notáveis. Ele definiu seu mandato de presidente com o slogan "A liberdade é melhor do que a não liberdade". Agora, o terceiro mandato de Pútin talvez seja caracterizado por uma nova máxima: "A cadeia é melhor que o apedrejamento".

Peço que pensem com cuidado a respeito da seguinte ideia. Montaigne a expressou em seus Ensaios no século XVI. Ele escreveu: "É colocando um valor muito alto nas conjecturas de um homem que o queimamos vivo por causa delas". E pessoas de carne e osso devem ser julgadas e mandadas para a prisão com base apenas nas suposições de um promotor que não se fundamentam em fatos? Nunca tivemos, e nem temos agora, sentimentos de ódio ou inimizade religiosa. E por isso nossos acusadores tiveram de encontrar pessoas dispostas a dar falso testemunho. Uma delas, Matilda Ivachtchenko, sentiu vergonha e não apareceu no tribunal. Restaram os falsos testemunhos dos senhores Troitski e Ponkin, bem como o da sra. Abramenkova. Não há nenhuma outra prova de inimizade ou ódio. Se o tribunal fosse honesto e verdadeiro, teria de considerar inadmissível a opinião desses "especialistas", simplesmente porque não se trata de um texto acadêmico objetivo, mas de um pedaço de papel sujo e fraudulento que remonta à Idade Média e à Inquisição. Não há outra prova que, de alguma maneira, aponte uma motivação.

A promotoria se esquiva de citar as letras das canções de Pussy Riot, pois elas apresentariam a prova mais óbvia da falta de motivação. Vou citar algo de que gosto muito. Acho que é muito importante. É uma entrevista que demos à revista semanal Russki Reporter depois da performance na Catedral do Cristo: "Temos respeito pela religião, incluindo a ortodoxa. É precisamente por isso que estamos indignadas com o fato de que a grande e bondosa filosofia cristã venha sendo usada de maneira tão sórdida. Estamos furiosas porque vemos a violação do que hoje há de melhor e mais refinado". Ainda estamos furiosas. E sentimos uma dor verdadeira diante de tudo isto.

Cada testemunha de defesa confirmou a falta de qualquer expressão de ódio ou inimizade de nossa parte, até mesmo quando pediram a elas que falassem apenas sobre a personalidade de cada uma de nós. Além disso, peço que considerem os resultados da avaliação psicológica e psiquiátrica conduzidas a pedido do investigador na detenção provisória. O especialista declarou que os valores centrais de minha vida são "a justiça, o respeito mútuo, a humanidade, a igualdade e a liberdade". Essa foi sua opinião profissional. Vinda de um homem que não me conhece pessoalmente. E suspeito que o detetive Rantchenkov talvez preferisse que o especialista tivesse relatado algo diferente. Mas me parece que as pessoas que amam e valorizam a verdade são maioria, afinal. Assim como diz a Bíblia.

E, concluindo, gostaria de citar uma canção de Pussy Riot. Por mais estranho que pareça, todas as suas músicas acabaram sendo proféticas. Entre outras coisas, profetizamos que "o chefe da KGB e sua mais alta Santidade [mandariam] os manifestantes para a prisão". Mas o que quero citar agora é: "Abram as portas, joguem fora suas dragonas, venham e experimentem o cheiro da liberdade conosco!". Isso é tudo.

A sala aplaudiu.

– Distinto público – disse a juíza, com uma consideração incomum, mas com o familiar quê de irritação na voz. – Vocês não estão no teatro. Aliôkhina, por favor, você tem a palavra.

Maria, que usava um vestido preto, fez seu pronunciamento final.

Este julgamento foi revelador. O regime acabará sentindo vergonha por isso pelos próximos anos. Cada um de seus passos tem sido a quintessência da ilegalidade.

Para começar, como foi que nossa performance, um ato pequeno e, de certa forma, absurdo, se elevou à condição de completa catástrofe? Obviamente, isso não teria acontecido em uma sociedade saudável. O Estado russo há muito se assemelha a um corpo tomado pela doença. É o tipo de doença que estoura quando uma bolha é perfurada por acidente. É o tipo de doença que, no início, se esconde, mas, depois, sempre encontra seu caminho e sua solução no diálogo. Olhem, este é o tipo de diálogo que o regime consegue manter. Este julgamento não é meramente uma grotesca máscara do mal: é a face do Estado da forma como ele se dirige ao indivíduo neste país.

Para um assunto se tornar o tema de uma discussão pública, algo deve servir como gatilho. Vale a pena destacar que, para começar, nossa situação foi despersonalizada. Quando falamos de Pútin, não estamos nos referindo apenas a Vladímir Vladímirovitch Pútin, mas ao sistema criado por ele: um poder vertical que requer a administração personalizada do Estado em todos os níveis. E essa verticalidade não possui um mecanismo sequer para considerar a opinião das massas. E o que mais me preocupa em tudo isso é que não há um mecanismo para considerar a opinião dos jovens. Acreditamos que esse sistema de governo seja ineficaz e que isso fica claro em tudo o que ele faz.

Quero usar meu pronunciamento final para descrever minha experiência imediata de confrontar esse sistema.

A integração do indivíduo à sociedade começa com o sistema educacional, que é projetado para ignorar a individualidade. Não existe uma educação personalizada. A cultura não é ensinada nem a filosofia ou as informações mais básicas sobre a sociedade civil. No papel, essas aulas existem, mas elas ainda são ministradas como eram na União Soviética. Como resultado disso, a arte contemporânea é marginalizada, o impulso em direção ao pensamento filosófico é reprimido, o gênero é estereotipado e a opinião civil é varrida para debaixo do tapete.

As instituições educacionais contemporâneas ensinam as pessoas a viver no piloto automático desde crianças. Nunca colocam questões importantes, mesmo considerando-se a idade, e transmitem crueldade e intolerância à divergência de opiniões. Bem cedo, o indivíduo aprende a esquecer sua própria liberdade.

Passei algum tempo em um internato psiquiátrico para menores. E posso afirmar, com toda a certeza, que qualquer adolescente que expresse opiniões dissidentes de maneira um pouco mais explícita pode terminar em um lugar daqueles. Algumas das crianças chegam lá vindas de orfanatos. Se alguma delas tenta fugir de um orfanato, considera-se normal em nosso país enviá-

-la para uma instituição psiquiátrica e tratá-la com o mais forte dos sedativos, como a promazina, usada para conter dissidentes soviéticos na década de 1970. É particularmente revoltante considerando-se a tendência em geral punitiva dessas instituições e a ausência de ajuda psicológica. Toda a comunicação é baseada no medo e na submissão forçada das crianças. Como resultado, elas se tornam cada vez mais cruéis. Muitas das crianças são analfabetas, mas ninguém faz o menor esforço para mudar isso. Ao contrário, fazem o possível para anular os últimos remanescentes de motivação para amadurecer. As crianças se retraem e deixam de confiar em palavras.

Eu gostaria de salientar que essa maneira de abordar a formação das crianças obviamente se coloca no caminho da afirmação da liberdade interior, inclusive a religiosa, e isso também, infelizmente, é comum. O resultado é uma espécie de humildade ontológica, a resignação como existência na sociedade. Essa transição – esse rompimento, na verdade – é notável, pois, se olharmos para ela sob o ponto de vista da cultura cristã, veremos que sentidos e símbolos estão sendo substituídos por seus opostos. Assim, a humildade, um dos valores mais importantes do cristianismo, é reinterpretada não como um caminho para a iluminação e, em última instância, para a libertação, mas, ao contrário, como um meio de escravização. Citando Nikolai Berdiaev, eu diria que "a ontologia da humildade é a ontologia dos escravos de Deus". E não dos filhos de Deus.

Quando eu era organizadora ambientalista, cheguei a pensar na liberdade interior como o alicerce de qualquer ação. Também reconheci a importância da própria ação, a ação em prol da ação. Ainda fico espantada que milhares de pessoas sejam necessárias para deter a ilegalidade de um ou muitos burocratas em nosso país. Gostaria de ressaltar que este julgamento mostrou claramente isso. A voz de milhares de pessoas de todo o mundo é necessária para provar o óbvio: que nós três somos inocentes.

O mundo inteiro está falando a respeito disso! O mundo inteiro está falando disso em shows, na internet, na mídia. Estão falando a respeito disso nos parlamentos. O primeiro-ministro britânico não saudou nosso presidente falando a respeito dos jogos olímpicos, mas questionando-o sobre o porquê de três moças inocentes estarem presas. Isso é uma vergonha.

Estou ainda mais espantada com o fato de as pessoas não acreditarem que possam influenciar as autoridades. Quando planejava piquetes e manifestações, quando coletava assinaturas e organizava abaixo-assinados, muitas vezes me perguntavam, e o faziam com uma espécie sincera de incredulidade, por que alguém devia se preocupar com uma floresta que podia ser única na Rússia, que podia ser inigualável, mas, ainda assim, pequena, apenas um pontinho no mapa da região de Krasnodar? Por que qualquer um se preocuparia com o fato de a esposa do primeiro-ministro Dmítri Medviédev planejar construir uma casa ali e destruir a única reserva de zimbros da Rússia? Essas pessoas...

Essa é mais uma prova de que neste país as pessoas não sentem mais que o território nacional pertence a elas, aos cidadãos. Essas pessoas já não se sentem como cidadãos. Sentem-se como uma massa de autômatos. Nem sequer sentem que a floresta que cresce ao lado de suas casas lhes pertence. Eu até mesmo duvido que sintam que suas próprias casas lhes pertencem. Porque, se uma escavadeira se dirigir à sua porta e alguém disser que é preciso evacuar as instalações pois, sentimos muito, vamos destruir sua casa e construir a residência de um burocrata, essas pessoas irão humildemente juntar suas coisas, fazer as malas e ir para a rua. E se sentarão lá fora na rua até o momento em que as autoridades lhes digam o que fazer. Perderam totalmente a determinação. Isso é muito triste.

Estou na cadeia há quase seis meses e percebi que a prisão é a Rússia em miniatura. Pode-se começar pela administração: é o mesmo poder vertical, a ação é possível apenas quando o chefe intervém. Não há distribuição horizontal de responsabilidades, embora isso pudesse tornar a vida de todos muito mais fácil. Não existe iniciativa individual. As denúncias e a desconfiança mútua são endêmicas. Assim como no país inteiro, na detenção provisória tudo é feito para desumanizar o indivíduo, para transformá-lo em uma função, seja a função de detento ou de carcereiro. Acostumamo-nos rapidamente à rotina diária restritiva porque ela se assemelha à rotina restritiva da vida à qual a pessoa é submetida desde o nascimento. As pessoas começam a valorizar pequenas coisas. Na cadeia, são coisas como uma toalha de mesa ou pratos de plástico, que só podem ser adquiridos com a permissão pessoal do chefe. Fora da prisão, é a posição na sociedade que as pessoas tanto valorizam, algo que eu, por exemplo, nunca entendi.

Mais uma coisa: o regime é um espetáculo que esconde o que, na realidade, é caos. Aquilo que parece organizado e restritivo é, na verdade, desorganizado e ineficiente. Obviamente, isso não leva à ordem. Ao contrário, o povo se sente realmente perdido no tempo e espaço, entre outras coisas. Assim como em todo o país, a pessoa não sabe para onde ir quando enfrenta um determinado problema. Por isso, ela vai até o chefe do centro de detenção. Fora da cadeia, seria como levar seu problema para Pútin.

Quando descrevemos o sistema nas letras de nossas músicas...

Acho que se pode dizer que não somos realmente a oposição...

Fazemos oposição ao caos putinista, que é um regime apenas no nome.

Quando descrevemos o sistema em nossas letras, nosso objetivo é transmitir nossa opinião de que praticamente todas as instituições estão em mutação, que enquanto elas permanecem intactas exteriormente, a sociedade civil, que valorizamos tanto, está sendo destruída, mas não fazemos uma declaração direta.

Nós simplesmente utilizamos a forma de uma declaração direta. Nós a usamos como forma de arte. A única coisa que permanece idêntica é a motivação. Nossa motivação é idêntica à de um palestrante fazendo uma declaração direta. Ela é muito bem descrita nos Evangelhos: "Pois todo o que pede, recebe; quem procura, acha; e àquele que bate, a porta será aberta". Eu acredito e todas acreditamos que a porta irá se abrir para nós. Mas, infelizmente, por enquanto estamos trancadas na prisão. É muito estranho que, como reação às nossas ações, as autoridades tenham se esquecido de levar em conta a história da expressão dissidente.

"Ai do país em que a simples honestidade é vista como um ato de heroísmo, na melhor das hipóteses, e como um transtorno mental, na pior", escreveu o dissidente [Vladímir] Bukóvski na década de 1970. Não se passou muito tempo, mas é como se não tivesse existido o Grande Expurgo nem esforço para se opor a ele. Acredito que somos acusadas por pessoas que não têm memória.

Muitas delas disseram: "Ele está possuído por um demônio e é louco. Por que dão ouvidos a Ele?". Foram as palavras dos judeus que acusaram Jesus Cristo de blasfêmia. Disseram: "Apedrejamos-te por blasfêmia" [João 10:33]. É notável que esse seja o versículo que a Igreja Ortodoxa Russa usa para expressar sua própria opinião de blasfêmia. Essa opinião já foi colocada no papel e admitida como prova como parte do caso contra nós. Ao expressar esse ponto de vista, a igreja ortodoxa cita os Evangelhos como uma verdade religiosa estática. Os Evangelhos não são mais vistos como as revelações que foram desde o início. São vistos como um monólito que pode ser dividido em citações para enfiá-las em qualquer lugar, qualquer documento, utilizadas para qualquer finalidade. A Igreja Ortodoxa Russa nem sequer se preocupou em verificar o contexto em que a palavra blasfêmia foi usada – e não percebeu que, nesse caso particular, ela foi aplicada a Jesus Cristo.

Acredito que a verdade religiosa não pode ser estática. Acredito que seja essencial entender que contradição e fragmentação são inerentes ao desenvolvimento do espírito. Que essas coisas devem ser vividas à medida que o indivíduo se forma. Que a verdade religiosa é um processo, e não um produto que pode ser enfiado em qualquer lugar. A arte e a filosofia se esforçam para dar sentido a todas as coisas, todos os processos que mencionei. Isso inclui a arte contemporânea. A situação artística pode e, acredito, deve conter seu próprio conflito interno. E fico muito irritada ao ver a promotoria se referir à arte contemporânea como "assim chamada arte".

E gostaria de salientar que a mesma expressão foi usada no julgamento do poeta [Iósif] Brodski[16]. Referiram-se a sua poesia como "assim chamada poesia", e as testemunhas que falaram contra ele nunca leram seus poemas. Assim como alguns daqueles que testemunharam contra nós não presenciaram o que aconteceu, apenas viram o vídeo na internet.

Na mente coletiva da acusação, nossos pedidos de desculpas aparentemente também são "assim chamados". Mas, para mim, é um insulto. Causou-me sofrimento e dano moral. Porque nossas desculpas foram sinceras. Fico muito triste de termos dito tantas palavras e vocês não terem entendido nenhuma delas. Ou vocês mentem quando se referem a nossas desculpas como se não fossem sinceras? Não entendo: o que mais vocês precisam ouvir? Para mim, apenas este julgamento pode ser rotulado corretamente de "assim chamado". E eu não tenho medo de vocês. Não tenho medo de mentiras e fantasias, nem do engano mal codificado no veredicto deste assim chamado tribunal, porque

---

16 Brodsky foi julgado pelo crime de "parasitismo social" em Leningrado, em 1964. Sua "assim chamada poesia" não foi considerada trabalho, e ele passou dezoito meses no exílio, no Extremo Norte.

tudo o que vocês podem fazer é tirar de mim a assim chamada liberdade, a única que existe na Federação Russa. Mas ninguém pode tirar minha liberdade interior. Ela reside em minhas palavras e irá sobreviver graças à natureza pública de minhas declarações, que serão ouvidas e lidas por milhares. Essa liberdade já está se multiplicando, graças a todas as pessoas atentas que nos ouvem neste país. Graças a todos que encontraram fragmentos deste julgamento em si mesmos, como o fizeram um dia Franz Kafka e Guy Debord. Eu acredito que a transparência, o discurso público e a ânsia pela verdade nos tornam a todos um pouco mais livres. Veremos.

A sala aplaudiu novamente. Um agente penitenciário explodiu:
– Contenham suas emoções! Vocês já foram alertados.
Aí chegou a vez de Kat.

Em seus pronunciamentos finais, espera-se que os acusados mostrem seu arrependimento ou seu pesar pelo que fizeram ou que façam uma lista de circunstâncias atenuantes. No meu caso, como no caso de minhas colegas de banda, isso é completamente desnecessário. Em vez disso, eu gostaria de compartilhar minha visão sobre as razões para o que aconteceu conosco ter acontecido.

Desde que o ex-colega de Vladímir Pútin, Kirill Gundiaiev, se tornou o líder da Igreja Ortodoxa Russa, a maioria das pessoas pensantes deste país sabe que a Catedral do Cristo Salvador se tornou um símbolo importante da estratégia política. Depois disso, a Catedral do Cristo Salvador começou a ser usada como um ambiente pitoresco para a política das forças uniformizadas, que detêm a maior parte do poder.

Por que Pútin tem de usar a religião ortodoxa e sua estética? Em vez disso, ele poderia ter usado instrumentos mais seculares de autoridade, como as empresas estatais, sua assustadora força policial ou seu flexível sistema judicial. É possível que a política linha-dura fracassada do projeto de Pútin, incluindo o naufrágio do submarino Kursk, as explosões que causaram a morte de civis em plena luz do dia e outros episódios desagradáveis de sua carreira política tenham-no feito cogitar se desqualificar para o cargo antes que os cidadãos da Rússia decidam ajudá-lo a fazer isso. Deve ter se dado quando ele decidiu que precisava ter garantias mais convincentes e superiores para se manter no poder da Rússia durante um bom tempo. Foi quando se deu a necessidade de usar a estética da religião ortodoxa e sua relação histórica com a melhor época do império russo, quando a autoridade vinha não de expressões terrenas, como eleições democráticas e a sociedade civil, mas de Deus.

Mas como ele conseguiu isso, considerando que o Estado é supostamente secular e que qualquer interseção entre as esferas religiosa e política deveria ser cerceada pela sociedade, que está sempre alerta e pensa criticamente?

Acredito que as autoridades estavam explorando uma certa ausência da estética ortodoxa nos tempos soviéticos, quando a religião ortodoxa parecia ser um elemento histórico perdido, algo suprimido e prejudicado pelo regime totalitário soviético e que a tornara parte da cultura de oposição. Os líderes decidiram se apropriar desse sentido histórico de perda e apresentar seu novo projeto político de restaurar os valores espirituais perdidos da Rússia, que era vago demais para que houvesse qualquer preocupação sincera em preservar a história e a cultura ortodoxas. Logicamente, a Igreja Ortodoxa Russa, que tem uma relação mística de longa data com o Estado, se tornou o agente principal desse projeto na mídia. Também foi decidido que a Igreja Ortodoxa Russa devia contrabalançar todas as influências prejudiciais da cultura de massas contemporânea, com seus conceitos de diversidade e tolerância, em oposição ao período soviético, quando a igreja se opunha principalmente à violência praticada pelas autoridades contra a própria história.

Esse projeto político, por mais interessante que fosse de vários pontos de vista, precisava de uma grande quantidade de equipamentos de iluminação e vídeo profissionais, tempo de televisão no canal central para transmissões ao vivo que levavam muitas horas e, posteriormente, muito mais horas de filmagem para matérias telejornalísticas, visando reforçar a estrutura moral por meio de transmissões de discursos contínuos do patriarca, visando ajudar os fiéis a fazer a escolha certa naquele momento difícil da vida de Pútin, antes da eleição. A filmagem devia ser ininterrupta, as imagens necessárias precisavam ser gravadas na memória e continuamente renovadas, criando a impressão de algo natural, permanente e inegociável.

Nossa aparição musical repentina na Catedral do Cristo Salvador com nossa canção "Mãe de Deus, livre-nos de Pútin" desfez a integridade dessa imagem midiática, criada pelas autoridades ao longo do tempo, e expôs sua inverdade. Sem garantir a bênção do patriarca, ousamos combinar em nossa performance imagens visuais da cultura ortodoxa e da cultura do protesto, fazendo que pessoas inteligentes suspeitassem que a cultura ortodoxa talvez não pertencesse apenas à Igreja Ortodoxa Russa, ao patriarca e a Pútin: ela pode acabar do lado do motim civil e da cultura de protesto da Rússia. É possível que o efeito desagradável em larga escala de nossa invasão midiática da catedral tenha surpreendido as próprias autoridades. No início, tentaram retratar nossa performance como brincadeira de um grupo de ateias militantes e sem alma. Mas erraram feio o alvo, pois àquela altura já éramos conhecidas como uma banda punk feminista anti-Pútin que ataca midiaticamente os principais símbolos políticos do país. No final, depois que avaliaram todos os prejuízos políticos e simbólicos irreversíveis provocados por nossa arte inocente, as autoridades decidiram, enfim, proteger a sociedade de nós e de nossa maneira não conformista de pensar. Assim terminou nossa complicada aventura punk na Catedral do Cristo Salvador.

[ORAÇÃO E RESPOSTA]

Neste instante, tenho sentimentos ambíguos a respeito deste julgamento. Por um lado, estamos esperando um veredicto de culpadas. Em comparação com a máquina judicial, nós não somos ninguém e perdemos. Por outro, ganhamos. O mundo inteiro pode ver que o caso contra nós é forjado. O sistema não pode esconder a natureza repressora deste julgamento. Mais uma vez, o mundo vê a Rússia não como Vladímir Pútin tenta apresentá-la em suas reuniões internacionais diárias. Nenhum dos passos que ele prometeu tomar em direção a uma sociedade baseada no estado de direito foi realmente dado. E a sua declaração de que, em nosso caso, o tribunal será objetivo e anunciará uma decisão justa é mais uma mentira contada ao país e ao mundo inteiro. Isso é tudo. Obrigada.

———

A JUÍZA MARCOU A LEITURA da sentença para 17 de agosto, oito dias depois. Nádia, Maria e Kat voltaram para o centro de detenção provisória, onde passaram esses dias analisando todos os sinais. O promotor pedira três anos, mas os advogados de algumas vítimas pediram que a pena fosse suspensa. Além disso, Pútin havia dito que a sentença não devia ser muito dura. Tudo apontava para a suspensão. No entanto, Mark Feiguin, que ficara muito abatido logo depois da audiência preliminar e nunca se recuperou, mencionara uma possível condenação de um ano e meio. Mas ele também afirmara que iria requerer que as três fossem mantidas na detenção provisória se a sentença fosse tão curta – curta? –, e elas poderiam trabalhar na mesma prisão em que estavam no momento, talvez na cozinha ou, ainda melhor, na biblioteca. Parecia uma boa opção para Kat, embora Maria e Nádia achassem que talvez preferissem uma colônia penal à monotonia da cadeia. Mas, até aí, Vólkova mencionara que vandalismo era o tipo de delito que, caso fossem consideradas culpadas, sempre resultava em três anos de prisão. Isso poderia acontecer também. Havia claramente acontecido com muitas outras pessoas.

A multidão que se reuniu em frente ao tribunal em 17 de agosto parecia feliz. Era um dia de sol, e os rostos eram tão agradáveis, tão familiares, que parecia que nada de terrível poderia acontecer. Voltando ao tempo em que as pessoas costumavam ir ao tribunal para as audiências de detenção, alguém – talvez Piêtia – usara o termo festival cultural para substituir protesto ou vigília. Havia sido esquecido até então, mas agora a atmosfera realmente parecia festiva. Havia música, algumas pessoas seguravam cartazes espirituosos e, de vez em quando, vislumbrava-se uma balaclava. Fiéis ortodoxos também estavam presentes, com seus cartazes, mas, claramente superados em número pelos defensores de Pussy Riot; eram como maus atores interpretando a si mesmos e nem um pouco assustadores.

A juíza começou a ler o veredicto logo depois das três da tarde. Foram declaradas "culpadas", o que não surpreendeu ninguém, mas, seguindo a tradição dos tribunais russos, a juíza acabaria lendo um tedioso relato de boa parte dos testemunhos ouvidos e das provas revistas no decorrer do julgamento antes de anunciar a sentença. Podia levar horas. Algumas pessoas da multidão sintonizaram seus telefones em estações de rádio que tinham repórteres na sala do tribunal e colocaram os fones de ouvido; formaram-se grupos em torno delas, olhando-as com expectativa, como se algo dependesse de serem os primeiros a ouvir as notícias.

– Em suma, e tendo em conta o perigo para a sociedade causado pela ofensa cometida, assim como as circunstâncias do crime, seus objetivos e motivos – disse a juíza, pouco antes das seis horas da tarde –, a corte acredita que só será feita justiça e as acusadas só irão se corrigir se forem sentenciadas à prisão e cumprirem de fato a pena.

[ORAÇÃO E RESPOSTA]

– Dois anos – disseram as pessoas com os fones de ouvido na multidão.

– Dois anos – suspiraram todos de uma só vez.

Centenas de rostos se apagaram. As festividades acabaram. A atmosfera era sombria.

Foi como se algo tivesse caído com um grande estrondo. Uma aposentada no prédio em frente ao tribunal ouviu o barulho e chamou a polícia. Descobriram que o som viera do telhado, onde alguém deixara cair um cadeado. No local, a polícia encontrou um rapaz com vários equipamentos: microfones, amplificadores e quatro caixas de som grandes o suficiente para serem ouvidas por toda a vizinhança, certamente capazes de sacudir as janelas do tribunal do outro lado da rua estreita. A polícia também encontrou equipamento de alpinismo.

Teria sido uma ação espetacular. Três mulheres iam descer pela parede do prédio, amarradas a cabos presos no telhado, usando balaclavas e cantando:

Na cadeia, o Estado é mais forte do que o tempo.
Quanto mais prisões são feitas, mais feliz ele fica.
Cada prisão é um presente de amor para o machista
Que anda bombando a bunda da mesma maneira que bomba o peito e a barriga.
Mas vocês não podem nos colocar em uma caixa.
Derrubem os tchekistas[17], façam melhor e com mais frequência.
Pútin acende a fogueira da revolução.
Ele está entediado e com medo do silêncio.
Para ele, uma execução é uma framboesa[18] podre

---

[17] Os tchekistas eram os membros da Tcheka, a primeira encarnação da polícia secreta soviética. O termo se tornou genérico para seus oficiais.

[18] Alusão a um verso do Epigrama de Stálin de Osip Mandelstam, que, acredita-

> E uma sentença longa, motivo de ejaculação noturna.
>
> O país está em marcha, marchando corajosamente nas ruas,
>
> O país está em marcha, marchando para dizer adeus ao regime,
>
> O país está em marcha, marchando em formação feminista.
>
> E Pútin está em marcha, marchando para dizer adeus.
>
> Coloque toda a cidade na cadeia em 6 de maio[19].
>
> Sete anos não são o bastante, nos deem dezoito.
>
> Proíba gritos, calúnias, sair de casa,
>
> E receba Lukachenko[20] como sua esposa.

Tinha sido uma ação bem preparada. A canção fora masterizada com antecedência, para que jorrasse das caixas de som enquanto as mulheres desciam a parede. As três mulheres haviam treinado com alpinistas experientes, praticando em prédios abandonados nos arredores de Moscou. E tinham transportado todo aquele equipamento para o telhado durante a noite. E Piêtia dissera aos defensores internacionais de Pussy Riot para esperarem uma grande surpresa depois da leitura da sentença, e seus contatos espalharam a notícia para todo mundo. Algumas pessoas acreditaram que isso significava que o grupo seria libertado em uma ou duas horas depois da leitura da sentença.

Mas, aí, alguém deixara cair um cadeado.

---

se, teria causado sua prisão e, posteriormente, sua morte na cadeia. No poema, Stálin apreciava as execuções como se apreciam as framboesas. Na versão de Pussy Riot, a cinza nas framboesas deixa Pútin com um travo amargo na boca.

[19] Uma marcha pacífica com dezenas de milhares de participantes em 6 de maio de 2012, na véspera da posse de Pútin como presidente em seu terceiro mandato, transformou-se em um motim depois que os manifestantes foram atacados pela polícia. Centenas de pessoas foram detidas naquele dia e logo libertadas, mas, na época em que a canção foi composta, mais de dez pessoas enfrentavam processos e provavelmente acabariam presas por causa dos confrontos.

[20] Aleksandr Lukachenko, presidente da Bielorrússia, conhecido outrora como "o último ditador da Europa" até o próprio Pútin alcançar o status de ditador.

PARTE 3

CASTIGO

DEZ
KAT

— A VIAGEM DE VOLTA depois da leitura da sentença foi muito estranha. Era um transporte aberto, a primeira vez que estivemos em um daqueles.

Kat fez parecer que elas voltaram para a prisão em um conversível. Era apenas um transporte de prisioneiros com janelas simples: sem películas escuras nem cortinas. Um ônibus velho e errante onde estavam as três e diversos oficiais das forças especiais com equipamento de tropa de choque. Elas avistavam a cidade e respiravam o ar empoeirado de verão. Nádia estava agitada, e alguém poderia pensar que estivesse feliz. Maria não expressava emoção. Ela disse "é isso", como se tivesse esperado por aquilo o tempo todo, o que não era verdade. Kat estava zangada. Xingou Pútin e o patriarca. Era como se não tivesse nada a perder. Tampouco os rapazes das forças especiais, que não a repreenderam; um deles pediu para tirar uma fotografia com as três. Chegaram à prisão. Nádia abraçou Kat, depois Maria, e depois Kat novamente. Foi isso.

A conversa na cela "especial" agora era toda sobre a vida nas colônias penais. Não pareceu mais do que uma coincidência para Kat: uma de suas companheiras de cela também havia sido sentenciada recentemente, e outra estava prestes a ser, por isso a única detenta experiente na cela, uma mulher que se chamava Irina Orlova, agora falava dia e noite sobre a vida nas colônias. Para ser mais precisa, ela contava como seria terrível.

[CASTIGO]

Começou com as dificuldades do transporte: algumas mulheres passavam semanas extenuantes passando de um trem para a cadeia provisória e de volta para o trem, carregando todas as tralhas e enfrentando trotes e noites sem dormir em cada etapa.

– Não sei se vocês vão conseguir – dizia Orlova antes de começar a falar sobre outras peculiaridades das colônias.

Seriam centenas de pessoas em um único alojamento, contou. E haveria trabalho, trabalho árduo, escravo e incessante. Não haveria água quente e as latrinas ficavam ao ar livre. E a colônia provavelmente ficaria em um local onde o inverno predominava na maior parte do ano, com uma pausa para um verão curto e escaldante em que mosquitos comiam as pessoas vivas e o cheiro das latrinas se espalhava, nocauteando as pessoas. As duas detentas menos experientes ficaram apavoradas. Suspiraram, talvez até tenham chorado um pouco. Uma delas repetia sem parar, "espero que eles não me mandem pra lá", e então pedia mais detalhes.

A técnica de colocar uma presa mais velha e experiente na cela para intimidar e pressionar as mais novas até ficarem dóceis e talvez assinar confissões e testemunhar contra si mesmas e contra outras pessoas – na esperança geralmente infundada de assegurar sua libertação – remontava pelo menos à metade do século xx. Kat não se perguntou por que Orlova estava aparentemente fazendo o possível para assustar as colegas. Não se perguntou se seria uma coincidência muito grande que três das quatro que estavam ali tivessem sido condenadas mais ou menos ao mesmo tempo. E, é claro, ela não se perguntou o que Orlova, ou quem quer que a tivesse enviado, poderia querer com ela. Afinal, o julgamento chegara ao fim e Kat estava prestes a ser mandada para uma colônia penal. Só esperava que não fosse tão longe e que as latrinas fossem internas. E ela estava realmente preocupada em sobreviver durante o transporte. Fosse lá o que Orlova estivesse ou não tentando fazer, estava surtindo efeito.

Kat escapou das queixas e lamúrias pensando no que acontecera no julgamento, revendo-o em sua cabeça dia após dia, hora após hora, minuto após minuto. Tudo acontecera tão rápido. Ao voltar e repassar sua gravação mental, ela percebeu fatos novos – muitos fatos novos – que a deixaram extremamente zangada. Os advogados de defesa lidaram muito mal com várias situações. Houve um momento em que Vôlkova saiu da sala do tribunal. Outro em que Feiguin explodiu com a juíza. E a vez na qual Vôlkova leu em voz alta um longo texto sobre a opinião de um profissional que eles haviam contratado: Kat ficara com a impressão de que a advogada não estava preparada e não tinha nada a dizer na audiência naquele dia. E, afinal, como ela poderia estar preparada se mal conversara com Kat? Raras vezes foi vê-la na cadeia, e agora, depois da sentença, com uma apelação pendente, parecia ter desaparecido por completo: seus amigos lhe diziam que não conseguiam entrar em contato com a advogada.

Também suspeitava que os advogados estivessem em conluio com Piêtia. Haviam falado mal dele para Kat, mas isso não significava nada, e, de qualquer maneira, todos pareciam interessados na mesma coisa: dinheiro. Piêtia queria registrar a marca Pussy Riot, produzir um disco, fazer uma turnê com o grupo, e os advogados estavam ao lado dele. Fizeram até Kat assinar um documento permitindo que registrassem a marca Pussy Riot. Era isso que discutiam com ela durante suas raras visitas à cadeia, em vez de falarem sobre sua estratégia de defesa. Na verdade, eles provavelmente perceberam que era melhor, do ponto de vista comercial, que Nádia e Maria e ela cumprissem a pena. Tornaria a história mais convincente e o empreendimento mais rentável.

[CASTIGO]

Alguns dos episódios dos quais Kat se lembrava tinham explicações razoáveis que ela desconhecia. Por exemplo, Vôlkova ter lido em voz alta o testemunho do especialista foi um truque engenhoso para incluí-lo nos autos depois que a juíza se recusou a acatar a opinião do perito como prova. Outros incidentes, como sair da sala de audiências ou a explosão com a juíza, foram verdadeiros lapsos que só podiam ser explicados pela falta de experiência dos advogados e a tensão extrema na qual se encontravam. Outras situações realmente foram demonstrações de interesse lucrativo e, mais ainda, vaidade. Por exemplo, enquanto Kat, deitada em sua cama, repassava todos os dias as provas do julgamento e seus amigos continuavam telefonando, sem sucesso, para Vôlkova e os outros advogados, estes estavam em Nova York ajudando Piêtia a receber o Prêmio pela Paz LennonOno em nome de Pussy Riot. Piêtia nem sequer havia pedido a ajuda deles.

Será que as mulheres teriam recebido uma sentença mais branda se tivessem sido defendidas por outros advogados? Kat havia se convencido de que sim. Afinal de contas, os advogados haviam sido objetivamente terríveis: despreparados, incoerentes, além de terem sido rudes, desrespeitosos com o tribunal, simplesmente horríveis e imbecis. Kat deveria acreditar que, se tivesse tido, digamos, um advogado de defesa inteligente, profissional, atraente, articulado, dedicado e bem preparado, ainda assim teria sido sentenciada a dois anos atrás das grades? Deveria acreditar que ter um advogado não faria diferença alguma e que poderia dispensar toda a ficção do julgamento e simplesmente esperar Pútin dar seu preço? Provavelmente é o que o trio de advogados queria que ela pensasse – o que, convenientemente, os absolveria de toda a responsabilidade passada e futura –, mas Kat se recusou a acreditar que nada teria realmente feito diferença. E, se a escolha dos advogados importava, então o fato de que ela tivera os piores defensores da face da Terra tinha de ter importância. Foi culpa deles ela ter passado seis meses na cadeia e estar prestes a ser mandada para uma colônia penal lotada e congelante, com latrinas ao ar livre.

Orlova e as outras duas continuavam a falar sobre os mesmos detalhes deprimentes da vida na colônia: era como se a conversa estivesse num loop infinito. Mas, dentro de Kat, algo estava mudando. O desespero estava dando lugar a um novo sentimento, o desejo de agir, o desejo de se vingar. Provavelmente, era tarde demais para fazer algo a respeito de sua sentença. Mas não para ensinar uma lição aos advogados. Ela iria envergonhá-los ao demiti-los do maior caso de suas carreiras.

———

Kat sabia que estava certa, mas também sabia que devia tentar conversar com Nádia e Maria a respeito daquilo. Mas como? Pedir a um dos três advogados para levar um bilhete dizendo que ela queria despedi-los? Eles haviam oferecido seus serviços antes, dizendo que entregariam os bilhetes sem ver o conteúdo, mas Kat nunca acreditou realmente em suas promessas e certamente não acreditava agora. Ela decidiu escrever um bilhete que sugerisse a ideia de acrescentar outro advogado à equipe. Talvez isso os fizesse pensar.

A estratégia não funcionou. Vôlkova disse que foi revistada na saída da prisão naquele dia e teve de jogar o bilhete fora: a comunicação entre as rés de um mesmo processo criminal é estritamente proibida, e um advogado poderia ser desqualificado se a facilitasse. Kat não acreditou em Vôlkova: ela tinha certeza de que advogados nunca eram revistados (estava errada: eles são revistados, embora a lei proíba isso).

Kat se pegou deixando Orlova ler seu futuro. A companheira de cela mais velha tinha uma técnica: a pessoa bebia uma xícara de café e virava a borra sobre um guardanapo, preservando a figura formada no fundo da xícara. Orlova lia a sorte o tempo todo – principalmente a dela mesma –, e Kat, a programadora de computadores, alguém que não tinha um pingo de misticismo no sangue, via aquilo com desdém. Mas a mulher continuava se oferecendo e, já que Kat se vira cada vez mais próxima dela – tinha de admitir que começara a gostar mais da companheira de cela desde o começo do verão, pois a mulher era persistentemente gentil e atenciosa –, também se pegou dizendo:

– Sim, seja o que for, vá em frente, não me importo.

– Eu vejo todo o espaço em torno de você zumbindo – disse Orlova. – Vejo um homem correndo na sua direção.

Kat pensou que talvez fosse seu novo advogado.

Duas mulheres de uma organização de direitos humanos foram ver Kat: eram as únicas pessoas, além dos advogados e parentes próximos, que tinham direito à visitação, e o vinham fazendo com regularidade. Kat não sabia ao certo se devia confiar nelas, mas decidiu dizer-lhes que ia demitir seus advogados. Elas lhe disseram para ser cautelosa, para pensar duas vezes, para levar em consideração sua própria reputação, a de Nádia e a de Maria. Ela respondeu que não se importava. Depois que Kat as convenceu de que estava decidida, uma delas lhe deu instruções detalhadas de como fazê-lo: certifique-se de ter o pedido por escrito; diga ao tribunal que você e seus advogados diferiam quanto à defesa e que já tem um novo advogado; se não tiver ninguém para representá-la, o tribunal poderá indeferir a requisição, pois nesse caso você ficará sem um defensor. Kat não tinha um novo advogado. Mas, àquela altura, ela estava convencida de que não ter um era melhor do que ter Vôlkova ou os outros dois.

No dia seguinte, uma das mulheres dos direitos humanos voltou.

– Não o faça – disse ela a Kat. – Não vai ajudar. Você ainda irá para a colônia penal, mas suas reputações estarão arruinadas.

Kat objetou. Disse que os advogados eram desonestos, que andaram assinando contratos comerciais em nome do grupo e que estavam em conluio com Piêtia.

– O que importa tudo isso? – disse a mulher exasperada.

Importava para Kat. Além disso, ela estava certa de que aquela mulher, que se dizia defensora dos direitos humanos, estava sob as ordens dos advogados. Isso apenas fortaleceu sua determinação.

Na verdade, a defensora dos direitos humanos não tivera praticamente nenhum contato com os advogados. Ela estava apenas sinceramente convencida de que, uma vez que não havia esperança de mudar a sentença de Kat, a demissão de seus advogados seria vista pelo público como o que era: um ato de vingança. O julgamento ainda atraía muita atenção e aquele arremate pareceria mal escolhido.

NA MANHÃ DE 10 DE outubro, quando a apelação de Pussy Riot estava programada para ser ouvida no Tribunal da Cidade de Moscou, Orlova deu um comprimido a Kat. Disse que era para os nervos, algo leve. Kat deduziu que não a teriam deixado manter um sedativo forte na cela. Ela o tomou e não sentiu nada em particular.

Aí foram à cabeleireira. Foi mais um ato inapropriado de boa vontade: alguém do grupo de apoio havia pagado pelo serviço, e a mulher encarregada do chamado "salão de beleza" da cadeia acreditou que seria uma boa ideia lavar e secar os cabelos de cada uma delas na manhã da apelação. Então, seis semanas depois que foram sentenciadas, Kat, Nádia e Maria se encontraram na cabeleireira.

[CASTIGO]

Kat começou abordando o assunto de dinheiro e dos contratos que os advogados aparentemente estavam assinando em nome delas. Maria disse que sabia algo a respeito e que havia pedido a Polozov para fornecer os documentos.

– Por que você deveria pedir que ele lhe fornecesse alguma coisa? – Kat estava indignada. – Ele devia trazer tudo para você sem que fosse necessário pedir.

– Por que você está tão alterada? – perguntou Nádia.

– Porque estou irritada. Estou zangada.

– Então presumo que você vá demiti-los – disse Nádia.

– Sim, vou – confirmou Kat.

– Eu não vou – disse Maria.

– Nem eu – falou Nádia.

Completou dizendo que a atitude passaria uma má impressão. Disse que os advogados eram vistos como opositores e que demiti-los iria parecer uma ruptura no grupo ou até mesmo que tivessem subjugado Kat [na cadeia]. Ela pediu à amiga para pensar um pouco mais a respeito. Kat respondeu que já havia pensado o bastante.

No transporte de prisioneiros para o tribunal, Kat vomitou. Pode ter sido aquele comprimido.

No tribunal, as coisas aconteceram exatamente como a ativista dos direitos humanos previra: a juíza tentou ignorar as tentativas de Kat de apresentar a requisição, aí finalmente perguntou se ela tinha o pedido por escrito, aceitou-o com relutância e, depois de ouvir que ela já tinha outro advogado contratado, mas que ele precisava de tempo para se familiarizar com o caso, deferiu o requerimento e adiou a audiência para 10 de outubro. Em seguida, ouviu-se o clique de muitas câmeras, a maioria delas voltada para Kat pela primeira vez desde que o julgamento começara, e muitos microfones e gravadores foram afastados pelos guardas de segurança, e então elas estavam de volta ao transporte e à cadeia. Nádia e Maria não pareciam estar zangadas com Kat: elas até mesmo disseram que agora, graças a ela, poderiam pressionar seus advogados a se esforçarem mais e prestar mais atenção, para que não fossem demitidos por ambas também.

———

No dia seguinte, uma carcereira disse a Kat para sair da cela "leve". Era o oposto de "traga suas coisas". Quando é transferida ou levada para o tribunal, a detenta sempre carrega suas coisas – todas as suas coisas, inclusive sabonete, livros e comida – porque não sabe se vai voltar para a sua cela. Quando lhe dizem para sair "leve", é apenas para uma conversa, provavelmente dentro da cadeia.

Kat foi levada a uma das inspetoras.

– Soube que você demitiu seus advogados.

– Sim.

– Provavelmente irão procurá-la agora, tentar vê-la, para pressioná-la.

Kat não tinha ideia do que a mulher queria.

– Por isso, fique sabendo que, se um dos três vier, nós avisaremos, e você poderá dizer que não quer vê-los. Faça-o por escrito, e então poderemos dizer a eles para desaparecerem.

– Está bem.

Elas ficaram em silêncio por um minuto.

– Posso voltar para minha cela agora? – perguntou Kat.

– Espere, fique mais um pouco – disse a oficial. Ela parecia simpática, e Kat sentiu, se não exatamente comovida, ao menos surpresa com a preocupação que a outra estava demonstrando. – Soube que agora há uma vodca chamada Pussy Riot – continuou a inspetora. – Seus antigos advogados parecem ter algo a ver com isso.

[CASTIGO]

Kat ficou surpresa ao ver como a mulher conhecia bem Pussy Riot e assuntos ligados ao grupo. Nunca lhe ocorrera que as funcionárias da prisão acompanhassem o caso. Mas ela não desejava discutir aquilo com a inspetora.

– Posso voltar para minha cela? – perguntou novamente.

A inspetora, aparentemente irritada, mandou que ela fosse escoltada de volta.

———

NO DIA SEGUINTE, VOLTARAM A chamá-la e, novamente, era para ir "leve".

– Sua advogada está aqui.
– A antiga?
– A nova.

A nova advogada definitivamente não era o homem que Orlova havia visto na borra de café. Era uma loira miúda de trinta e poucos anos. Prendia os cabelos em um rabo de cavalo. Entregou a Kat uma carta de seus amigos mais próximos no grupo de apoio: a carta dizia que o nome da advogada era Irina Khrunova e que ela era "artilharia pesada". Ela não parecia tão pesada assim, mas foi direto ao ponto.

– Quero saber por que demitiu seus advogados – disse ela. – Duvido que você tenha informações suficientes sobre o julgamento para diferir de seus advogados quanto à defesa, por isso estou supondo que se trata apenas de uma frase você que usou. Qual é o verdadeiro motivo?

Kat contou tudo o que lhe ocorrera ou percebera ao se lembrar do julgamento e sobre as questões envolvendo dinheiro, os contratos e até mesmo a vodca.

– Entendo – disse Khrunova. – Chama-se perda de confiança. Serei sua advogada, então. – E ela disse que tinha de ler o caso e pensar no próximo passo.

Quando voltou para a cela, Orlova estava lendo a borra de café de Kat.

– Vejo muita atenção da mídia – disse ela. – Vejo a colônia penal, com uma cerca alta em volta dela. Não vejo você atrás da cerca. Não sei o motivo, mas não a vejo atrás da cerca da colônia.

A nova advogada voltou alguns dias mais tarde, dois dias antes da próxima audiência.

– Estou contente – disse ela. – Encontrei muitos erros.

Ela iria dizer ao tribunal o que Vôlkova e os outros haviam omitido: que Kat, na verdade, não havia tomado parte das ações pelas quais as três foram condenadas por vandalismo.

A omissão havia sido intencional: em sua defesa, Vôlkova, Polozov e Feiguin tinham respeitado o compromisso de Pussy Riot com o anonimato. Mais importante, recusaram-se propositalmente a disputar com o tribunal acusações que eles e as rés consideravam absurdas. Mas o que poderia ter sido uma posição política coerente parecia absurda como estratégia legal, pensou Khrunova. O que ela estava fazendo era voltar à venerável tradição dos advogados de defesa que representavam os dissidentes soviéticos: frequentemente estabeleciam uma clara divisão de papéis com seus clientes. Enquanto o acusado contestava as acusações e algumas vezes alegava não tê-las entendido, o advogado procurava maneiras de diminuir a punição de seu cliente dentro do quadro jurídico existente. Khrunova faria o mesmo agora: enquanto Kat, como indivíduo, podia optar por não ser diferenciada de suas companheiras que cometeram o sacrilégio da dublagem, como sua cliente, ela devia ser beneficiada pelo fato de não ter se apresentado por ter sido apanhada antes disso.

– Quais são as minhas chances? – perguntou Kat.

– Eu não sei – respondeu Khrunova. – Você sabe como as coisas são imprevisíveis. Tudo o que posso lhe dizer é que vejo

[CASTIGO]

um erro legal e vou fazer o possível para corrigi-lo. Mas não posso prometer nada.

    Kat sentiu que deveria conversar com Nádia e Maria, então ela decidiu fazer algo que ainda não ousara depois de seis meses na cadeia: tentaria falar com Maria através das vias proibidas. Ela sabia que Maria estava na cela logo acima da sua. Normalmente, isso permitiria a troca de bilhetes e até mesmo uma conversa através das janelas abertas, mas o primeiro e o segundo andar eram separados por uma barreira horizontal adicional que se projetava da parede externa do edifício e dificultava ao extremo a troca de bilhetes e até mesmo impedia que se comunicassem por gritos.

    Aí Kat decidiu bater no teto usando um balde. Orlova deu sua bênção. Se uma detenta fosse pega se comunicando com outras, a cela inteira era penalizada, mas Orlova disse:

    – Sabemos que precisa entrar em contato com ela, por isso vá em frente. Vamos dar cobertura.

    Enquanto uma das presas ficava de vigia na porta, para se assegurar que ninguém no corredor estivesse olhando, Kat bateu. E bateu de novo. E de novo. Finalmente, ela recebeu uma resposta: uma única batida. Que diabos apenas uma batida poderia significar? Com efeito, o que uma série de batidas significava?

    – Ou você é realmente burra e não sabe se comunicar ou está acontecendo alguma outra coisa – disse Orlova.

    Na verdade, algo realmente estava acontecendo: uma inspeção na cela de Maria logo que as batidas começaram, no pior momento possível. Maria havia simplesmente batido o pé no chão para fazer Kat parar.

    Orlova, entretanto, deixou escapar uma série de palavrões e instruiu Kat a tentar gritar pela janela. Uma vez que o som não passava pela barreira horizontal, Kat precisaria pedir a alguém de uma cela diagonal à dela, mas no segundo andar, para transmitir uma mensagem. Orlova havia lhe ensinado a não colocar simplesmente a cabeça para fora e pedir um favor: era preciso puxar conversa primeiro.

– Ei, dois-zero-oito – gritou Kat para a cela no andar de cima. – Como estão as coisas? Alguma chance de você chamar a dois-dez?

– Está bem, vamos ver. As janelas de lá estão fechadas. Outra hora, então.

Mas Kat quase não tinha mais tempo. Por isso, algumas horas mais tarde, ela bateu no teto primeiro e depois abriu a janela e começou a gritar. Teve a impressão de que gritava tão alto que toda a prisão poderia ouvi-la.

– Dois-dez! – ela gritou até ficar rouca. – Dois-dez!

Finalmente, ela ouviu a voz estridente de Maria.

– Em que pé estão os advogados? – gritou Kat.

– Na mesma – respondeu Maria.

Kat tentou gritar mais alguma coisa, ou ouvir mais alguma coisa, até que finalmente escutou Maria berrar:

– Espere! Vou escrever!

Kat esperou a noite toda e depois a manhã inteira. Ela parou de esperar apenas quando começaram uma inspeção em sua cela. Nesse ritual semanal, as funcionárias da cadeia vasculhavam literalmente todos os pertences delas, primeiro colocando-os para fora como se estivessem em exposição, em seguida revistando tudo e, às vezes, confiscando ou jogando fora certas coisas. A corda de Maria, com uma meia pendurada na ponta, contendo uma carta e algo para fazer peso, apareceu na janela no pior momento possível: exatamente quando as inspetoras apareceram na porta. Orlova entrou em pânico e sussurrou para Kat:

– Idiotas.

[CASTIGO]

Mas, milagrosamente, as inspetoras não perceberam nada. Assim que elas saíram e a porta se fechou, Kat correu para a janela.

A meia balançava a cerca de um metro de distância: a barreira horizontal empurrara a corda longe. Orlova resmungou, mas rapidamente fabricou a ferramenta que Kat já devia ter feito àquela altura: um cabo de vassoura ou algo do tipo, com um gancho na ponta, feito com folhas de cuchê arrancadas de revistas e retorcidas. Alguém tinha enviado para a jovem um exemplar da edição russa da National Geographic, que ela odiou ter de rasgar, mas produziu o melhor gancho possível. Ela o usou para puxar a corda pela janela e retirar a meia. Kat logo depositou sua resposta na mesma meia, amarrou-a à corda, colocou-a delicadamente para fora com a ajuda do gancho e deu um puxão para sinalizar que as detentas da cela de cima podiam recolher a corda. Kat era péssima para lidar com o gancho, por isso Orlova o fez para ela.

Mesmo assim, a quarta carta que trocaram – a resposta de Kat ao segundo bilhete de Maria – se soltou da corda e caiu no chão, ainda dentro da meia. Esforçaram-se tanto e mal conseguiram ter uma conversa. Maria escreveu um bilhete sobre a tentativa de angariar fundos nos Estados Unidos, mas faltaram muitas informações e Kat não entendeu nada. Kat escreveu de volta fazendo um resumo sobre sua nova defesa e incentivando Maria a tentar arranjar um advogado que representasse as três, para que elas pudessem, pelo menos, se comunicar umas com as outras. Maria escreveu: "Sinto muito que os advogados estejam falando coisas horríveis a seu respeito. Mas não se preocupe com isso agora. Estou preocupada com você. Não gosto do estado em que se encontra". Isso magoou Kat, mas sua resposta nunca chegou lá em cima. Ela havia escrito: "Se eles tivessem feito isso com você, eu os teria demitido".

E não havia nenhuma maneira de se comunicar com Nádia. Ela estava no terceiro andar. De qualquer maneira, Kat achava que não havia sentido em falar com ela. Nádia sempre sabia exatamente o que estava acontecendo.

───

O CLIMA DENTRO DO TRANSPORTE de prisioneiros estava todo errado. Kat não sabia o que dizer, então ficou quieta. Em determinado momento, Maria e Nádia começaram a falar uma com a outra. Mas, no aquário, quando viram Khrunova, elas se dirigiram ao mesmo tempo a Kat, rindo:

– Então você arranjou uma advogada mais nova e mais bonita!

Khrunova sempre usava vestidos feitos sob medida nas audiências, completando com um cardigã para deixar o visual mais sóbrio. Ela não poderia parecer mais diferente da obesa Vôlkova.

Kat foi a primeira a fazer uma declaração. Ela disse que a ação tinha sido política.

– Não queríamos ofender ninguém. E, se o fizemos, dissemos que estávamos arrependidas. Mas uma oração punk não é um crime.

Então ela passou da primeira pessoa do plural para a primeira pessoa do singular e, rapidamente, murmurou que ela, na verdade, não havia feito nada na catedral.

Maria havia preparado um longo discurso, no qual ela tinha a intenção de reiterar o que dissera durante o julgamento. Ela tinha dito no transporte de prisioneiros que iria continuar repetindo sua mensagem o tempo que fosse preciso para que chegasse até o povo.

– Estamos cumprindo pena por nossas crenças políticas e, mesmo que sejamos enviadas para uma colônia penal, não vamos ficar quietas, não importa que seja isso o que vocês querem – disse ela, aparentemente se dirigindo ao tribunal.

– Não fuja do assunto em questão – disse a juíza.

– Eu gostaria de abordar a declaração de Pútin em relação a "termos de engolir dois anos".

A juíza levantou a voz.

– Assunto em questão!

– Vou falar mesmo assim. Ao contrário de Pútin, eu posso dizer o nome de nosso grupo em voz alta. Ele se chama Pussy Riot. E isso soa e é muito melhor do que ele convocando as pessoas a "matar o inimigo na latrina" – disse ela, referindo-se ao discurso que tornou Pútin popular na Rússia em 1999. Depois disso, a juíza começou a gritar e o povo, dentro e fora da sala do tribunal, começou a aplaudir, e ninguém podia ouvir mais nada.

A maior parte do discurso de Nádia foi abafado pelos gritos e aplausos. Ela disse que o caso provara a natureza repressiva do Estado russo.

– Eu exijo a revisão do veredicto e quero avisá-los de que a manutenção do regime de Pútin irá levar o país a uma guerra civil.

– Isto não é uma campanha eleitoral! – gritava a juíza, cada vez mais alto.

Os discursos dos três advogados antigos se transformaram em uma competição de gritos entre eles e a juíza, de modo que, por fim, apenas as palavras presidente, igreja e reivindicação podiam ser distinguidas.

Mas Khrunova se dirigiu a um tribunal em silêncio.

Ela disse que não achava que Nádia, Maria e Kat haviam cometido um crime. Mas, acrescentou, Kat nem sequer tomara parte nas ações que o tribunal havia considerado criminosas:

– Ela não pulou, rezou nem cantou.

Ela falou por não mais do que sete minutos, e então, quase imediatamente, percebeu que algo estava errado. Um depois do outro, os advogados das chamadas "vítimas" se levantaram e teceram elogios a ela, seu discurso e sua postura, mesmo que admitissem discordar dela. Falaram que a advogada havia feito um ótimo discurso. Que era um alívio ouvir argumentos jurídicos depois de um julgamento dominado por declarações políticas. Afirmaram que a respeitavam. Khrunova se sentia como se tivesse caído em uma armadilha, embora não conseguisse descobrir quem a colocara ali nem com qual objetivo. Seu melhor palpite era que todos, inclusive o lado oposto, estavam genuinamente cansados da farsa que estavam testemunhando, em vez de um julgamento, e um discurso simples, claro e decididamente jurídico parecia uma novidade tão grande que eles se viram motivados a elogiá-la... em uníssono. Seu pior palpite era que tudo não passava de uma armação da qual Kat seria uma participante voluntária ou um peão involuntário cujo papel era dividir o grupo... e ser recompensada por isso.

―――

A JUÍZA LEVOU QUARENTA MINUTOS para tomar uma decisão. Kat esperou em um pequeno cômodo com uma estranha, ré de um caso diferente e que não parava de falar. Kat estava tentando pensar, embora não soubesse ao certo no que tentava pensar. A mulher continuava interrompendo suas tentativas, e Kat não conseguia descobrir o que a outra queria, embora, por alguma razão, parecesse ser pena.

A juíza leu sua decisão: ela manteve as sentenças de Nádia e Maria, mas suspendeu a pena de dois anos de Kat.

— A ré deve ser libertada na sala de audiências.

Maria se levantou e começou a abraçar Kat, apertando-a com força, tentando colocar naquele abraço toda a alegria que a tomava. Nádia pareceu chocada e momentaneamente perdida, em seguida deu um passo na direção de Kat para abraçá-la. Parecia estar de mau humor, mas já estava assim a caminho do tribunal, e Kat achou isso perfeitamente compreensível na véspera de sua mudança para uma colônia penal.

Os agentes penitenciários abriram a porta do aquário. Nádia e Maria foram conduzidas para fora algemadas, como de costume. Um agente retirou as algemas de Kat e disse a ela para segui-lo. Ele a levou para uma sala no andar de baixo, disse-lhe para esperar pelos documentos e saiu – deixou-a sozinha, sem algemas, em uma sala com uma janela sem grades –, e ela andou pelo cômodo como uma mulher livre por meia hora esperando por seus documentos. No corredor, Stanislav Samutsiévitch chorou ao dar entrevistas e voltou a chorar quando olhou para a mãe de Maria.

Kat finalmente recebeu seus documentos e foi para o vestíbulo. Havia muitas câmeras – ela tinha a sensação de que Orlova havia mencionado ter visto algo assim na sua borra de café – e muitos microfones, e Kat ficou parada ali por alguns minutos, até que dois jovens se aproximaram dela. Ela conhecia um deles – ele ajudara em algumas ações – e o rapaz disse:

– Você pode confiar nele – disse, referindo-se ao outro, e eles a conduziram para longe do tribunal.

Em determinado momento, um deles disse:

– Vamos correr.

E correram.

ONZE
MARIA

Oi, Ôlia.

Hoje é 30 de outubro. Estou em um centro de detenção provisória em Perm. Serei transferida daqui para uma colônia penal em breve. Não sei para qual delas irei, mas é definitivamente na região de Perm, e aqui há somente duas: uma nos limites da cidade e outra a cerca de 150 quilômetros de distância. Tudo isso provavelmente parece bobagem: com acesso à internet, você deve saber melhor do que eu onde estou. Já se passou quase uma semana e meia desde que deixei o centro de detenção provisória de Moscou. Sofro com a falta de informações. Passei quatro dias em Kirov, e ninguém apareceu – digo, nenhum dos advogados[21].

Duas semanas sem comunicação me deixam extremamente ansiosa. Sinto-me estranha em admitir isso. Restam-me seis envelopes, e essa é a única coisa que me dá um pouco de esperança: envio cartas sem ter a menor ideia se elas serão recebidas. Eu tinha a possibilidade de trazer cerca de trinta quilos de coisas comigo quando deixei Moscou, por isso ainda tenho alguma reserva de comida, mas que não vai durar mais do que duas semanas (e isso

---

[21] Ninguém mais esteve lá, mas os advogados de defesa seriam praticamente os únicos em condições de exigir um encontro com Maria. No entanto, não é uma prática padrão que os advogados de defesa visitem seus clientes enquanto estão em trânsito.

se eu for bem moderada). Enquanto isso, o absurdo sistema de transferência de fundos da detenção provisória para a colônia penal implica que eles só chegarão lá um mês inteiro depois que eu finalmente chegar. E ainda não há sinal dos advogados. Eu os xingo mentalmente sem parar. O desamparo me faz querer bater os pés ou fazer greve de fome.

Você não pode imaginar o quanto quero saber alguma coisa, qualquer coisa sobre o que está acontecendo em Moscou. Suspeito que o interesse tenha diminuído e continuará caindo daqui para frente. É claro que isso conta para mim, mas não é primordial. Eu ainda acredito no poder do gesto, no poder de tomar uma posição, e sempre haverá pessoas que verão e entenderão, estou certa disso.

Nenhuma das coisas assustadoras que me disseram sobre o transporte era verdadeira. O processo de transferência é extremamente envolvente, embora fisicamente desgastante. Eu organizei uma lista de coisas que precisam ser feitas para tornar o sistema pelo menos remotamente semelhante a uma prática humanitária. Agora estou querendo saber para quem eu deveria dar essa lista. Estou escrevendo um diário, lendo Mamardachvili[22], um pouco de cada, e torcendo para não enlouquecer – ou, se o fizer, que não seja publicamente. Não me esqueça!

Querida Ôlia,

Não sei como começar esta carta. Dezembro. Você pode colocar o sinal de pontuação que quiser depois dessa palavra, e ela ainda mal começará a descrever o que eu sinto. Já é dezembro, ainda é dezembro, é realmente dezembro, ou será que é? Algo me diz

---

[22] Merab Mamardachvili (1930-90) foi um filósofo da república soviética da Geórgia.

que você irá receber esta carta quando todos estiverem se preparando freneticamente para o ano-novo, enquanto eu continuo sentada neste "lugar seguro". Eu queria ter escrito logo depois que você veio me ver aqui, mas não pude, e já é 2 de dezembro.

———

MARIA CHEGOU À COLÔNIA PENAL Número 28 no início de novembro. Quando saiu da "quarentena" – o confinamento na solitária que inaugura o período de encarceramento na colônia –, a neve cobria o chão e as nevascas aconteciam diariamente. Essa era a instituição a cerca de 190 quilômetros de Perm, em Berezniki. Uma das cidades industriais mais antigas da Rússia, com quatro fábricas que dominavam sua economia e a atmosfera difícil, Berezniki havia sido completamente reconstruída na década de 1960. Parecia que dezenas de edifícios idênticos, de tijolinhos cinzentos e cinco andares, tinham sido transportados por via aérea e jogados ali em linhas paralelas e perpendiculares perfeitamente impossíveis de diferenciar.

A Colônia Penal 28, uma das duas colônias da cidade, situava-se na periferia de Berezniki: um sólido muro de concreto, coberto com arame farpado, cercava um agrupamento de edifícios de dois andares, descuidadamente construídos com os mesmos tijolos cinzentos. Cada bloco abrigava duas unidades, uma por andar. O espaço disponível acomodaria cerca de setenta pessoas, se as presas fossem acomodadas de acordo com as instruções oficiais, mas a administração conseguiu espremer duas vezes esse número nas camas de metal que formavam uma rede apertada no vasto espaço indiviso do alojamento. Pequenos cubículos de madeira separavam as camas, um para cada duas detentas. Qualquer pertence pessoal que não pudesse ser escondido nesse pequeno espaço tinha de ser embalado em um enorme saco preto e enfiado, junto com outros sacos pretos, em um depósito.

[CASTIGO]

Cada alojamento incluía, além de um quarto gigante, uma cozinha com duas mesas, uma geladeira, um micro-ondas e uma chaleira, para que a minoria cujos parentes mandavam alimentos pudesse armazenar e reaquecer o que fosse possível substituir da intragável comida do refeitório; uma "sala de lazer" equipada com uma televisão e um reprodutor de DVD, bancos e cadeiras para pessoas que nunca apareciam, pois as presas estavam sempre trabalhando ou dormindo, mortas de cansaço por causa do trabalho monótono e sem fim; e um banheiro com três vasos sanitários e nenhuma divisória. Tomava-se banho uma vez por semana, no dia em que as presas marchavam até a casa de banhos da colônia. Em outras ocasiões, as mulheres tinham de se limpar usando as privadas e as duas pias à vista dos sanitários: o processo era tão humilhante que nenhuma das ex-prisioneiras que eu entrevistei aceitou descrevê-lo. Alguns alojamentos tinham água quente nos banheiros, mas não todos.

Antes que Maria fosse transferida da quarentena, a Unidade 11 passou por uma reforma. Algumas presas foram transferidas e distribuídas entre outras unidades, por isso a quantidade de ocupantes da unidade diminuiu para aproximadamente as setenta pessoas que os alojamentos podiam legalmente acomodar. Certas paredes receberam pintura e o banheiro, água quente encanada. Mais tarde, depois que uma ativista importante dos direitos humanos entrevistou Maria na colônia, divisórias foram levantadas entre os sanitários.

Maria também havia se preparado para a transferência. Ela continuava a ler o Código de Processo Penal e o Código de Execução Penal, que havia começado a estudar na detenção provisória. No início, ela teve a impressão de que seu cérebro saturado de ciências humanas sucumbiria ao peso daquela linguagem densa, mas, nas audiências, ela começou a ver que sabia mais sobre o que estava acontecendo do ponto de vista jurídico do que suas companheiras, seus advogados e, ela suspeitava, que a própria juíza. Agora, depois de um mês em trânsito e duas semanas de quarentena, Maria estava mais do que familiarizada com o código penal: sentia que era tarefa sua se assegurar de que a lei, como ela a havia aprendido, fosse observada.

Maria conversava com todas, ou pelo menos tentava conversar, como sempre fazia. A maioria das mulheres estava ali por envolvimento com drogas. Algumas eram traficantes de verdade, a maioria era formada por usuárias que se aventuraram sem sucesso no tráfico e outras apenas estavam no lugar errado na hora errada. Suas sentenças eram, em média, de sete anos, a maioria tinha menos de trinta anos e poucas tinham contato com suas famílias. As assassinas eram diferentes, mais velhas e com fortes laços familiares, embora grande parte delas estivesse cumprindo praticamente as mesmas sentenças que as mulheres envolvidas com drogas. Algumas presas estavam lá por fraude. Os promotores russos frequentemente acusavam as pessoas de fraude: era o crime polivalente e a melhor acusação para se fazer quando o interesse era extorquir dinheiro ou acertar as contas entre sócios comerciais (sendo que um deles geralmente subornava o promotor). Os fraudadores eram considerados a elite intelectual e econômica da prisão russa, e a maioria deles era formada por homens; muitos conseguiam acomodações em cadeias municipais, por isso não era comum encontrar muitos detentos cumprindo pena por fraude nas colônias.

Lena Tkatchenko era uma exceção. Funcionária de uma imobiliária em Perm, ela alugava um apartamento por dois dias e depois o disponibilizava dez vezes em 24 horas, apresentando-o dez vezes, assinando dez contratos, entregando dez chaves

[CASTIGO]

e coletando dez pagamentos do primeiro mês, do último mês e o depósito do seguro. Os novos inquilinos apareciam quando o desavisado proprietário do imóvel voltava, e caberia a ele lidar com a fúria das vítimas e com a polícia. Lena tinha regras: ela nunca pseudoalugava para pessoas que pareciam não ter como arcar com a perda do equivalente a alguns meses de aluguel ou que pareciam precisar mais de dinheiro do que ela. Entretanto, ela precisava muito do dinheiro. Lena e suas colegas da imobiliária aplicaram impunemente esse golpe durante um ano, até que ela foi pega. Aos vinte anos, ela foi sentenciada a sete anos, e cinco deles já haviam passado.

Lena gostava de conversar sobre música e ficou impressionada quando ouviu dizer que Maria fora integrante de uma banda. Tinha ouvido falar de Pussy Riot e do julgamento e, apesar de as moças terem sido retratadas como bruxas nos noticiários – ou melhor, exatamente por causa disso –, ela achou que mereciam sua simpatia. Lena também gostava de falar sobre uma carcereira, uma mulher de quarenta e poucos anos que ela vinha cortejando havia meses, dando-lhe uma flor todos os dias no verão e algum outro sinal de afeição no inverno. A carcereira aceitava os presentes, mas Lena reclamava que ela a tratava como criança. De sua parte, ela enxergava Maria um pouco como criança, uma menina que precisava ser protegida por ser muito inteligente e muito teimosa para ser apreciada pelas outras. Lena certificou-se de explicar a Maria, em detalhes, como o lugar funcionava – era boa em sistematizar, iria ser advogada quando saísse dali – e logo estava respondendo perguntas que pensou que ninguém jamais faria.

Não era contra as regras, Maria perguntava, fazer as presas trabalharem em turnos de doze horas? A fábrica de roupas da colônia funcionava sem parar, com metade das detentas trabalhando turnos que iam das seis da manhã até as seis da tarde e dormindo das nove e meia da noite às cinco e meia da manhã, enquanto a outra metade trabalhava da noite do dia anterior até a manhã do dia seguinte e acordava às duas da tarde. Sim, era ilegal fazê-las trabalhar doze horas seguidas. Além disso, trabalhos locais, como carregar tijolos para obras intermináveis, eram frequentemente adicionados entre o final do turno de trabalho e o apagar das luzes. O pior, disse Lena, era que a colônia penal arranjava encomendas enormes de costura por praticar preços inferiores aos dos fabricantes normais em todas as confecções, desde roupa de cama a uniformes, e então embolsava metade ou mais do suposto custo de mão de obra, de modo que as presas recebiam apenas alguns copeques para cada rublo a que tinham direito. Era trabalho escravo – não havia outro nome para aquilo –, e Lena vinha documentando as infrações havia anos, ainda que não tivesse ninguém a quem mostrar a documentação. Mas ativistas dos direitos humanos, autoridades, inspetores e jornalistas – todos – iriam à colônia ver Maria, Lena pensou, e isso permitiria que ela finalmente revelasse as infrações ao mundo.

―――

TRÊS DIAS DEPOIS QUE MARIA foi transferida para a Unidade 11, sete detentas apareceram no final da tarde, quando Lena estava quase saindo para trabalhar no turno da noite. Ela tinha uma ideia de quem eram aquelas sete: eram conhecidas por fazer o trabalho sujo da administração. Agora estavam todas na Unidade 11, supostamente de mudança, exceto que tudo o que tinham consigo eram seus colchões enrolados. Era como se estivessem ali para passar a noite e desempenhar uma tarefa especial. Maria ainda não fora escalada para um turno, então ela estaria ali, na unidade, enquanto Lena trabalhava.

– Não fale com elas – disse Lena rapidamente. – Conversaremos de manhã.

[CASTIGO]

Mas, quando estava saindo, ela viu as mulheres rodeando Maria. Ouviu-as dizendo:

– Foi sua culpa.

Quando Lena voltou de seu turno, Maria tinha ido embora. Alguém a tinha visto chorar, assinar alguns papéis e ser levada pela oficial de serviço. Ela pedira para ser transferida para a solitária para sua própria proteção.

Acho que foi no dia seguinte ao que nos vimos que me trouxeram um pacote da minha mãe, e nele estava tudo o que eu havia pedido. Tinha um relógio, e eu o coloquei no pulso. Acho que já tinham trazido os livros[23]. Era noite. Esta cela quase sempre é calma – nem um pouco parecida com o alojamento onde fica a unidade –, e então eu coloquei o relógio, que fazia tique-taque na minha mão, e comecei a ler um livro. Acho que era de Gandelsman[24] – (continuo escrevendo "eu acho", parece uma palavra viciada, mas é porque não consigo me lembrar de nada com certeza, os dias se misturam) –, eu só queria dizer que era um momento muito comovente. Não sou uma pessoa muito boa, e ali estava eu, cercada de poesia maravilhosa e coisas enviadas por pessoas que me amam. É difícil explicar, mas tudo isso se torna inacreditavelmente importante quando se está presa. Não se preocupe se não parei de falar bobagem quando você esteve aqui. Eu simplesmente não posso me permitir sentir coisas aqui como posso sentir aí fora. Aqui não pode ser. E no julgamento não podia ser.

É 3 de dezembro. Estou frequentando a escola de comércio já faz dois dias. Estou costurando luvas. Elas são grandes e quentes.

---

23 Os livros não vêm com o resto das encomendas, pois devem passar pelo censor, que proíbe qualquer livro em língua estrangeira ou livros que tenham anotações manuscritas nas páginas, assim como qualquer coisa considerada subversiva ou capaz de ajudar a planejar uma fuga.

24 Vladímir Gandelsman é um poeta russo contemporâneo.

Têm enchimento de algodão do lado de dentro. Chego lá, tiro o casaco, coloco um lenço na cabeça e mergulho diretamente no realismo socialista. Mas, até aí, estou submersa nele o tempo todo. Tenho na cabeça um lenço branco com pontas finas e espetadas, a máquina está zunindo e é feita de partes que têm nomes assustadores. Vejo grandes construções de ferro cobertas com tinta grossa e cabos pretos que levam a corrente elétrica e a enterram no chão ao lado dos alojamentos. Se a terra conduzisse eletricidade, a corrente que sai de todos os alojamentos, da fábrica e de todos os lugares faria as minhocas pularem, e os insetos também, criando montinhos na superfície. É claro que, sendo humanitários, encontraríamos uma maneira de criar um tipo de minhoca que não sentiria dor por causa disso. Quanto aos seres humanos, com quem geralmente não somos humanitários, esses usarão botas com solado isolante especial. O Estado fornecerá botas especiais para este lugar, mas a corrupção vai fazer seu trabalho, o fornecimento será esporádico e as solas fabricadas na China não serão confiáveis, enquanto os defensores dos direitos humanos vão dizer que está tudo bem (essa parte não precisa de imaginação). Com o tempo, as presas irão descobrir como fazer suas próprias solas, mas o processo de fazê-las será considerado uma infração, então temos de tomar cuidado. Quero dizer, teremos de tomar cuidado. Mas isso será no futuro: por ora, tudo está bem. Passo meu tempo na companhia de pessoas muito interessantes: Hemingway, Shakespeare, Grass... Bem, você conhece todos eles. Eu pareço ter perdido a habilidade de escrever. Ou seria apenas esta noite?

―――

Como criminosa condenada, Maria tinha direito a uma visita de quatro horas a cada dois meses, com até dois adultos e uma criança, e uma visita conjugal ou familiar de três dias a cada três meses. Natália Aliôkhina e Ôlia Vinográdova a visitaram em novembro. Nikita veio em dezembro. Falaram principalmente sobre Philip, que parecera muito assustado quando o pai o levara para uma visita no centro de detenção provisória. O menino ficara vermelho e se sentara bem ereto, e Nikita, ansioso, tentara apressar ambos, o filho e Maria, que não abriam a boca:

– Gente, não temos muito tempo, não fiquem apenas sentados aí.

Duas visitas posteriores foram melhores – Nikita chegou a pensar que a terceira foi ótima, como se já fosse natural para Philip falar com a mãe atrás de uma divisória de vidro –, e então Maria foi transferida para a colônia penal.

Nikita imediatamente disse ao filho o que acontecera:

– Eles colocaram a mamãe na prisão.

Foi difícil explicar o motivo, claro. Não porque Philip fosse uma criança, e sim porque seria complicado explicar aquilo para qualquer pessoa.

Nikita disse que Maria tinha ido à Catedral do Cristo Salvador, e o garoto entendeu "o castelo do salvador", o que pareceu perfeito para o pai. Então ele disse que sim, ela foi ao castelo do salvador e cantou bem alto, o que era proibido.

Maria preencheu uma solicitação para que sua sentença fosse adiada até que Philip completasse catorze anos. Havia um precedente: uma mulher em Irkutsk fora recentemente condenada por homicídio em direção veicular depois de ter atropelado três moças na calçada e teve sua sentença adiada. Mas aquela mulher era filha de um promotor, e Maria percebeu que a corte não seria tão caridosa com alguém que tinha cantado bem alto no castelo do salvador. Ainda assim, valia a pena lutar por lutar. E valia a pena sair de sua cela e entrar em uma sala de tribunal onde ela veria rostos familiares. E havia também um pouco de esperança.

O Colegiado Municipal em Berezniki foi pintado, já esperando todos os meios de comunicação que viriam para a audiência do dia 16 de janeiro. Piêtia organizara uma campanha bem-sucedida para chamar a atenção da mídia e para obrigar as autoridades a mudarem a audiência da colônia para a cidade. Um aquário de vidro foi construído na sala do tribunal que, aparentemente, não havia até então sido preparada para receber criminosos perigosos. O local estava cheio de jornalistas e seguidores – um grupo desorganizado que se formara em torno de Piêtia nos últimos meses –, e dezenas de pessoas estavam assistindo ao processo no lobby, em um monitor que fora instalado para a ocasião.

Maria e Nádia haviam demitido os advogados que as representavam. Em Moscou, eles haviam agido de maneira constrangedora, mas, depois que elas foram transferidas para as colônias, os advogados simplesmente sumiram. Dessa vez, Maria era representada por um advogado local com experiência em trabalhar com presos e por um ex-prisioneiro político soviético de Moscou. O promotor e uma representante da colônia penal, uma mulher de cabelos cor de cobre vestindo um uniforme azul celeste, argumentaram que Maria não merecia ter sua sentença reduzida, pois vinha cometendo infrações na colônia. Por duas vezes, ela deixara de se levantar quando foi acordada por uma funcionária da instituição às cinco e meia da manhã. Uma vez ela fora apanhada levando para uma reunião com seu advogado bilhetes que foram considerados correspondência que ela estava tentando enviar ilegalmente sem o conhecimento dos censores. E, uma vez, ela se recusara a testemunhar contra si mesma em uma audiência disciplinar: isso também era uma infração.

O advogado local assediou a representante da colônia com pedidos de documentos e uma cópia impressa das regras da instituição penal. O ex-dissidente assinalou que todas aquelas supostas infrações eram pequenos aborrecimentos, o tipo de coisa que a colônia normalmente iria ignorar, a não ser que quisesse pegar no pé de uma prisioneira. Maria disse:

– É aqui que podemos mencionar Gógol, Kafka e Orwell, mas isso parece redundante.

> Ôlia, estou tendo problemas com minhas emoções. Não consigo lidar com elas e desprezo a mim mesma por isso. Algo pequeno, o menor ardil começa a parecer um grande ato de injustiça. Eu sei que não vão me libertar, por isso, que diferença faz se atribuem a mim uma infração a mais ou a menos? Sou indiferente à ideia de libertação. O que está acontecendo, então? Sei o que é, e me desprezo – não, eu não desprezo a mim mesma. Tenho pena de mim mesma, e isso me humilha. É o triunfo deles, de seu poder mesquinho – e é mesmo, seu poder é minúsculo, mas eles o utilizam ao máximo. Isso é tão baixo [...]. Eles servem ao Estado. Imagine que tipo de Estado é esse, Ôlia: eu o vejo todos os dias agora, e isso me aterroriza. Me aterroriza ver o monstro que eles recriam a cada uma de suas ações. É a isso que nos referimos quando falamos do "sistema", mas não se trata de um sistema, de maneira alguma, ele é incapaz de criar ou até mesmo de destruir o que seja, não passa de um grande deserto. E eu vou sair, mas essa coisa vai ficar aqui e continuar a se reproduzir [...]. Há apenas uma coisa que eu quero: manter esta lembrança. E se eu não tiver o dom nem a força necessária para mostrar o que vi aqui, então outra pessoa o fará. Caso contrário, por que razão estou vendo e sentindo tudo isso com tanta clareza? Possivelmente porque sou neurótica.

Depois de cerca de seis horas, a juíza, uma mulher de mais idade com um ar gentil de diretora de escola, retirou-se para sua sala para redigir a decisão. O grupo de apoiadores mandou alguém buscar alguns lanches. Os jornalistas recarregaram seus equipamentos e gravaram algumas matérias rápidas fora da sala do tribunal. Uma hora e meia mais tarde, os jornalistas e outros presentes foram levados para um corredor fechado fora do lobby para que Maria pudesse voltar para a sala sem ver qualquer um de nós.

– Ficou demonstrado que a criança é prejudicada pela ausência da mãe – a juíza leu em voz alta. – Entretanto, essa ausência é resultado de a mãe ter cometido um crime. Ter um filho não impediu Aliôkhina de cometer um crime. Além disso, é a opinião do tribunal que a ré não irá se corrigir caso volte para casa e se concentre em criar seu filho.

Oi, Ôlia!

Nós finalmente nos falamos hoje. 25 de fevereiro. Você disse: Saia logo. Disse: Saia da prisão. Mas eu nem sequer posso sair da solitária e ir para o alojamento.

"É tudo para sua própria segurança." O noticiário está cheio de tanques e armas: os brinquedos favoritos de VVP[25]. Brinquedos caros. A mensagem é semelhante: tudo isso (uma pilha de sucata da qual ninguém precisa) é "para sua própria segurança". Aumentar a capacidade de defesa, aumentar os juros como se fosse investimento, aumentar, aumentar, aumentar... É um pesadelo freudiano: até onde vai aumentar e para quê? Continuamos aumentando e a coisa continua caindo... Caindo: foguetes caem, salários caem, os juros caem. Mas eles mantêm a pompa, o barulho e os minutos de silêncio. Os membros do Parlamento fizeram um minuto de silêncio quando uma criança adotada na Rússia morreu nos EUA. Se fizessem um minuto de silêncio para cada criança que morre em famílias adotivas na Rússia, para cada detento que morre na prisão, para todos que perdem a sanidade

---

25 Vladímir Vladímirovitch Pútin.

em hospitais, seu trabalho se transformaria em luto oito horas por dia e sete dias por semana. E eu quero – eu exijo – ver um luto real, e não o ritual de colocar uma coroa de flores na Chama Eterna, mas o tipo de luto que os faz suar.

26 de fevereiro

Você tem muita sorte por receber as notícias da maneira como as recebe. Minha fonte tem sido a televisão nesse último ano, e agora eu odeio o jornalismo. E não me diga que o que tenho assistido não tem nada a ver com jornalismo. Pessoas como eu – aquelas que assistem à TV – são maioria, e o que é pior, poucas assistem ao noticiário com espírito crítico [...].

Nosso maravilhoso sistema penitenciário tem um lugar especial para as chamadas infratoras malévolas. As "malévolas" entram em um "registro preventivo" especial, que exige um acompanhamento rigoroso do comportamento da detenta e "atividade profilática". Você pode ser considerada "malévola" por cometer, planejar ou "ter uma tendência" a cometer infrações perigosas (esta última é a minha parte preferida). Infrações perigosas são: tráfico de drogas na prisão; tentativa de fuga; roubo; vandalismo inconsequente; pertencer a um grupo criminoso – o artigo 115 contém a lista completa, da qual também fazem parte a homossexualidade masculina e o lesbianismo [...]. Me pergunto a que espécie de "atividades profiláticas" essas pessoas estão sujeitas. Muito provavelmente, apenas repetem, como robôs, que algo é errado, que é uma infração, e leem as regras em voz alta... E o que mais? O que eles dizem à pessoa? Provavelmente que é uma doença: estou disposta a apostar que é exatamente o que dizem. Voltando ao ponto em que você pode ser colocada em um registro por "ter uma tendência". Eu adoro a poesia de Oscar Wilde, dos gregos antigos e de Marina Tsvetáieva. Se eu a declamar, isso seria visto como prova de uma "tendência"? Tenho certeza de que é possível. E, se você estiver no registro, eles fazem uma marca especial em seu arquivo pessoal, e, uma vez feita a marca, a liberdade condicional deixará de ser uma possibilidade. Isso é tudo, tenho que ir para a escola de comércio agora.

Voltei para o almoço. Tenho boas notícias: recebi respostas por escrito às minhas perguntas e propostas. Agora tenho um pedaço de papel que diz que eu tenho o direito de lavar meus cabelos todos os dias! Isso não é uma infração! É uma vitória. Outra pequena vitória é: não preciso mais ser submetida à cadeira ginecológica antes e depois de encontrar meu advogado. Foi assim durante um mês, e agora finalmente consegui que fosse cancelado. Era doloroso e repugnante e, de qualquer maneira, ninguém aguentaria ser submetida a isso quatro vezes por semana.

Essas não foram as únicas vitórias de Maria. Ela continuou a escrever queixas oficiais. Apelou de todas as infrações das quais foi acusada. O tribunal de Berezniki foi convocado novamente no último dia de janeiro para avaliar as infrações, e uma audiência que deveria ter levado quinze minutos prolongou-se por uma semana. Dessa vez, as autoridades prisionais não permitiram que ela fosse ao tribunal em Berezniki. Os jornalistas estavam lá – não tantos quanto duas semanas antes, mas pelo menos umas dez pessoas – e o grupo de apoio também, embora sua mãe não tivesse ido dessa vez, mas a própria Maria era apenas uma imagem em um pequeno monitor de tela plana à direita da águia de duas cabeças, que é o símbolo da Rússia, e uma voz nos alto-falantes.

– Maria Vladímirovna, você consegue nos ver? – perguntou a juíza quando a audiência começou.

– Mal posso vê-los – respondeu ela, apertando os olhos. – Para mim, a senhora é apenas uma silhueta escura. E não consigo ver nem ouvir o promotor.

– Você pode nos ouvir – afirmou a juíza.

A audiência prosseguiu aos trancos e barrancos. Maria insistiu em seus direitos – o direito de ser representada por um advogado a quem ela pudesse consultar com privacidade, o que significava ter proximidade física – e a juíza permitiu que o advogado de defesa fosse até a colônia e se sentasse ao lado de Maria diante da tela. Maria também insistiu em rever procedimentos e exigiu documentos da colônia. À medida que os dias se arrastavam, o que começou como um procedimento burocrático humilhante se tornou algo semelhante a uma audiência judicial. No final, a juíza fez algo que talvez nenhum outro juiz russo tenha feito naquela situação: ela derrubou duas das supostas infrações de Maria e ordenou que a colônia penal colocasse a casa em ordem.

Em seu pronunciamento final na audiência, Maria disse:
– Um filósofo chamado Heidegger disse certa vez que a linguagem é a casa do ser. E tenho de lhes dizer que ser parte da linguagem desses objetos seguros e de propósito específico, decretos e emendas, ordens administrativas, procedimentos obrigatórios e transporte é um pesadelo. E senti isso durante esta audiência, estou sucumbindo aqui. Preciso desenvolver meu potencial, preciso trabalhar no que acredito que nasci para fazer. E gostaria muito de fazer isso. Gostaria de sair o mais rápido possível e realizar meu trabalho. Acredito que essa represália total e generalizada às prisioneiras vai parar. E presumo que a decisão, em meu caso, já tenha sido tomada e provavelmente não em meu favor, mas esta audiência nesta semana talvez tenha feito a administração da colônia penal entender algo. Mais do que qualquer outra coisa, quero que eles entendam que somos seres humanos e que seus uniformes e distintivos não mudam esse fato. Somos seres humanos.

Depois da audiência, Maria deixou de sucumbir dentro da linguagem do juridiquês e começou a viver nela. A administração, aparentemente percebendo que não conseguiria se livrar dela e não poderia mantê-la na solitária indefinidamente sem ter de enfrentar mais reclamações e sanções legais, transferiu-a para o alojamento. Lena Tkatchenko foi transferida para outra unidade, mas ela e Maria encontraram maneiras de se reunir e de se organizar: Lena passava bilhetes para ela instruindo-a a ir até a enfermaria em um determinado horário e elas se encontravam lá como se fosse por acidente. Maria colecionava a documentação das infrações: aonde fosse, ela carregava uma pasta cheia. Muitas prisioneiras da Colônia Penal 28 começaram a trabalhar oito horas por dia, em vez de doze.

Oi, Ôlia!

Parece que já faz um mês desde a última vez que lhe enviei uma carta. A última foi em 26 de fevereiro. O que será que andei fazendo? Hoje é 27 de março. A primavera chegou. Estávamos fumando na varanda da escola de comércio hoje quando a neve caiu do telhado, e foi tanta neve que várias pessoas ficaram presas debaixo dela. A primavera poderia anunciar sua chegada de maneira mais clara? Uma montanha inteira de neve úmida. Queria que você tivesse visto. Todas as fumantes pularam da varanda e não quiseram mais voltar, embora não houvesse mais neve sobre o telhado. Elas continuam mantendo distância, fumando em bando.

Sobre o que eu deveria escrever? Sobre o fato de que vivo atrás das grades e costuro? São coisas bobas. Eu vivo atrás de uma infinidade de portas e uma profusão de barras e estou costurando há quatro meses. Vou lhe contar em detalhes. Não sei se minha história terá algum valor literário, mas vou tentar torná-la interessante.

Olhe sua roupa de cama. Vê como as bainhas são dobradas para dentro? Agora eu sei como se faz. Primeiro, você faz uma dobra de 0,7 mm, depois de 1 cm, e então faz a costura a 0,2 mm da borda. Esses dois décimos de milímetro são importantes, e por acaso também são possíveis. Na verdade, eu diria mais: é uma operação simples. A palavra operação costumava me lembrar hospitais ou a polícia, mas agora também penso em máquinas de costura. O processo inteiro de fabricação de roupas é subdividido em operações (divisão de trabalho). Há operações simples e complexas, e essas últimas devem ser realizadas por costureiras mais experientes. O que é considerado complexo? Costurar o colarinho no orifício (que palavra assustadora, você não acha?): eu consigo fazer isso. Também sei fazer debruns, o que tampouco é simples, mas o nome soa muito bem[26]. Mas uma máquina de costura elétrica é um objeto comum: muitas pessoas possuem uma, como você (tem uma, não é?), mas você definitivamente não tem uma máquina que prega botões e faz casas. Eu consigo fazer isso também.

As casas são rápidas de costurar. O zigue-zague que você vê quando olha para uma casa é feito por uma máquina no intervalo aproximado de dez segundos e, em seguida, uma lâmina desce ali bem no meio. Então, você desloca o tecido e o processo se repete: deslocar, costurar e cortar. Deslocar. Costurar, cortar. Próxima peça. Coloquei casas em roupões.

Existem máquinas que usam três ou cinco carretéis de linha simultaneamente. Elas fazem as bainhas. Primeiro, você coloca o tecido embaixo da lingueta e, em seguida, pressiona o pedal, e uma lâmina fina começa a aparar o pano muito rapidamente enquanto a agulha (ou duas agulhas) fazem as bainhas usando um determinado ponto e um mecanismo que eu não entendo. Demora um certo tempo para desfazer uma costura comum, mas é possível desfazer os pontos das bainhas em um segundo, basta puxar o fio certo.

Gosto do som das máquinas que fazem as bainhas: são como

---

26 A palavra russa para debrum é kant, como o filósofo, e pode ser por isso que Maria acha que soa bem.

pequenos animais, dispostas a comer todo o tecido que você der a elas. Gosto do cheiro do óleo que se sente quando a máquina é limpa: você a abre, deitando-a sobre a parte de trás da mesa, e dá para ver o óleo escorrer e entrar na bandeja de diferentes mecanismos internos. Gosto de cortar as casas dos botões: parecem bocas. Gosto da vista que se tem da janela da oficina: um pequeno bosque depois do qual se veem chaminés de fábricas, e sempre há fumaça saindo delas. Se você passa muito tempo costurando rápido, fazendo a mesma coisa diversas vezes, e então se levanta e olha através da janela, sente como se tivesse passado bem mais de um minuto olhando fixamente. É uma coisa maravilhosa, olhar pela janela. Apenas olhar para fora e nada mais. É como se todo o barulho do mundo diminuísse e o silêncio fosse tão grande que tomasse completamente minha cabeça.

DOZE
NÁDIA

Nádia parecia prestes a chorar.

– Guiera está agindo como se eu fosse uma estranha! Fica tímida perto de mim! Mas espere só até eu sair.

– Esquisito – disse Piêtia. – Guiera normalmente não estranha ninguém.

Isso não ajudou.

A menina não via a mãe desde a última visita de família dois meses antes. Nesse ínterim, ela tinha ido para o litoral montenegrino e estava bastante bronzeada, mais crescida e tímida.

– Você não está bronzeada – disse Piêtia para Nádia. – Não tem conseguido sair?

– Ah, eu costumo sair, sim – disse Nádia. – Como ontem, por exemplo. Estávamos carregando pedras, que estavam em sacos. Guiera, eu trabalho em uma fábrica. Você sabe o que é um celeiro?

Não havia razão para que sua filha soubesse o que era um celeiro mais do que saberia o que era uma fábrica.

– Parece um celeiro com muitas, muitas máquinas de costura. E muitas, muitas mulheres. E estão mudando o piso da fábrica. Costumava ser de madeira e agora vão colocar cerâmica. E estamos carregando pedras para que possam colocá-las embaixo e depois cobri-las com o revestimento. Tudo bem, vou ler para você.

Guiera ainda estava de pé, rígida, ao lado da mãe. A visita

[CASTIGO]

de quatro horas acontecia em uma pequena sala retangular que era dividida por mesas altas. Nádia sentou-se na mesa mais distante da porta, com as costas voltadas para a janela. Piêtia e eu nos sentamos a cerca de dois metros dela, atrás de outra mesa, com nossas costas para a porta. Uma funcionária da colônia penal estava sentada no espaço entre nós. Depois de analisar um pouco, ela permitiu que Guiera passasse para o lado da sala em que Nádia estava.

– Você já aprendeu a ler? Então acho que vou ter de sair da prisão para ensiná-la a ler. Já conhece o jogo do ouriço? – Nádia se inclinou para cheirar ruidosamente o pescoço de Guiera. A menina riu desconfortavelmente. – Você não brinca de ouriço? O que você faz o dia inteiro? Quem é Andrei Usatchev? – Era o nome do autor dos poemas infantis no livro que Guiera carregava. – Por que não está lendo os clássicos? Você lê Kharms?

Daniil Kharms era um poeta do absurdo morto nos expurgos stalinistas dos anos 1930. Piêtia tinha diligentemente decorado um poema de Kharms com Guiera, e até mesmo o tinha enviado a Nádia em um e-mail separado, para que todos eles soubessem o mesmo poema, mas isso fora meses atrás e a filha havia esquecido a maior parte dele enquanto estava em Montenegro. Os três tentaram se lembrar do poema juntos, mas começaram a colocar as palavras do primeiro verso na ordem errada e mais óbvia, e isso foi um problema: o osso do buldogue acabou com a testa enrugada. Guiera finalmente riu como criança.

– Você consegue enrugar a testa? Desde que vim para a prisão, comecei a ter rugas na testa.

Agora, Nádia estava tentando desenhar um buldogue. Ela estava muito longe de nós para que pudéssemos ver o que estava fazendo, e as mesas tinham estranhas barreiras que escondiam o que quer que estivesse ali, mas, aparentemente, ela não gostou de seu desenho.

– Conheço uma mulher aqui que pode desenhar qualquer coisa, porque ela é uma artista profissional.

Houve um tempo em que Nádia se considerava uma artista profissional. Piêtia a lembrou disso, e a resposta foi uma risada amarga. No máximo, ela disse, poderia convencer as pessoas ali de que era "criativa", que era apenas uma palavra chique para esquisita.

Piêtia tentou mudar o rumo da conversa para um assunto positivo:

– Você já preparou aquela vitamina?

Nádia andara sonhando em preparar a bebida e pedira bananas e canela, que ela planejava misturar com leite, disponível na colônia.

– Não tive tempo. Não temos tempo aqui.

– E as duas horas livres antes de apagarem as luzes?

– Não existem. Vivem nos dando trabalho de manutenção extra.

A colônia estava instalando tubulações subterrâneas: naquele momento, os canos de gás, água e esgoto eram externos. Valas intermináveis estavam sendo escavadas e o entulho tinha de ser removido. As presas o carregavam usando os enormes sacos multiuso.

– Vocês não têm carrinhos de mão? – perguntei.

Nádia riu, uma risada zangada.

– E também não temos aviões nem trens.

═══════

– Recentemente, alguém me disse que eu ando como o Exterminador do filme – disse ela.

– Você tem um jeito de andar incomum – disse Piêtia.

– Incomum como? Verbalize. Ah, meu Deus, posso usar essa palavra!

Piêtia pensou por um longo minuto.

– Se o jeito de andar de alguém pode expressar emoções, o seu expressa expectativa. Você dá saltinhos.

– Foi isso que me disseram. Que eu dou saltinhos, que ando com muita confiança e que posiciono meus braços assim. – Nádia colocou as mãos nos quadris e projetou os cotovelos. – E que eu ando por aí como se fosse a dona do mundo. Então, estou tentando andar com um pouco mais de modéstia, mas parece que ainda não sou muito boa nisso.

Aos 24 anos, Nádia estava confrontando a ideia de que nem sempre é uma boa ideia ser notada. Ela tinha sido aquele tipo incomum de menina e moça que sempre pensara que aparecer, ser mais bonita, inteligente e falar mais alto do que todos era algo bom. Até mesmo na prisão aquilo parecera bom no início... Ou ela apenas levara um bom tempo para perceber que não. O relacionamento de Nádia com outras presas parecia tranquilo no começo: ela era muito incomum para formar os laços fortes que causaram problemas imediatos a Maria, e essa mesma natureza alienígena parecia tornar aceitável sua curiosidade antropológica. Ela não colecionava infrações como Maria – na verdade, foi pega de surpresa por sua primeira infração por andar sem escolta até a enfermaria em 2 de março, o último dia de seu primeiro ano de encarceramento, que por acaso era o último dia em que poderia ser penalizada com uma infração para que isso servisse de desculpa para lhe negarem a liberdade condicional. Não demorou para ondas de hostilidade tomarem a colônia penal. Nádia se aproximava de uma detenta na fábrica, com uma pergunta sobre trabalho, e a outra sibilava de volta:

– Não fale comigo.

Nádia era excluída por cerca de uma semana, aí as coisas se normalizavam, apenas para esquentar novamente uma, duas ou três semanas depois, sem motivo aparente.

Pela primeira vez em sua vida, Nádia se viu em uma situação em que não conhecia e não tinha como intuir as regras. Ela era repreendida por não tomar parte de atividades sociais, como o concurso Miss Simpatia ou o de canto, e, quando se inscreveu para cantar e foi ao clube apenas para ensaiar, disseram-lhe que estava cometendo uma infração por estar no local sem uma permissão oficial. Embora essa exigência não parecesse se aplicar às outras presas, Nádia precisava de escolta para caminhar do alojamento até o clube. Mas, enquanto esperava pela escolta, sua permissão expirou. Ela nunca chegou a ir ao clube e nunca participou do concurso.

Piêtia tinha uma pilha de documentos legais consigo. Ele havia desenvolvido uma grande paixão pela advocacia autodidata de prisão, assim como Maria. A advogada Irina Khrunova, que agora representava as duas Pussy Riot presas, dizia que ele era o melhor assistente que ela já tivera. Parecia um bom momento para dar a Nádia alguns documentos para assinar: eram alguns requerimentos que Maria estava experimentando e que a amiga podia secundar. Ela fez que não.

— Não estou nem um pouco interessada. Não acredito em tribunais.

Piêtia tentou convencê-la de que Maria conseguira melhorar sua própria vida e a de outras presas através de meios legais. Nádia não tinha um contra-argumento e ficou ainda mais irritada.

— Piêtia, temos uma visita conjugal em três semanas, certo? Podemos conversar sobre isso então? Você não tem nada para falar comigo agora? O que foi, vai se zangar?

Piêtia não mostrou nenhum sinal de que estava magoado. Já se passara uma hora e quarenta minutos desde o início da visita, e Guiera finalmente estava à vontade no colo da mãe.

— Guiera, qual é sua comida favorita agora?

[CASTIGO]

A menina não conseguia pensar em uma resposta.

– Vou passar lição de casa para Piêtia: descobrir qual é a sua comida preferida e mandá-la para mim aqui, para que eu possa provar também.

– Sabe, Maria não entende como é possível não se deixar fascinar pelas complexidades do direito: ela mergulhou de cabeça.

– Ela tem sorte. Minha desculpa é que todos têm sua própria linguagem. Estou cada vez mais convencida de que não me interesso por política.

– Mas essa é a linhagem do sistema. Ela permite que você veja como o Estado realmente funciona.

– Você não acha que eu tenho uma boa noção de como esse Estado funciona? Eu tenho conhecimento íntimo agora e realmente entendo como os burocratas trabalham. E quanto mais aprendo, menos esperança tenho. Tudo se baseia em um conjunto de crenças cegas e inabaláveis, mesmo usando uma abordagem individual. O próprio conceito que eles têm de poder estatal é visto como uma estrutura estática e imutável por natureza. O mesmo vale para a maneira como a colônia penal é constituída. E a arte. Ninguém quer escutar: me dizem para sumir. Têm medo de informações novas: "Tolokônnikova, pare com isso imediatamente". Mesmo que eu esteja apenas tentando conversar sobre arte. O que eu tento fazer o tempo todo, pois sou especialista nessa área. Ao contrário da costura, por exemplo.

Havia outra razão para ela não querer apresentar novas queixas: ela queria que o tempo na colônia passasse mais depressa.

– Isso é o que todas aqui querem. E as audiências no tribunal ou qualquer outra coisa que quebre a monotonia não ajudam, pois desaceleram o tempo.

Piêtia estava surpreso. Ele acreditava que o tempo na colônia se arrastasse e que as interrupções ajudariam a aumentar sua velocidade. Ele claramente não sabia nada sobre monotonia.

Aos domingos, as presas assistiam a filmes.

– Semana passada, exibiram um filme norte-americano de uma hora de duração sobre higiene dental. Era dublado. Mas o mais engraçado que nos mostraram era sobre a necessidade de lazer. Eu estava sentada ao lado de mulheres que trabalham até uma hora da manhã todos os dias. E lá estavam eles nos dizendo que, quando uma pessoa não descansa, ela se torna um membro destrutivo da sociedade, por causa do elevado risco de acidentes. As mulheres riram tanto que caíram das cadeiras.

O QUE NÁDIA REALMENTE QUERIA assistir era a Laurence Anyways, um filme de Xavier Dolan. Eu não tinha ouvido falar do filme nem do cineasta.

– É um diretor canadense que fez um filme sobre um homem e uma mulher, e o homem decide mudar de sexo – explicou ela. – A outra coisa que me interessa é que o diretor tem 24 anos e já fez quatro filmes, e todos eles foram apresentados no Festival de Cannes. Ele nasceu no mesmo ano que eu. Sempre me comovo quando alguém da minha idade faz algo. E dói de verdade eu ter de passar este tempo atrás das grades.

Estar presa não era apenas uma perda de tempo: era também uma experiência que havia mudado Nádia em aspectos que ela temia não poder mais recuperar.

– Sei que, quando sair daqui, conseguirei encontrar pessoas capazes de me entender e agir junto comigo. Mas percebi que só seremos entendidas por um pequeno círculo de pessoas. É uma espécie de crise. Não me interesso por formas clássicas de arte, mas são elas que podem ser usadas para explicar as coisas para as pessoas. Por isso, estou encarando a tarefa de usar os mecanismos do pop para criar algo que seja meu. É um desafio técnico complexo, por isso estou me sentido um pouco frustrada.

— Mas trata-se de uma reprise da atitude soviética, quando a pessoa só era considerada um poeta consumado se seus livros tivessem uma tiragem de três milhões de cópias — disse Piêtia, sendo um pouco injusto com os poetas da era soviética.

— Por exemplo, *Guerra e paz* não me diz absolutamente nada — disse Nádia, tentando uma abordagem diferente para ser compreendida ou para entender o que ela mesma estava formulando. — Enquanto as tentativas ridículas de Tolstói de educar e organizar as massas me inspiram.

— Interessante, pois foi apenas quando tentou se dirigir às massas que ele começou a ser considerado problemático pela Igreja.

Piêtia estava se esforçando para continuar o diálogo, mesmo que fosse difícil entender o que Nádia queria dizer.

— Ser notada... Eu costumava pensar que isso era algo bom — disse Nádia.

Ela também não estava ouvindo Piêtia.

Ocorreu-me que eu poderia muito bem falar sobre algo que Nádia e eu vínhamos discutindo em nossas correspondências: a linguagem. Pussy Riot havia subvertido a fala soviética, que pervertera a linguagem. Mas como alguém conseguiria isso usando uma forma de arte mais tradicional?

— Eu realmente sinto os problemas com a linguagem aqui — disse Nádia. — Sim, palavras sendo usadas para significar exatamente o contrário, e isso vem de cima para baixo. E, a cada etapa, ao passarem a palavra adiante, as pessoas percebem o que estão fazendo, mas ainda assim o fazem para manter o status que adquiriram usando a linguagem invertida.

— E foi a esse uso da linguagem invertida que você se referiu quando falou sobre sinceridade em seu pronunciamento final no tribunal?

– Tive um ataque de absolutismo lá – disse Nádia, soando um pouco envergonhada. – Fiquei exaltada. Comecei a falar sobre "a verdade". Por causa desse fluxo interminável de mentiras.

É claro que falar sério sobre "a verdade" envergonharia uma estudante de Teoria de 24 anos.

– Sempre achei isso estranho – Piêtia entrou na conversa. Aparentemente, eles não haviam discutido o pronunciamento final de Nádia, que fora traduzido para a maioria das línguas do mundo. – A verdade não é de forma alguma um conceito político.

– E daí que não é um conceito político? Eu só queria ser compreendida. Eu poderia ter usado construções da filosofia contemporânea mais adequadas para descrever isso com precisão, mas eu queria ser compreendida.

Piêtia persistiu em sua crítica, e nós dois começamos a discutir se Nádia havia caído em uma armadilha modernista. Nádia e Guiera tentaram cantar uma canção sobre ursos polares, mas elas não conseguiram se lembrar das palavras.

– Você está linda – disse Piêtia.

– É apenas a cor verde do uniforme – respondeu Nádia. – Quando dancei de vestido verde, também combinou comigo. Especialmente com uma máscara amarela cobrindo meu rosto.

EPÍLOGO

A Ativista Ambition estava sentada no segundo andar do café próximo à estação Tchístye Prudy do metrô. Ela não tinha como saber que aquela era a mesma mesa na qual Violetta Vôlkova e Nikolai Polozov haviam se encontrado quase exatamente um ano antes. Escolheu a mesa porque tinha uma boa vista da janela. Estava bebendo vinho. A Ativista Ambition – ela não se lembrava exatamente, mas seu apelido deve ter sido criado por Piêtia quando este a recrutou para o Voiná já perto do fim do grupo – estava no final da adolescência, o que, na Rússia, significa que ela tinha idade para beber. Isso não mudava o fato de que ela era miúda e pouco acostumada a beber: sentiu os efeitos do álcool quando chegou ao fim de seu primeiro copo e, no segundo, ficou piegas e sentimental. Começou a pensar em Pussy Riot.

Ninguém a obrigara a sair: decidira por si mesma, por todas as razões corretas. Foi na época em que o grupo foi detido no metrô por cantar na plataforma. A Ativista Ambition fora muito clara com Kat e Nádia desde o início: disse a elas que tinha apenas três horas antes da aula e, diferente das outras, ela não chegara usando um vestido Pussy Riot, mas as roupas de escola. Kat teve de lhe dar cobertura enquanto ela se trocava. Alguns minutos mais tarde, ela estava sobre a plataforma, olhando para baixo. A música acabara e a polícia havia cercado o local. Ela começou a jogar confete nos policiais, e isso não fez diferença. Um trem chegou: tudo o que ela tinha de fazer era descer e embarcar no

[EPÍLOGO]

comboio antes que a polícia a apanhasse. Ela embarcou, mas o trem não se moveu. Mulheres de cinza tentaram forçá-la a sair através das portas abertas. Diversos homens vestidos de preto entraram correndo e logo a agarraram – e também Kat, Nádia e Morj, que ela percebeu que estavam ao seu lado –, torcendo seus braços para trás.

Na delegacia, enquanto Nádia discutia com os policiais, Tássia continuava filmando e Kat se afligia por eles terem chamado seu pai, a Ativista Ambition percebeu algo importante: não só nenhuma das outras se importava com o fato de ela ter perdido a aula como não se importariam mesmo que elas perdessem aulas. Elas viviam para as ações. Ambition passara vários meses tentando ser como elas. Depois da ação *Ração na rodovia*, que foi a primeira da qual participou, seu pai parou de lhe dar dinheiro para as pequenas despesas e ela teve de encontrar maneiras de usar o transporte público de graça e furtar lojas, o que havia aprendido com Nádia, Piêtia e Kat. Agora, na delegacia, ela percebeu que fora parar lá não por acidente, mas por desígnio: a vida que elas levavam tinha de incluir o cárcere. E ela era a única no grupo que se preocupava.

Continuaram convidando-a para ações depois disso, e ela ajudou a filmar uma delas, mas, quando a da Catedral do Cristo Salvador aconteceu, ela ficou sabendo através da mídia. Enquanto Maria, Nádia e Kat estavam escondidas, as outras reuniram diversas mulheres em um local seguro – era uma espécie de porão, o que pareceu adequado – e a Ativista Ambition estava lá, claro. Falaram sobre ações futuras. A sensação de fazer parte do grupo era indefinível, continuava a provocá-la e a desaparecer, deixando um desejo doloroso em seu lugar.

Aí as três mulheres foram presas, e o desejo cedeu lugar ao arrependimento. Ela tentou ajudar participando de eventos para a imprensa organizados por Piêtia: várias mulheres

EPÍLOGO

usando balaclavas se sentavam diante de uma câmera e eram entrevistadas. As balaclavas não eram perfeitamente seguras: o chefe da Ativista Ambition a reconheceu e ela foi demitida, por dar uma entrevista ao canal de televisão em que ela era estagiária. A pior parte foi que as entrevistas não ajudaram a aliviar o arrependimento. Ela se sentiu como uma atriz que havia se aposentado do teatro – tinha ironia suficiente para pensar em si mesma dessa maneira, mas isso também não ajudou. Há aquele momento em cada ação, quando você entrega os pertences pessoais para os assistentes da vez e sabe exatamente por que está ali e o que está prestes a fazer, e você sente que pode fazer qualquer coisa e, ao mesmo tempo, é como se pudesse ver a si mesma, tão ágil, tão jovem, tão resplandecente em todos os sentidos, subindo naquela plataforma: era desse momento que ela se lembrava enquanto meditava sozinha na mesa do segundo andar do café com vista para o parque em um desolado outono.

Ela avistou Kat. Sabia que ela fora libertada algumas semanas antes. Torcera para que ela entrasse em contato. A Ativista Ambition poderia ter telefonado para Kat, mas não saberia o que dizer: queria que a outra precisasse dela, que a chamasse para a ação. Jogou algumas notas de dinheiro sobre a mesa e saiu correndo do café, atrás da mulher que ela acreditava ser Kat.

Era Kat. Ela foi amigável, mas sem emoção, como sempre fazia – a Ativista Ambition acreditava que Kat geralmente guardava seus sentimentos e a maioria de seus pensamentos para si mesma –, mas parecia feliz o bastante para passar algum tempo conversando. Falou sobre os advogados. Disse que eles a haviam traído e também a Nádia e Maria. Disse que a única maneira de se fazer justiça era confrontá-los, combatê-los, expô-los como os traidores que eram. A Ativista Ambition concordou – como poderia discordar? – e tentou mudar de assunto. Perguntou

[EPÍLOGO]

quais eram as novas ações que Kat estaria planejando. A amiga falou dos advogados. E quando ela perguntou diretamente – embora parecesse um pouco indelicado e possivelmente ilegal – o que Pussy Riot iria fazer, Kat falou dos advogados.

A Ativista Ambition decidiu que iria esperar até que Nádia saísse da prisão. Sabia que, assim que isso acontecesse, Nádia começaria algo... E a Ativista Ambition experimentaria aquela sensação novamente. Lia tudo o que podia sobre Nádia, para tentar vislumbrar o que ela poderia fazer em seguida. Algumas vezes, acreditava que era capaz de dizer o que seria.

———

Kat estava morando novamente no apartamento com seu pai. Nas primeiras semanas, talvez dois meses, ela foi uma celebridade. Foi a festas organizadas por jornalistas estrangeiros; era reconhecida no transporte público; as pessoas pediam para tirar fotografias com ela. Ela lhes cedia esse favor – Kat normalmente fazia o que lhe pediam, quando possível –, mas não estava certa de que gostava disso. E todos queriam saber o que ela ia fazer, o que Pussy Riot ia fazer. Como se não percebessem que a suspensão da sentença significava que ela estava em liberdade condicional e que a decisão podia ser revertida a qualquer momento.

Para que ela não se esquecesse, uma vez por mês tinha de se apresentar em um gabinete no primeiro andar de um dos prédios amarelos não muito longe de sua casa. Cheirava a suor azedo, uma leve lembrança do fedor do centro de detenção provisória. Ela esperava em um corredor estreito com outras delinquentes em condicional, em seguida entrava em um pequeno escritório onde uma policial atarracada empurrava-lhe um papel por cima da mesa, sem olhar para ela, e lhe mandava assiná-lo, usando a forma condescendente e familiar do modo imperativo. O papel certificava que a oficial havia tido uma conversa educativa com Kat. Ela assinava e recebia outro papel, instruindo-a a se apresentar novamente daí a um mês.

Certa vez, a polícia a intimou a depor sobre o caso de uma cruz ortodoxa de uma capela nos arredores de Moscou que havia sido cortada. Disseram que Pussy Riot podia ser a responsável. Kat foi interrogada, respondeu que não tinha nada a ver com aquilo, e a liberaram.

Se ela não podia ser Pussy Riot de maneira visível e familiar, pelo menos podia garantir justiça para o grupo. Se pudesse simplesmente provar que haviam negado a elas uma representação jurídica adequada, então a sentença poderia ser anulada. Para fazê-lo, ela teria de expor os advogados de defesa como os traidores que eram. Irina Khrunova, a advogada que havia conseguido sua liberdade, foi aos poucos se afastando do caso de Kat.

– Não posso alegar que uma mulher de trinta anos e com o título de mestre não entendeu o processo – disse ela a Kat, cuja alegação mais ou menos se resumia a isso àquela altura. Elas concordaram que iriam dizer ao mundo que Khrunova estava muito ocupada para lidar com as queixas da cliente. Kat encontrou um advogado na internet. Ela mesma já estava fazendo a maior parte do trabalho, ajudada por um "especialista em direito" autodidata, mas ela precisava de alguém que tivesse permissão para advogar para assinar suas queixas. O novo advogado a encontrava na porta do prédio onde ele morava, em um subúrbio na outra ponta de Moscou, e assinava os documentos que ela levava, usando o capô de um carro estacionado como escrivaninha. Aí ela entregava os documentos no tribunal – os seguranças do Khamovnitcheski a reconheceram do julgamento e eram gentis com ela – ou o Colegiado dos Advogados de Defesa, o equivalente a uma Ordem dos Advogados, onde ela

[EPÍLOGO]

também apresentava queixas. O colegiado avaliou sua longa lista e encontrou apenas uma violação clara do processo legal entre as inúmeras que ela tentou documentar: Violetta Vôlkova não firmara o devido contrato de remuneração com sua cliente, o que era uma infração segundo os regulamentos russos, que proíbem a representação *pro bono*.

Kat ainda se via como Pussy Riot, assim como as outras três mulheres que passavam tempo com ela. Eram as duas participantes da ação na catedral que não se esconderam e não foram pegas, além de Natacha, a colega e colaboradora de Kat na Ródtchenko, que havia sido integrante do Voiná, mas não estava morando em Moscou durante o breve período de atividade de Pussy Riot, antes das prisões. Não demoraram a denunciar como falso um vídeo bem produzido que apareceu no verão de 2013, no qual mulheres usando vestidos, leggings e balaclavas de cores vivas berravam a letra de uma canção – parcialmente composta por Nádia – que mirava a aliança profana entre Pútin e a indústria do petróleo. Entre outras coisas, o grupo de Kat sentiu que aquilo não correspondia à ideia de performance em série de Pussy Riot: eram várias apresentações, mas foram todas realizadas, acreditava o grupo, com o único intuito de produzir o vídeo, e não como ações independentes. Era uma diferença sutil e um argumento difícil de sustentar, dada a história breve e variada do grupo, mas, para o Pussy Riot de Kat, era sério.

═══════════

SERIA POSSÍVEL ARGUMENTAR QUE ERA exatamente uma performance em série – resultado de muitos meses de trabalho, sem ensaio e em grande parte improvisada – o que Nádia e Maria vinham fazendo. Os locais escolhidos eram os tribunais de Berezniki e Perm nos Urais, em Zúbova Poliana e Saransk na Mordóvia, e em Níjni Nóvgorod, para onde Maria enfim foi trans-

EPÍLOGO

ferida. Embora, como criminosas e coconspiradoras, estivessem impedidas de se comunicarem uma com a outra, elas estabeleciam seus papéis, como sempre fizeram, através de uma série de experiências performáticas. Encontraram maneiras de fazer exatamente o que, de fato, tinham prometido em seus pronunciamentos finais no tribunal de Moscou em agosto de 2012.

Nádia dissera então que era o regime que estava sendo julgado e que se comprometia em continuar a "agir e viver politicamente" para combater os problemas globais da Rússia: "o uso de força e coerção para controlar os processos sociais" e a "passividade civil forçada da maior parte da população, assim como o domínio total do poder executivo sobre o legislativo e o judiciário". Isso e o "nível escandalosamente baixo de cultura política [...] mantido de maneira intencional pelo sistema estatal e seus colaboradores". E a "fraqueza absurda das relações horizontais na sociedade" e a "manipulação da opinião pública, realizada com facilidade, porque o Estado controla a maioria dos meios de comunicação".

Maria escolhera a abordagem oposta em seu pronunciamento final, passando do geral para o específico. Assim como Nádia, ela mencionou a natureza fraudulenta do julgamento, mas se dedicou aos detalhes. Ela falou sobre a clínica psiquiátrica para crianças – em parte porque suas visitas ao local, dentre todas as suas experiências antes da prisão, a prepararam melhor para a vida atrás das grades, mas também porque as semelhanças entre o horror específico do lugar e a insanidade dos procedimentos judiciais ressaltavam o grande absurdo que foi o julgamento.

Nádia, por sua vez, apontou o julgamento como um pequeno exemplo de uma farsa maior – da justiça, da decência e da razão – que Pussy Riot havia alardeado.

E Kat havia falado apenas dos resultados do julgamento e das conclusões que se seguiam.

[EPÍLOGO]

Quase tão logo Nádia e Maria chegaram a suas colônias penais e conseguiram novos representantes, ambas começaram a apresentar recursos, queixas e requerimentos que elas e seus advogados, mas principalmente Maria com seus livros jurídicos, encontraram motivos para registrar. Piêtia se deslocava entre as duas colônias, as presas e os advogados, coletando documentos e entregando mensagens. Mais importante ainda, ele passou a coordenar o desorganizado grupo de apoio, formando uma entidade funcional de distribuição de informações, pessoas para povoar cada audiência – pessoas que filmavam, enviavam tweets e mensagens de texto – e que, no fim, ajudou a assegurar que todas as audiências fossem abertas ao público e cobertas pela mídia. No final de janeiro, menos de três meses depois de deixarem a detenção provisória em Moscou, as Pussy Riot presas adotaram uma programação regular de audiências, que também lhes garantiu aparições constantes na mídia russa e internacional.

Se Pussy Riot um dia editasse suas aparições no tribunal em forma de videoclipe, seu refrão seria "parece que o tribunal está cerceando meu direito de defesa". (Na verdade, qualquer réu em qualquer tribunal na Rússia poderia dizer a mesma coisa.) Depois de algumas audiências, Maria estabeleceu seu *modus operandi*. Ela confrontava o tribunal até o ponto em que as infrações e sua natureza rotineira ficavam expostas, óbvias mesmo para os escrivães e guardas de segurança, que havia muito não prestavam mais atenção. Nesse ponto, o juiz ou juíza em geral perdia totalmente a compostura e sua aparente sensação inata de superioridade. Os juízes eram rudes com Maria, estouravam com ela e, por vezes, se tornavam agressivos. Assim que isso acontecia – e acontecia todas as vezes –, a voz de Maria, que àquela altura dos trabalhos já começara a rachar traiçoeiramente, se acalmava no mesmo instante. E então ela dizia:

– Parece que o tribunal está cerceando meu direito de defesa.

Depois da primeira audiência em Berezniki, aquela em que Maria citou Heidegger e Martinho Lutero e mencionou Orwell e Kafka, porque citá-los teria sido redundante, os tribunais e as autoridades carcerárias passaram a mantê-la fora da sala de audiências: ela participava através de videoconferência sem sair da colônia penal ou de outras instalações próximas. No final de julho de 2013, o tribunal regional de Perm aceitou seu recurso ao indeferimento da liberdade condicional.

Começou, como sempre acontecia, parecendo um processo judicial de verdade. O prédio recém-construído do tribunal regional, uma estrutura de oito andares feita de vidro e concreto, de ambições arquitetônicas modestas, mas evidentes, não teria parecido fora de lugar em uma cidade de médio porte nos EUA. O lobby era decorado com enormes painéis de vidro com provérbios latinos do tipo *dura lex, sed lex* gravados, e o secretário de imprensa do tribunal foi extremamente educado e certificou-se de que todos tivessem um assento. Os guardas de segurança que portavam detectores de metal não foram tão gentis. Um deles berrou para Khrunova:

– Senhora, coloque sua sacola de compras no detector de metais!

Khrunova rebateu:

– Não sou uma senhora, sou advogada, e não são sacolas de compras, é um processo.

Na sala de audiências, a grande e bem ventilada caixa de madeira e vidro dos réus estava vazia: via-se Maria em dois monitores de tela plana. Ela fora encaminhada para um centro de detenção provisória em Perm, e lá ela estava sentada dentro de uma gaiola de metal. A câmera estava posicionada fora da gaiola e o tribunal via Maria atrás das grades.

[EPÍLOGO]

O juiz de Perm perdeu a compostura logo depois do almoço, quando Maria pediu, pela quarta ou quinta vez naquele dia, uma pausa nos trabalhos para que ela pudesse consultar sua advogada. Toda vez que ela fazia isso, o link de vídeo tinha de ser interrompido e movido para outro gabinete do tribunal, onde Khrunova podia ir para conversar com Maria em particular. A detenta havia mencionado, uma, duas ou dez vezes, que aquele tipo de conferência teria sido conduzida facilmente e sem interrupções se tivessem permitido que ela estivesse fisicamente presente no tribunal. De qualquer maneira, agora que o tribunal passava para a parte material da queixa, chegara o momento em que ela precisaria discutir com Khrunova sua estratégia para o restante da audiência.

— E o que você e sua advogada estavam discutindo antes? — gritou o juiz. Era um homem alto e magro, parecia elegante com sua toga preta e comprida. Seu rosto de linhas finas, emoldurado pelos cabelos grisalhos, era bonito de uma maneira que fazia lembrar a lendária e refinada aristocracia russa. Agora esse rosto se contorcia de irritação. — Quer dizer, se não for segredo, é claro. Vocês não discutiram a estratégia para o restante da audiência?

É claro que era segredo. Por lei.

— Parece que o tribunal está cerceando meu direito de defesa — disse Maria e, na tela, ela parecia estar sorrindo discretamente dentro de sua gaiola.

Depois de se consultar brevemente com Khrunova, Maria anunciou que estava decidida a não tomar parte nos trabalhos se seu direito à defesa era cerceado. Ela havia feito isso antes, certa vez, em maio, quando o tribunal de Berezniki analisou seu primeiro requerimento de liberdade condicional. Naquela ocasião, ela não apenas tinha se retirado como também proibira sua equipe de defesa de participar. O juiz tivera algo parecido

EPÍLOGO

com um colapso e acabara apontando um advogado para representar Maria, que se recusou a ser representada ou se encontrar com esse advogado indicado pelo tribunal. Agora, o juiz de Perm estava apavorado com a possibilidade de se encontrar em uma posição semelhante.

Maria foi mais gentil com ele. Ela disse que permitiria que Khrunova continuasse a participar da audiência em seu nome. E deu as costas ao tribunal. Literalmente: estava sentada em uma cadeira de escritório giratória dentro da gaiola, e a girou até que o tribunal só visse no monitor a cabeleira ruiva e ligeiramente crespa que cobria a maior parte de suas costas.

O juiz levou alguns minutos para compreender que devia pedir que o link fosse interrompido.

———

SE PUSSY RIOT MONTASSE UM videoclipe com suas performances no tribunal, talvez o corte passasse da imagem das costas de Maria para uma audiência em abril de 2013 em Zúbova Poliana, a primeira vez que Nádia foi ao tribunal depois que deixou Moscou. A maior sala de audiências de Zúbova Poliana era pequena demais para todos os jornalistas, câmeras e apoiadores. A sala estava abafada e o cheiro de gente foi piorando com o avançar da tarde. A juíza, uma mulher de meia-idade toda empertigada com permanente nos cabelos loiros, tentava conduzir uma audiência exemplar naquelas circunstâncias difíceis.

– Me senti como se estivesse em um tribunal na televisão – Khrunova me diria mais tarde. – Nunca vi uma juíza russa agir daquela maneira, pedindo aos guardas de segurança para levar os documentos da mesa da defesa para o banco, por exemplo. Exceto na TV, é claro.

Mas, no final da tarde, alguma coisa cedeu: ou os recursos da juíza haviam acabado, ou alguém telefonou para ela dizendo

[EPÍLOGO]

para encerrar a audiência, que era transmitida ao vivo por todos os meios de comunicação independentes da Rússia e um ou dois estrangeiros. E foi por isso que a juíza pediu a opinião do promotor, determinou uma pausa para elaborar um veredicto e saiu às pressas da sala de audiências. Nádia, dentro de sua gaiola, só fez olhar com a boca ligeiramente aberta. Ela havia rascunhado um discurso de quatro páginas para apresentar no final da audiência. Khrunova parecia estar tendo um colapso. De pé atrás da mesa da defesa, do alto de seu 1,50 metro, ela gritou com a voz rouca quando a juíza saiu:

– Sou advogada de defesa há quinze anos e nunca me aconteceu algo assim!

Nádia se certificou de que nada parecido acontecesse com ela novamente. Antes de cada audiência no tribunal, ela rascunhava diversos discursos de vários tamanhos. Ela os classificava de acordo com sua importância e começava a pronunciá-los, um de cada vez, sempre que tinha a oportunidade de falar algo no tribunal.

Dois dias depois da audiência de Maria em Perm, na audiência do recurso de Nádia ao indeferimento de sua liberdade condicional, perante o Supremo Tribunal da Mordóvia, ela apresentou seu mais longo e importante discurso na abertura.

– Eu gostaria de discutir o próprio conceito de correção – começou ela, ficando de pé na gaiola de aço do tribunal. – Mais uma vez percebi que a única e verdadeira educação possível na Rússia é o autodidatismo. Se não aprender por conta própria, ninguém ensinará você. Ou irão ensinar sabe-se lá o quê.

Ela vinha pensando a respeito pelo menos desde que escrevera aquele artigo bombástico intitulado "Onde o mundo vai parar?" quando tinha catorze anos. Sua vida desde então se tornara uma série de confrontos e adaptações em instituições de ensino, dentre as quais a ik-14 era apenas a mais recente.

EPÍLOGO

— Eu reconheço que tenho um grande número de divergências estilísticas com este regime, esta estética e ideologia.

Ela estava citando Andrei Siniávski, escritor e crítico literário, um dos primeiros prisioneiros políticos dissidentes da União Soviética e um dos primeiros exilados políticos da era pós-Stálin. Ele dissera que suas divergências com o regime soviético eram "de natureza puramente estilística". Não que o juiz ou qualquer outro membro do tribunal fosse reconhecer a citação, claro, mas Nádia não estava se dirigindo ao tribunal: ela falava com o público fora da sala de audiências e fora da Mordóvia, e também com o público fora da Rússia.

— Então, é lógico que uma instituição estatal que representa a estética dominante não me consideraria corrigida — admitiu ela.

— O que uma instituição estatal pode nos ensinar? De que maneira posso ser corrigida em uma colônia penal, e vocês, pelo, digamos, Canal 1 da TV russa? Em seu discurso ao receber o Nobel, Iósif Bródski disse: "Quanto mais substancial for a experiência estética de um indivíduo, mais perfeito será seu gosto, mais nítido seu foco moral, mais livre, embora não necessariamente mais feliz, ele será". Nós, na Rússia, mais uma vez nos encontramos em uma situação em que a resistência, especialmente a resistência estética, torna-se a única opção moral viável, bem como um dever cívico.

Então Nádia falou brevemente sobre as origens da estética contemporânea russa, que ela chamou de uma combinação da estética imperial czarista e de "uma compreensão deficiente da estética do realismo socialista". Isso, ela disse, estava em exposição na ik-14. Na audiência de liberdade condicional em abril, representantes da colônia penal a censuraram por não tomar parte em atividades correcionais, como o concurso de canto ou o de Miss Simpatia.

[EPÍLOGO]

– Eu afirmo que foram os princípios que regem minha vida, princípios feministas, antipatriarcais e esteticamente não conformistas que fundamentaram meu boicote ao concurso Miss Simpatia. Esses princípios, que são só meus, pois certamente não são compartilhados pelos diretores do campo, me levam a estudar livros e revistas, e para isso tenho de arranjar tempo em meio à bestificante programação diária da colônia.

Quando Nádia começou a detalhar algumas das infrações atribuídas a ela – tais como ocultar suas anotações sobre a vida na colônia; deixar de cumprimentar um funcionário da administração; estar presente no clube sem a permissão por escrito – e o sistema de valores estéticos que via isso como infrações, o promotor a interrompeu e pediu que falasse sobre "o conteúdo do caso, e não sobre o regime de Pútin".

O juiz assentiu gentilmente.

– Vou permitir que continue, mas, por favor, procure se ater ao assunto – disse ele. – A questão perante o tribunal é um pouco mais restrita.

– Mas estou convidando todos a procurar uma visão mais abrangente – respondeu Nádia, com franqueza, e continuou com seu discurso preparado. – Sei que, enquanto a Rússia estiver sob o jugo de Pútin, não terei minha libertação antecipada. Mas vim até este tribunal para, mais uma vez, lançar alguma luz sobre o absurdo que é essa justiça comprada com gás e petróleo condenar as pessoas a passarem anos na cadeia irracionalmente, com base no fato de que escreveram um bilhete ou deixaram de cobrir a cabeça.

Depois de algumas observações processuais do promotor, do juiz e de Khrunova, Nádia viu a oportunidade de ler seu segundo discurso preparado, ligeiramente mais curto.

– Me orgulho de todos que estão dispostos a fazer sacrifícios para defender seus princípios. Essa é a única maneira de obter mudanças em grande escala na política, nos valores ou na estética. Estou orgulhosa daqueles que sacrificaram seu conforto cotidiano em uma noite de verão e foram para as ruas em 18 de julho reafirmar seus direitos e defender sua dignidade humana.

Ela se referia ao maior protesto não autorizado da história da Rússia contemporânea. Uma semana antes, cerca de 10 mil pessoas saíram às ruas de Moscou depois que o líder da oposição, Aleksei Naválni, foi sentenciado a cinco anos de prisão, e, no dia seguinte, Naválni foi libertado. Piêtia contara tudo a Nádia no dia anterior à audiência, quando foi visitá-la.

— Sei que nosso poder simbólico, que brota da convicção e da coragem, acabará transformado em algo maior. E será quando Pútin e seus comparsas perderão o poder estatal.

Não muito mais tarde, ela encontrou uma abertura para seu terceiro discurso.

— Ficarei feliz se for libertada quando minha pena terminar e não tiver de engolir uma pena adicional, como aconteceu com Khodorkóvski [...]. "Correção" é uma daquelas palavras invertidas características do Estado totalitário que chama a escravidão de "liberdade".

Aqui, o clipe imaginário de Pussy Riot poderia voltar para Maria dando as costas ao tribunal e dizendo:

— Parece que o tribunal está cerceando meu direito de defesa.

A prisão de Nádia, Maria e Kat prenunciou o novo período de repressão russa. Nos meses que se seguiram, dezenas de pessoas foram presas sob acusações decorrentes de vários tipos de protestos pacíficos. Vinte e oito pessoas estavam sendo julgadas por causa da violência instigada pela polícia, que eclodiu durante a marcha de protesto contra a posse de Pútin em maio de 2012. Outras trinta estavam enfrentando acusações de pirataria por estarem em um navio do Greenpeace protestando contra as perfurações de gás e petróleo no Ártico. Os tribunais

[EPÍLOGO]

se tornaram os únicos locais da Rússia onde aconteciam discussões políticas, os únicos lugares em que o indivíduo e o Estado se confrontavam. Não que a maioria dos réus políticos na Rússia tivesse uma ideia clara de como usar esse local ou a linguagem que lhe era apropriada. Mas Maria e Nádia reconheciam um palco assim que o viam. No velho teatro dos dissidentes, Maria estava escolhendo o papel do indivíduo que luta no tribunal com embasamento legal, e Nádia se recusava a reconhecer o tribunal como tal e preferia usá-lo apenas como púlpito.

Elas estavam fazendo o que Pussy Riot sempre fizera: esclarecendo as questões e propondo uma estrutura conceitual para discuti-las. Como é muitas vezes o caso com a grande arte, a maioria das pessoas não entendia o que estava fazendo. Mas Nádia e Maria sabiam que acabariam compreendendo.

Maria sempre encontrara motivação para ser ativista em acontecimentos ou circunstâncias de sua própria vida, como quando se tornou defensora do parque nacional de Utrich depois de acampar lá com o filho Philip. Agora seu lar era uma colônia penal e as outras presas eram sua família. Ela se sentiu obrigada a dar voz à experiência daquelas mulheres e usar sua posição aos olhos do público para chamar atenção para a injustiça que todas enfrentavam. Nádia, por sua vez, sempre encontrara motivação na teoria, e não na experiência, e agora ela separava naturalmente sua persona artística e pública da existência diária de uma prisioneira na ik-14. Ela se esforçava para aceitar ou ignorar as circunstâncias de sua vida cotidiana: como dissera a Piêtia durante aquela visita de junho, ela queria apenas que seu tempo na prisão passasse depressa e rotineiramente. Também foi em parte por isso que ela rechaçou as tentativas de suscitar mais detalhes da vida da colônia naquele dia. Isso e o fato de que uma descrição muito detalhada teria sido algo ao mesmo tempo vergonhoso e perigoso.

EPÍLOGO

Não se mencionavam algumas coisas. Nem mesmo a amiga de Maria, Lena Tkatchenko, que descreveu as infrações na IK-28 com precisão, motivada por uma aptidão natural para o detalhismo multiplicada por cinco anos de observação e pela vontade de revelar o máximo possível para ajudar aquelas que ficaram para trás... Nem mesmo ela comentava comigo detalhes sobre o que elas chamavam de "higiene pessoal" ou o que seria melhor chamar de uma busca desesperada para manter a dignidade diante de circunstâncias que ela tinha vergonha de descrever. Outras coisas não apenas podiam ser descritas como deviam ser publicadas e combatidas. Maria fez isso apresentando queixas em seu próprio nome, mas geralmente em nome de outras detentas, contra as violações sistemáticas aos direitos delas: os longos turnos de trabalho, os alojamentos exíguos, a falta de água quente. A administração da IK-28 revidou restringindo a liberdade de circulação das detentas e interrompendo a entrega de pacotes, retirando a tábua de salvação das detentas. Maria respondeu declarando greve de fome. Uma guerra de nervos se seguiu. No décimo dia de greve de fome, em maio de 2013, Maria teve de ser internada: ela não conseguia mais andar. No 11º dia, a administração admitiu a derrota: os cadeados que haviam sido colocados nos alojamentos, aparentemente para dar a Maria uma lição, foram retirados e os pacotes mais uma vez começaram a ser entregues. Piêtia estava convencido de que alguém de Moscou tinha instruído a administração a evitar a qualquer custo que a morte de Maria pesasse sobre eles.

Khrunova ficou devastada.

– Eles nunca a perdoarão por isso – disse-me ela. – Eles cederam e deixaram claro para toda a população carcerária que é Maria Aliôkhina quem determina a política ali. E eles também sabem que isso irá persistir mesmo depois que ela sair: as detentas sabem que podem fazer a administração ceder.

[EPÍLOGO]

Ela estava certa: em algumas semanas, a IK-28 arquitetou a transferência de Maria para uma colônia em outra região. Depois do choque inicial e de uma certa indignação, os envolvidos tiveram de admitir que todos saíram ganhando: a IK-28 se livrou de Maria, que agora estava em uma colônia com condições de vida e trabalho muito melhores, e as detentas de sua nova prisão tinham o privilégio de compartilhar suas vidas com Maria Aliôkhina, que imediatamente começou a advogar lá dentro.

Alguns meses depois que Nádia e Maria começaram a cumprir pena, a equipe de advogados estabeleceu um padrão de testar os requerimentos com Maria e dar seguimento com Nádia. Depois de garantir uma decisão contra a IK-28 em um tribunal de Berezniki no inverno, em maio eles apresentaram queixas contra a IK-14 na Mordóvia. O tiro saiu pela culatra, desastrosamente. Nádia, um belo dia, descobriu que se tornara uma pária na colônia. As presas não falavam com ela. Breves momentos de diversão e camaradagem – como nas vezes em que as presas, estando sozinhas na fábrica, aumentavam o volume do rádio, subiam nas máquinas de costura e dançavam, momentos pelos quais valia a pena viver – desapareceram. Para Nádia, foram substituídos por experiências humilhantes que ela relutava em descrever. Ela concluiu que as queixas foram um erro. Não devia ter entrado naquela batalha: a guerra por melhores condições para as detentas nas prisões russas não era sua. Ela almejava a monotonia, mas a monotonia agora lhe escapava. As coisas continuaram a piorar.

Piêtia me contatou no meio da noite em 23 de setembro.

– Nádia vai declarar greve de fome amanhã de manhã – escreveu ele.

Ele me enviou uma carta aberta que Nádia tinha escrito durante os últimos dias, enquanto sua decisão se consolidava. Alguns parágrafos saíram clandestinamente da prisão em pedaços de papel; outros, ela havia ditado para Piêtia. Juntos, esses parágrafos compunham a mais comovente declaração que Nádia já escrevera. Não tinha nada do discurso formal de suas cartas enviadas da prisão nem da bravura forçada de suas cartas enviadas da detenção. Não escondia nada, nem mesmo as partes embaraçosas.

> Em 23 de setembro, segunda-feira, vou declarar greve de fome. Trata-se de um método extremista, mas estou absolutamente convencida de que é meu único recurso na situação atual.
>
> As agentes penitenciárias se recusam a me ouvir. Mas eu não vou desistir de minhas exigências. Não vou ficar em silêncio, assistindo resignadamente às minhas companheiras de reclusão desmaiarem sob condições análogas à escravidão. Exijo que os direitos humanos sejam observados nesta prisão. Exijo que a lei seja obedecida nesta colônia mordoviana. Exijo que sejamos tratadas como seres humanos, e não como escravas.
>
> Já faz um ano desde que cheguei à Colônia Penal no 14 [doravante, IK-14] na aldeia mordoviana de Partsa. Como as condenadas costumam dizer: "Quem não cumpriu pena na Mordóvia não sabe o que é realmente cumprir pena". Eu já tinha ouvido falar das prisões mordovianas enquanto ainda estava no Centro de Detenção Provisória no 6 em Moscou. Têm as piores condições, as jornadas de trabalho mais longas e a ilegalidade mais flagrante. As prisioneiras se despedem das companheiras que vão para a Mordóvia como se estivessem indo para o cadafalso. Até o último minuto, elas continuam esperançosas: "Talvez não mandem você para a Mordóvia, afinal. Talvez seja poupada do perigo". Não fui poupada e, no outono de 2012, cheguei à região das penitenciárias às margens do rio Partsa.
>
> Minha primeira impressão da Mordóvia foram as palavras proferidas pelo vice-diretor da prisão, o tenente-coronel Kupriianov,

[EPÍLOGO]

que realmente dirige a IK-14: "Saibam que, quando se trata de política, sou um stalinista". O coronel Kulaguin, o outro diretor (a prisão é administrada em conjunto[27]), me chamou para uma conversa em meu primeiro dia aqui, para me forçar a confessar.

"A desgraça se abateu sobre você. Não é verdade? Você foi sentenciada a dois anos de prisão. As pessoas geralmente mudam de opinião quando coisas ruins acontecem com elas. Se quiser receber liberdade condicional o mais breve possível, você tem de confessar. Se não o fizer, não conseguirá a condicional." Eu disse a ele imediatamente que trabalharia apenas as oito horas por dia determinadas pelo Código do Trabalho. "O código é o código. O que realmente importa é cumprir sua cota. Caso contrário, terá de fazer horas extras. E nós subjugamos vontades mais fortes do que a sua aqui!", o coronel Kulaguin respondeu.

Meu turno inteiro trabalha de dezesseis a dezessete horas por dia na oficina de costura, das sete e meia da manhã à meia-noite e meia. Na melhor das hipóteses, temos quatro horas de sono por noite. Temos um dia de folga uma vez a cada mês e meio. Trabalhamos quase todos os domingos. As prisioneiras se candidatam "voluntariamente" para trabalhar nos finais de semana. Na verdade, não há nada de "voluntário" nisso. Essas solicitações de trabalho são preenchidas involuntariamente sob as ordens dos diretores e a pressão das detentas que ajudam a impor a vontade deles.

Ninguém ousa desobedecer (ou seja, não se candidatar para a zona de produção no domingo, o que significa trabalhar até uma hora da manhã). Uma vez, uma mulher de cinquenta anos pediu para voltar ao dormitório às oito e meia da noite, e não à meia-

---

27 Referência à maneira como a Rússia teria sido governada durante os quatro anos em que Dmítri Medviédev ocupou o cargo de presidente: acreditando que o presidente era ineficaz e orientado pelo primeiro-ministro Pútin, os analistas políticos se referiam ao regime como "o conjunto".

EPÍLOGO

-noite e meia, para que pudesse se deitar às dez horas e ter oito horas de sono apenas uma vez naquela semana. Ela não estava se sentindo bem e tinha pressão alta. Como resposta, foi convocada uma reunião na unidade e nela a mulher foi repreendida, humilhada, insultada e rotulada como parasita.

"Você pensa que é a única que quer dormir mais? Você precisa trabalhar mais, é forte como um cavalo!" Quando alguém do turno não vai trabalhar sob ordens médicas, também é ameaçada. "Eu costurei quando estava com quarenta graus de febre, e foi tudo bem. Quem você acha que vai cobrir a sua folga?"

Fui recebida no dormitório por uma condenada cumprindo o fim de uma sentença de nove anos. "Os porcos têm medo de pressionar você pessoalmente. Querem que as presas o façam." As condições na prisão realmente são organizadas de tal maneira que as detentas responsáveis pelos turnos e dormitórios são as encarregadas pelos diretores de subjugar as outras, aterrorizando-as e transformando-as em escravas sem voz.

Há um sistema largamente implementado de punições extraoficiais para manter a disciplina e a obediência. As prisioneiras são forçadas a "permanecer no local[28] até que as luzes sejam apagadas", o que significa que estão proibidas de ir para os alojamentos, seja outono ou inverno. Na segunda unidade, onde vivem as deficientes e as idosas, havia uma mulher que sofreu ulcerações pelo frio tão graves depois de passar um dia no local, que teve de amputar os dedos das mãos e um dos pés. Os diretores também podem "cancelar o saneamento" (proibir as prisioneiras de se lavarem ou fazerem as necessidades) e "fechar a lojinha e o salão de chá" (proibir as prisioneiras de comer a própria comida e tomar qualquer bebida). É engraçado e assustador quando uma mulher de quarenta anos diz a você: "Estamos sendo punidas hoje! Eu me pergunto se seremos puni-

---

28 O "local" é uma passagem cercada entre as duas áreas da colônia.

[EPÍLOGO]

das amanhã também". Ela não pode deixar a oficina de costura para urinar nem pegar um docinho em sua bolsa. É proibido.

Sonhando apenas com dormir e tomar um gole de chá, a condenada exausta, atormentada e suja se torna obediente e maleável nas mãos da administração, que nos vê apenas como uma força de trabalho gratuita. Assim, em junho de 2013, meu salário mensal chegou a 29 rublos [pouco menos de um dólar]... Vinte e nove rublos! Nosso turno costura 150 uniformes de polícia por dia. Para onde vai o dinheiro que recebem por eles?

A prisão recebeu fundos para comprar equipamentos novos várias vezes. No entanto, a administração apenas repintou as máquinas de costura, trabalho realizado pelas próprias detentas. Nós trabalhamos em máquinas obsoletas e desgastadas. De acordo com o Código do Trabalho, quando o equipamento não está em conformidade com os padrões vigentes da indústria, as cotas de produção devem ser reduzidas mediante normas regulamentares. Mas as cotas apenas aumentam, de maneira abrupta e repentina. "Se deixá-los perceber que você é capaz de entregar cem uniformes, eles irão aumentar a quantidade mínima para cento e vinte!", dizem as operadoras de máquinas veteranas. Também não se pode deixar de cumprir a cota, ou toda a unidade será punida, o turno inteiro. E nos punem, por exemplo, nos obrigando a ficar todas de pé por horas na praça de armas. Sem direito a ir ao banheiro. Sem direito a tomar um gole de água.

Há duas semanas, as cotas de produção para todos os turnos da prisão aumentaram arbitrariamente em mais cinquenta unidades. Se antes o mínimo eram cem uniformes por dia, agora são 150. De acordo com o Código do Trabalho, a trabalhadora deve ser avisada de uma mudança nas cotas não menos de dois meses antes que entrem em vigor. Na IK-14, nós acordamos certo dia e descobrimos que tínhamos uma nova cota, porque a ideia parece ter surgido na cabeça dos diretores de nossa "oficina de trabalho escravo" (que é como as prisioneiras chamam a colônia penal). O número de pessoas nos turnos de trabalho diminui (são libertadas ou transferidas), mas a cota aumenta. Como resultado, aquelas que permanecem têm de trabalhar cada vez mais arduamente. Os mecânicos dizem que não têm as peças para consertar o maquinário e não irão recebê-las. "Não há peças de reposição! Quando irão chegar? O quê? Você não vive na Rússia? Como pode fazer tal pergunta?" Durante meus primeiros meses na zona de produção, eu praticamente dominei a profissão de mecânica, por pura necessidade e sozinha. Eu me atirava na minha máquina, com a chave de fenda na mão, desesperada para consertá-la. As mãos são picadas e arranhadas por agulhas, o sangue se espalha pela mesa, mas você continua costurando. Você faz parte de uma linha de montagem e tem de fazer seu trabalho junto com costureiras experientes. E a maldita máquina continua quebrando. Já que você é a recém-chegada e faltam bons equipamentos na prisão, você acaba ficando com o que há de pior, a máquina mais inútil da linha. Que quebrou novamente e, mais uma vez, você sai correndo atrás de um mecânico, mas é impossível encontrar um. Gritam e repreendem você por desacelerar a produção. Também não há aulas de costura na prisão. As novatas são imediatamente colocadas em frente a suas máquinas e recebem as tarefas.

"Se você não fosse Tolokônnikova, já teria levado porrada há muito tempo", disseram colegas de prisão que tinham laços estreitos com os diretores. É verdade: outras presas são espancadas. Por não serem capazes de manter o ritmo. Batem nelas nos joelhos, no rosto. As próprias condenadas dão essas surras e nada disso acontece sem a aprovação e o conhecimento dos diretores. Um ano atrás, antes de eu chegar aqui, uma cigana foi surrada até a morte na terceira unidade. (A terceira unidade é a "panela de pressão": prisioneiras que os diretores querem que sejam submetidas a surras diárias são mandadas para lá.)

[EPÍLOGO]

Ela morreu na enfermaria da IK-14. A administração conseguiu encobrir o fato de que ela foi espancada até a morte: a causa oficial da morte foi atribuída a um derrame. Em outro bloco, as costureiras novas que não conseguiam manter o ritmo de trabalho eram despidas e forçadas a trabalhar nuas. Ninguém ousa reclamar com os diretores, porque tudo o que eles irão fazer é sorrir e mandar a prisioneira de volta ao dormitório, onde a "dedo-duro" irá apanhar sob as ordens dos mesmos diretores. Para o diretor da prisão, essa prática é um método conveniente para obrigar as condenadas a obedecer a um regime totalmente ilegal.

Uma atmosfera de ameaça e ansiedade permeia a zona de produção. Constantemente privadas de sono, avassaladas pela corrida sem fim para cumprir as cotas de proporções desumanas, as condenadas estão sempre a ponto de sofrer um colapso, gritam umas com as outras, brigam pelos motivos mais insignificantes. Recentemente, uma jovem foi esfaqueada na cabeça com uma tesoura porque não entregou um par de calças a tempo. Outra tentou abrir a própria barriga com um serrote. Ela foi impedida de terminar o serviço.

Aquelas que estavam na IK-14 em 2010, o ano da fumaça e dos incêndios florestais[29], disseram que, quando o fogo se aproximou dos muros da prisão, as condenadas continuaram a ir para a zona de produção e cumprir suas cotas. Por causa da fumaça, não era possível enxergar uma pessoa parada dois metros à sua frente, mas, cobrindo os rostos com lenços, todas foram trabalhar mesmo assim. Em razão das condições emergenciais, as prisioneiras não foram levadas ao refeitório para comer. Diversas mulheres me disseram que estavam tão famintas que começaram a escrever diários para documentar o horror do que estava acontecendo com elas. Quando os incêndios foram finalmente

---

29 Em toda a Rússia, por causa das temperaturas extremamente altas.

extintos, a segurança prisional diligentemente erradicou esses diários durante as revistas, para que nada vazasse para o mundo exterior.

As condições sanitárias na prisão são calculadas para fazer a prisioneira se sentir como um animal imundo e desamparado. Embora existam salas de higiene nos dormitórios, uma "sala de higiene comunitária" foi criada para fins corretivos e punitivos. Essa sala pode acomodar cinco pessoas, mas todas as oitocentas prisioneiras são mandadas para lá a fim de se lavarem. Não podemos nos lavar nas salas de higiene de nossos alojamentos: isso seria muito fácil. Há sempre uma debandada na "sala de higiene comunitária" quando as mulheres com suas banheirinhas tentam lavar seu "ganha-pão" (como são chamadas na Mordóvia) o mais rápido que podem, subindo umas em cima das outras. Temos permissão para lavar os cabelos uma vez por semana. Entretanto, mesmo esse dia de banho é cancelado. Uma bomba vai quebrar ou o encanamento vai entupir. Em algumas ocasiões, toda a minha unidade ficou sem tomar banho por duas ou três semanas.

Quando o encanamento entope, a urina jorra das salas de higiene e pedaços de fezes saem voando. Aprendemos a desentupir os canos nós mesmas, mas não dura muito tempo: logo entopem novamente. A prisão não tem uma desentupidora manual para limpar os canos. Podemos lavar roupas uma vez por semana. A lavanderia é um cômodo pequeno com três torneiras de onde sai um filete de água.

As condenadas sempre recebem pão amanhecido, leite generosamente batizado com água, painço excepcionalmente rançoso e apenas batatas podres, aparentemente com os mesmos fins corretivos. Neste verão, uma grande quantidade de sacos cheios de batatas pretas e viscosas foi trazida para a prisão. E nos alimentaram com elas.

[EPÍLOGO]

Seria possível discutir indefinidamente as infrações nas condições de trabalho e vida na IK-14. No entanto, minha queixa principal tem a ver com outra coisa. É que a administração da prisão impede, da maneira mais dura possível, que todas as queixas e petições que dizem respeito às condições na IK-14 saiam da prisão. Os diretores forçam as pessoas a se calar usando os métodos mais baixos e mais cruéis para esse fim. Todos os outros problemas decorrem deste: as cotas de trabalho ampliadas, a jornada de trabalho de dezessete horas, e assim por diante. Os diretores se acham inimputáveis e têm a audácia de reprimir cada vez mais as prisioneiras. Eu não conseguia entender por que todas permaneciam caladas, até que me vi diante de uma montanha de obstáculos que desmorona na cabeça da condenada que decide falar. As queixas simplesmente não saem da prisão. A única opção é fazer a queixa através dos advogados ou parentes. A administração, mesquinha e vingativa, usará todos os meios a seu dispor para pressionar a condenada, para que ela entenda que suas queixas não irão trazer melhorias para ninguém, mas deixarão as coisas ainda piores. A punição coletiva é empregada: você se queixa da falta de água quente, e eles a desligam completamente.

Em maio de 2013, meu advogado, Dmítri Dinze, apresentou à promotoria uma queixa sobre as condições na IK-14. O vice-diretor da prisão, o tenente-coronel Kupriianov, imediatamente tornou as condições na colônia insuportáveis. Era uma revista atrás da outra, uma enxurrada de relatórios disciplinares sobre todas as minhas conhecidas, a apreensão de roupas quentes e ameaças de apreensão também dos sapatos de inverno. No trabalho, eles se vingam distribuindo tarefas complicadas, aumentando as cotas e inventando defeitos. A supervisora da unidade vizinha, braço direito do tenente-coronel Kupriianov, incitou abertamente as prisioneiras a sabotar as peças pelas quais eu era responsável na zona de produção, para que houvesse uma desculpa para me mandarem para a solitária por destruir "propriedade pública". Ela também mandou que as condenadas de sua unidade arranjassem briga comigo.

É possível tolerar qualquer coisa, desde que afete somente você. Mas o método de correção coletiva na prisão é diferente. Implica que sua unidade ou até mesmo a prisão inteira terá de aguentar o castigo junto com você. A coisa mais vil é que isso inclui pessoas com as quais você passou a se preocupar. Uma de minhas amigas teve seu pedido de liberdade condicional indeferido, algo pelo qual ela vinha trabalhando havia sete anos, cumprindo diligentemente suas cotas na zona de produção. Ela foi repreendida por tomar chá comigo. O tenente-coronel Kupriianov a transferiu para outra unidade no mesmo dia. Outra de minhas conhecidas próximas, uma mulher muito culta, foi jogada na panela de pressão para ser espancada todos os dias porque havia lido e discutido comigo um documento do Ministério da Justiça intitulado "Regulamento Interno de Instituições Correcionais". Foram apresentados relatórios disciplinares sobre todas as que conversavam comigo. Doía saber que pessoas com as quais eu me preocupava eram obrigadas a sofrer. Rindo, o tenente-coronel Kupriianov me disse então: "Você provavelmente não tem mais nenhuma amiga!". Ele explicou que tudo isso estava acontecendo por causa das queixas de Dinze.

Agora vejo que devia ter entrado em greve de fome em maio, quando me encontrei pela primeira vez nesta situação. Entretanto, vendo a enorme pressão à qual as outras condenadas são submetidas, parei de apresentar queixas contra a prisão.

Há três semanas, em 30 de agosto, pedi ao tenente-coronel Kupriianov para conceder oito horas de sono às detentas do meu turno de trabalho. A ideia era reduzir a jornada de dezesseis para doze horas. "Certo, começando na segunda-feira, o turno pode até ser de oito horas", ele respondeu. Eu sabia que era

[EPÍLOGO]

mais uma armadilha, porque é fisicamente impossível terminar nossa cota ampliada em oito horas. Assim, o turno se atrasaria e teria de enfrentar a punição. "Se elas descobrirem que você está por trás disso", o vice-diretor falou, "você definitivamente nunca mais terá problemas, porque não existem problemas na vida após a morte." Kupriianov fez uma pausa. "E, por fim, nunca peça nada em nome de todas. Peça apenas para você mesma. Trabalho em campos de prisioneiros há muitos anos e, sempre que alguém vem até mim para solicitar algo para outras pessoas, acaba indo diretamente do meu escritório para a solitária. Você é a primeira pessoa com quem isso não vai acontecer."

Nas semanas seguintes, a vida em meu dormitório e no turno de trabalho ficaram intoleráveis. Condenadas próximas aos diretores incitaram a violência na unidade. "Vocês serão punidas com a proibição de pausas para tomar chá e comer, ir ao banheiro e fumar durante uma semana. E agora vocês sempre serão punidas, a não ser que comecem a tratar as recém-chegadas, especialmente Tolokônnikova, de maneira diferente. Tratem-nas como as veteranas costumavam tratar vocês no passado. Elas batiam em vocês? Claro que sim. Rasgavam suas bocas? Sim, rasgavam. Fodam com elas. Vocês não serão punidas por isso.

Viviam me provocando para que eu me envolvesse em conflitos e brigas, mas para que brigar com pessoas que não têm vontade própria, que estão apenas agindo a mando dos diretores?

As condenadas mordovianas têm medo da própria sombra. Estão completamente intimidadas. Ainda outro dia estavam de bem comigo e me imploravam para fazer alguma coisa a respeito da jornada de trabalho de dezesseis horas, e agora têm medo até de falar comigo, depois que recebi uma dura da administração.

Fiz uma proposta aos diretores para resolver o conflito. Pedi que tirassem de cima de mim a pressão artificialmente criada por eles e promovida pelas prisioneiras que eles controlam, e que

EPÍLOGO

abolissem o trabalho escravo na prisão reduzindo a jornada e diminuindo as cotas, para adequá-las à lei. Mas, em resposta, a pressão apenas aumentou. Portanto, a partir de 23 de setembro, eu declaro greve de fome e me recuso a me envolver com o trabalho escravo na prisão até que a administração aja em conformidade com a lei e trate as mulheres condenadas não como gado banido do reino da legalidade para suprir as necessidades do ramo do vestuário, mas como seres humanos[30].

No momento em que declarou greve de fome, Nádia já estava fragilizada depois de um verão inteiro de maus-tratos, privação de sono e subnutrição. Assim que parou de se alimentar, ela rapidamente adoeceu. E, então, desapareceu. Os funcionários da IK-14 não permitiam que ligassem para ela, e até mesmo os advogados de defesa foram mandados embora quando estiveram lá. Disseram a eles que Nádia havia sido hospitalizada em estado grave. Depois de duas semanas, ela reapareceu em um hospital penitenciário. A greve de fome havia chegado ao fim e ela estava aguardando transferência para outra colônia penal. Em vez disso, no dia 18 de outubro, ela foi mandada de volta para a IK-14. E declarou greve de fome novamente. E então desapareceu de novo. As autoridades prisionais disseram que ela havia sido enviada para uma colônia penal em outra região, mas só diriam qual era e onde ficava quando ela chegasse lá. A cada dois dias, aproximadamente, surgiam boatos de que ela estava em uma nova colônia em algum lugar nos Urais, na Sibéria ou na Tchuváchia, mas ninguém sabia realmente onde.

Eu não parava de pensar no primeiro livro que mandei para Nádia na prisão: My Testimony, de Anatoli Mártchenko, que ela tinha pedido. Mártchenko tinha sido a ovelha negra entre os dissidentes soviéticos, um trabalhador braçal politizado pelo

---

30 Traduzido por Bela Shayevich e Thomas Campbell.

[EPÍLOGO]

autodidatismo. Ele passou cerca de quinze de seus 48 anos em campos de prisioneiros, inclusive na Mordóvia, cárceres e prisões políticas. Foi em uma prisão especial para os "politizados" no Tartaristão que Mártchenko declarou greve de fome em agosto de 1986, exigindo que Mikhail Gorbatchov cumprisse sua promessa de fazer uma reforma, libertando os prisioneiros políticos. Muitos dissidentes acharam, na época, que ele foi imprudente e irracional: acreditavam que a União Soviética levaria anos para se livrar dos presos políticos, se é que isso era possível. Mártchenko foi hospitalizado e forçado a se alimentar, recomeçou sua greve de fome e, por fim, a interrompeu passados mais de três meses. Menos de duas semanas depois, ele adoeceu. Morreu na prisão em dezembro de 1986. Alguns dias depois, Gorbatchov deu início ao processo de libertação de todos os prisioneiros políticos soviéticos. Tenho certeza de que, na era da *perestroika* da URSS, ninguém queria realmente que Mártchenko morresse: ele fora uma vítima quase acidental, um efeito colateral de um sistema criado para exercer pressão máxima sobre qualquer um que resistisse. O sistema mudou pouco desde a década de 1980, e agora estava esmagando uma mulher que nem sequer completara 24 anos e nem sequer tinha desejado lutar.

Fazia dois anos desde que Pussy Riot começara a gravar sua primeira canção, "Solte os paralelepípedos".

Moscou, outubro de 2013

EPÍLOGO

Posfácio, dezembro de 2013

Vinte e seis dias se passaram até surgirem notícias de Nádia. Piêtia e o grupo de apoio percorreram a Rússia, primeiro acampando na Mordóvia, depois seguindo uma das pistas de uma longa série até a Sibéria. Foi lá que Nádia finalmente apareceu, em um hospital para tuberculosos administrado pelo departamento penitenciário em Krasnoiarsk. Aparentemente estava muito enfraquecida por causa da greve de fome e da viagem de quase quatro semanas, mas estava viva. Disseram-lhe que teria permissão para cumprir os últimos três meses de sua pena nas condições relativamente confortáveis do hospital penitenciário e teria um emprego lá se recuperasse o vigor físico.

NOTA DA AUTORA

Escrever sobre pessoas que, por uma razão ou outra, não posso entrevistar se tornou uma especialidade minha. Ensinou-me a ampliar a pesquisa. Nadiéjda Tolokônnikova, Maria Aliôkhina e Iekaterina Samutsiévitch sabiam que eu estava trabalhando no livro desde o momento em que este projeto começou, e todas me ajudaram a coletar informações. Iekaterina concedeu horas de entrevistas gravadas, permitiu que eu a acompanhasse durante alguns dias, enquanto levava sua vida de criminosa condenada em liberdade condicional, e também me forneceu documentos de todas as suas batalhas judiciais. Nadiéjda e Maria se corresponderam comigo, respondendo minhas perguntas na medida em que o tempo, suas condições físicas e os censores da prisão permitiram. Também tive sorte de poder me encontrar com Nadiéjda na colônia penal durante aproximadamente quatro horas em junho de 2013. Maria, seus amigos e familiares me deram acesso às cartas que ela escreveu para eles; excertos dessas cartas foram reproduzidos neste livro com a permissão dela. Estive presente na maior parte das audiências descritas ou mencionadas neste livro. Quando não pude estar fisicamente presente, usei gravações de áudio e vídeo feitas por jornalistas ou advogados. Os defensores Mark Feiguin, Nikolai Polozov e Violetta Vôlkova não apenas me concederam entrevistas, mas também me deram acesso a documentos, correspondência e gravações de áudio. A advogada Irina Khrunova se disponibilizou a dar entrevistas e continuou acessível para

[NOTA DA AUTORA]

fazer comentários antes, depois e até mesmo durante muitos procedimentos legais. Amigos e familiares das três Pussy Riot condenadas falaram comigo a contento: todas as citações atribuídas a essas pessoas neste livro vêm de entrevistas originais. Tássia Krugovykh compartilhou filmagens que documentam a história do grupo. Por fim, entrevistei sete integrantes de Pussy Riot, além das três cujos nomes são conhecidos pelo público. Algumas, mas não todas elas, são citadas neste livro. A única infeliz omissão são as duas participantes da ação da Catedral do Cristo Salvador que não foram presas. Fui obrigada a desistir de entrevistá-las porque uma delas me pediu que pagasse pela entrevista; não sei se ela estava cobrando apenas sua parte ou em nome das duas, porque a outra nunca me respondeu diretamente. Nos muitos meses de pesquisa intensiva para este livro, essa foi a única interação que contradisse o espírito de transparência, acessibilidade e trânsito livre de informações que sempre caracterizou Pussy Riot. O resto do tempo, eu não fiquei apenas agradecida, mas muitas vezes impressionada pela capacidade de Pussy Riot, de seus familiares e amigos em manter esse espírito, mesmo diante das circunstâncias mais difíceis.